CB079821

2012

UMA AVENTURA NO FIM DO MUNDO

Vanessa Bosso

2012

UMA AVENTURA NO FIM DO MUNDO

Coleção
NOVOS TALENTOS DA LITERATURA BRASILEIRA

novo século®

São Paulo 2010

Copyright © 2010 by Vanessa Bosso

Produção editorial Equipe Novo Século
Projeto gráfico e composição S4 Editorial
Capa Diego Cortez
Revisão Alexandra Resende
Hugo Almeida

Dados Internacionais de Catalogação na Publicação (CIP)
(Câmara Brasileira do Livro, SP, Brasil)

Bosso, Vanessa

2012 : uma aventura no fim do mundo / Vanessa Bosso. – Osasco, SP : Novo Século Editora, 2010. – (Coleção Novos Talentos da Literatura Brasileira)

1. Ficção brasileira. I. Título. II. Série.

10-00303 CDD-869.93

Índices para catálogo sistemático:
1. Ficção : Literatura brasileira 869.93

2010
IMPRESSO NO BRASIL
PRINTED IN BRAZIL
DIREITOS CEDIDOS PARA ESTA EDIÇÃO À
NOVO SÉCULO EDITORA LTDA.
Rua Aurora Soares Barbosa, 405 – 2º andar
CEP 06023-010 – Osasco – SP
Tel. (11) 3699.7107 – Fax (11) 3699.7323
www.novoseculo.com.br
atendimento@novoseculo.com.br

Agradecimentos

Agradeço à minha filha e ao meu marido por tamanha paciência nos meus momentos de inspiração.

Agradeço à minha tia Geisa pelo apoio incondicional e por vibrar comigo a cada nova página. Seu entusiasmo nunca me deixou esmorecer.

Agradeço ao meu pai por acreditar de olhos fechados e entrar de "sócio" nessa minha empreitada.

Agradeço à minha mãe, meu irmão e minha avó por acreditarem na minha capacidade criativa.

Agradeço à minha família e aos meus amigos por vibrarem pelo meu feito, independente do resultado.

Agradeço à Giedre por me mostrar o caminho legal após o trabalho concluído.

E agradeço também à fonte inspiradora. Que ela continue despejando sobre mim histórias tão lindas quanto esta.

Sumário

24000 a.C.

O ano era 24000 a.C. quando dois sóis apareceram nos céus do planeta Terra. Mais um ciclo havia sido concluído. O centro da galáxia se aproximava trazendo uma nova ordem após a destruição iminente.

Carruagens de fogo cruzavam os céus trazendo o prenúncio do fim da vida. O planeta foi arrasado pelo fogo. Raios multicoloridos traziam a destruição ao som de trombetas.

A terra se abriu e deixou correr o sangue quente de suas veias sobre os que aqui viviam. Ondas gigantes se formavam nos mares e arrastavam consigo toda uma civilização.

O planeta então parou, absorto. O dia transformou-se em noite e por três dias consecutivos o sol não iluminou o horizonte. O vento que uivava parou de soprar. O silêncio era mortal.

No quarto dia, o sol então nasceu novamente. Os horizontes haviam sido invertidos. O norte virou sul. O leste virou oeste.

Os vendavais começaram quando a Terra voltou a girar em outro sentido. Os continentes foram arremessados mar afora. Montanhas surgiam de dentro do oceano enquanto outras desapareciam por completo.

Um novo mapa se formava. Uma nova Terra se abria a novos conquistadores. O ciclo estava concluído. Um outro estava prestes a começar.

A partir desse momento, outros 26 mil anos serão vividos, e, ao seu final, o alinhamento galáctico acontecerá novamente em meados do ano de 2012. Da quarta civilização só restaram alguns. O conhecimento, então, se perdeu no tempo.

900 d.C.

Os anciãos aguardavam, em silêncio, a conclusão dos cálculos do profeta. Em posição de lótus eles permaneciam em paz.

– Será no solstício. Dia 21 do último mês do ano de 2012. Três dias de escuridão. O movimento de rotação do planeta será interrompido. Os polos serão invertidos e uma nova era terá início. A sexta civilização irá surgir para o amor incondicional, a vibração do planeta aumentará drasticamente. A quinta dimensão abrirá o portal para um mundo espiritual. Muitos morrerão nesse processo e apenas os escolhidos aqui viverão – profetizou o homem.

– Não estaremos mais aqui quando isso acontecer – alguém disse.

– Nossa passagem por este planeta chega ao fim. E com ele a separação definitiva do povo Atlante.

– Não acredito que eles não irão conosco. Somos um só povo!

– Não somos mais. Somos Maias e eles Egípcios. Queremos evolução espiritual e eles querem ser Deuses – um ancião disse.

– Mas eles conhecem as profecias. Sabem que o fim se aproxima – retrucou outro ancião.

– Eles assim o querem e assim será. O livre-arbítrio será preservado.

– Tenho pena dos que aqui viverão quando o solstício chegar.

– Não tenha pena – disse o profeta. – Eles viverão tempos difíceis, mas terão grandes recompensas no final.

– Poucos serão recompensados – outro ancião falou.

– Mas esses poucos um dia serão muitos novamente – respondeu o profeta. – Não temam por eles. O apocalipse se faz necessário para o crescimento espiritual dos seres humanos. Todos irão ganhar com isso.

– Para onde irão os seres que não evoluírem? – alguém perguntou.

– Para um outro planeta. Hercólubus é o seu nome. E a cada dia ele se aproxima mais e mais da Terra. Os espíritos inferiores que aqui morrerem reencarnarão neste outro planeta, menos evoluído e mais denso... propício a uma excelente evolução espiritual – disse o profeta.

– Quando isso acontecer estaremos em Órion. Poderemos auxiliá-los de alguma forma? – alguém perguntou.

– Estaremos de olho até o início de 2012. Depois disso, estamos autorizados a ajudar no que for preciso – concluiu o profeta dando por encerrada a reunião dos anciãos.

1555 d.C.

Michel de Nostredame já havia se tornado uma das pessoas mais famosas da França. Uma unanimidade entre reis e rainhas. Suas profecias eram respeitadas por nobres e plebeus.

As Centúrias já continham profecias para toda uma vida. Mas ele sabia que algo grande estaria por vir. Ele sentia que a máxima profecia chegaria em breve.

Em meados de 1555, o dia estava gelado em Paris. Por volta do meio-dia, Nostradamus sentiu suas mãos formigarem. Ele correu ao escritório e se apoiou no papel em branco. Seus olhos se fecharam por alguns segundos e então ele começou a escrever rapidamente. As cenas transcorriam em câmera lenta permitindo a ele gravar cada detalhe do que lhe era mostrado. Um arrepio percorreu sua espinha. A máxima profecia lhe era concedida. O fim do mundo não era apenas uma história. Seus olhos se abriram embargados pela desgraça da humanidade, Nostradamus olhou para o papel que continha os detalhes do apocalipse e leu em voz alta:

A grande estrela por 7 dias arderá,
Grande nuvem fará 2 Sóis aparecer,
O grande mastim toda a noite uivará,
Quando grande pontífice mudar de território.
Vereis cedo e tarde fazer grandes mudanças,
Horrores extremos e vindicações,
Que a Lua assim conduzida pelo seu anjo,
O Céu aproxima-se das inclinações.

Quando a falta do Sol então será,
No pleno do dia o monstro será visto.
De modo bem diverso se interpretará,
Careza não tem guarda, ninguém tal terá previsto.
A lei do Sol e Vênus contendidos
Apropriando o espírito de profecia,
Nem um nem outro serão entendidos,
Pois o Sol se manterá a lei do grande Messias.

2000 d.C.

Steven estudou com afinco durante anos o misterioso Livro das Mutações. O I Ching tornou-se uma paixão, maior até do que a própria vida. Ele tentava utilizá-lo como um oráculo e o lia para sua própria sabedoria. Mas tudo no I Ching o fazia sentir-se um completo idiota. Sua vida em nada seguia os preceitos taoístas, por mais que tentasse.

Aprofundando-se mais no assunto, Steven notou certa singularidade no I Ching. O ciclo temporal do sagrado livro terminava em 21 de dezembro de 2012. Ele já havia ouvido falar sobre essa data. Mas não se lembrava onde.

Alguns anos se passaram e Steven deparou-se novamente com a data em questão. Ele lia sobre o calendário Maia e suas profecias sobre o fim do mundo. Assim como o ciclo temporal do I Ching terminava em 21 de dezembro de 2012, o calendário Maia também tinha o seu fim na mesma data: 21 de dezembro de 2012.

Para assombro de Steven, ele se deparava com duas culturas diferentes e uma mesma data marcando o final de um ciclo. Seria esse o fim dos tempos?

Muitos anos se passaram e muitos estudos foram feitos por Steven. Ele encontrou a data 21 de dezembro de 2012 em muitos outros lugares: Grécia Antiga, Egito, França, Estados Unidos, Turquia, Japão... o número de profetas que predisseram a data aumentava a cada dia.

Pouco antes de sua morte, Steven foi visitado por um grande amigo astrônomo que estava na cidade a passeio. Ele contou ao amigo sobre seus estudos e sobre a fatídica data. O amigo o ouviu atentamente sem interrompê-lo, depois, baixou a cabeça e fechou os olhos por um minuto.

– O que foi? Acha que estou maluco? – perguntou Steven.

– Não amigo. Eu sei que o que diz é a mais pura verdade.

Steven olhou para o amigo ansioso. Ele queria respostas. Buscou a vida toda por elas e parecia que o amigo as tinha, finalmente.

– O que vou lhe contar é confidencial. Nós sabemos já há algum tempo, e, antes de nós, outros já sabiam.

– Está me deixando tenso – enrijeceu-se Steven.

– Amigo, escute com atenção: em 21 de dezembro do ano de 2012 algo muito singular irá acontecer com o nosso sistema solar e, em consequência, com o nosso planeta. A data é certeira porque dois mais dois são quatro... compreende?

– Sim.

– No ano de 2012 acontecerá um alinhamento na galáxia. Esse alinhamento só ocorre a cada 26 mil anos. Pode existir uma pequena diferença para mais ou para menos. Quando o alinhamento ocorrer novamente, o nosso sol passará por distúrbios eletromagnéticos gerados por uma energia advinda do centro da nossa galáxia. Esses distúrbios vão gerar tempestades solares que afetarão diretamente o nosso planeta. O movimento de rotação da Terra ficará estático por cerca de 3 dias. Quando o planeta voltar a girar, os polos serão invertidos e, então, começarão as catástrofes.

– De que tipo de catástrofes estamos falando? – Steven tinha a voz tensa.

– Tsunamis, terremotos, dilúvios, erupções vulcânicas... enfim... um verdadeiro inferno na Terra.

– Muitas pessoas vão morrer!

– Sim. Mas nada pode ser feito. Não há freio para isso.

– O governo sabe disso?

– Sabe. Eles estão construindo um abrigo subterrâneo gigantesco.

– E a população? O povo precisa saber! – Steven começava a se descontrolar.

– Não dá. O governo nos proibiu de falar. Se algo vazar, a pena será a morte e ninguém quer se arriscar.

– Mas uma hora alguém vai ficar sabendo... e a notícia vai se espalhar.

– Eles controlam a população, meu amigo. Controlam os meios de comunicação. Nada irá vazar até o momento certo, e, quando vazar, não haverá salvação.

Primeiros meses de 2012 d.C.

2012 chegou com promessas de esperança e renovação. Enquanto 2011 havia sido um ano difícil em todos os setores da economia, muito se falava de uma boa recuperação no próximo ano.

O novo ano também trazia novos horizontes para Liz. Ela estava indo estudar em Londres e já preparava as malas para, no mínimo, quatro anos na faculdade de astronomia.

Enquanto penteava os longos cabelos castanhos, Liz pensava no que deixaria para trás. Uma ex-melhor amiga, um ex-grande amor e alguns assuntos não resolvidos.

O clarão de um raio iluminou todo o quarto. Com alguns segundo de atraso, um barulho intenso ecoou em suas janelas que as fez tremer. Seus olhos azuis, em dias como esse, brilhavam em um tom acinzentado. Ela se olhava no espelho tentando descobrir qualquer coisa sobre o seu futuro.

Toc, toc. Sua mãe já estava impaciente com tanta demora. O avião sairia em menos de duas horas.

– Já estou indo, mãe – gritou Liz.

Duas malas, uma frasqueira e uma bolsa de mão compunham a bagagem para sua nova vida longe de casa. Liz ainda deu uma última olhada no seu refúgio antes de fechar a porta.

Beatriz ajudou Liz a colocar a última mala no carro. Ela não queria, mas seus olhos perscrutaram a casa vizinha atrás de uma última imagem. Seu olhar se cruzou com o dele acelerando seu coração. Ela baixou a cabeça e entrou no carro tentando convencer a si mesma de que seria feliz sem ele.

Beatriz o viu e notou que lágrimas rolavam pelo seu rosto. Ela acenou pesarosamente e ele retribuiu o aceno demonstrando toda a sua tristeza.

Enquanto o carro se movimentava para fora do condomínio, Liz teve a sensação de estar esquecendo algo muito importante. Seu coração, talvez.

– Ele está sofrendo, Liz – disse Beatriz.

– Ele devia ter pensado nisso antes.

– Eu nunca gostei da Vitória, filha. Ela deve ter provocado tanto a situação, que ele acabou cedendo – refletia a mãe.

– Se ele realmente me amasse, não teria cedido! – Liz se sentia irritada quando sua mãe o defendia.

– Ainda acho que você deveria reconsiderar.

– Você prometeu que não iria interferir, mãe!

– E não vou. Mas ainda assim. – Beatriz não teve tempo de concluir a frase.

– Chega mãe... por favor.

Liz sentiu uma lágrima se formando. Ela a segurou com toda a força que pôde. *Eu não vou chorar por ele... nunca mais*, pensou ela enxugando a lágrima que teimava em não ficar quieta.

O avião para Londres já se encontrava na pista do aeroporto. Liz já havia feito o check-in e despachado as malas. Agora vinha a pior parte: despedir-se de Beatriz.

– Mãe, você vai ficar bem? – perguntava ela deixando as lágrimas escorrerem livremente.

– Vou morrer de saudades... mas prometo que vou ficar bem. E você se lembra do que prometeu, não é?

– Vou comprar um computador pra gente se falar todos os dias! Vai ser a primeira coisa que vou fazer ao chegar, está bem?

– A primeira vai ser me ligar... o computador pode ser a segunda coisa – Beatriz abriu os braços para aninhar Liz.

– Eu te amo, mãe.

– Eu também te amo, filha. Se cuida.

Cauê sentiu que o mundo ia desabar em sua cabeça. Ele não chorava daquela forma desde que terminou o namoro com Liz. Ou melhor, ela havia terminado com ele.

Os dois se conheceram no final de 2010. Os pais de Cauê haviam comprado a casa vizinha de Liz que, por sinal, era parte da herança deixada por seu pai. Beatriz dizia ter feito um excelente negócio já que a casa precisava de alguns reparos. Enquanto a reforma acontecia a pleno vapor, Cauê vivia pelo condomínio ajudando no que fosse preciso para que o prazo de entrega da casa fosse cumprido. Sara, a mãe de Cauê, trabalhava como psicóloga infantil e não tinha tempo para acompanhar a obra. Já seu pai, João, estava sempre viajando a negócios. Sobrava então para Cauê esse tipo de serviço.

Mas ele não se incomodou nem um pouco com isso. Ver Liz todos os dias era a sua recompensa. Eles logo se tornaram amigos e passavam boas horas juntos. Vitória veio no pacote, ela era a melhor amiga de Liz depois de Melissa. As duas não se desgrudavam desde os 8 anos de idade. Já eram 10 anos de amizade.

Apesar dessa amizade de longa data, Cauê tinha restrições quanto a Vitória. Ela era uma mulher deslumbrante e sabia muito bem disso. Usava e abusava dos decotes e das minissaias... como se isso fosse preciso. Seus cabelos eram longos, dourados e encaracolados. Muitos acreditavam que ela era modelo ou manequim de passarela, seus olhos verdes faziam qualquer marmanjo se ajoelhar aos seus pés. Mas não Cauê.

Ele só tinha olhos para Liz. Seu rosto angelical, seu jeito de menina moleque e a doçura da sua voz o faziam tremer nas bases. Ele estava completamente apaixonado e Vitória não gostou nada disso.

Numa tarde chuvosa, Liz e Cauê pegaram alguns filmes na locadora para passar o tempo e tudo colaborava para a tarde mais romântica da vida deles. O clima, o filme de amor, o friozinho que teimava em entrar pelas frestas da janela... Cauê não se lembrava de como tinha acontecido. Ele só se lembra dos seus lábios nos dela. Um beijo quente e úmido que fez o seu coração disparar. Apesar do frio daquele dia, ele se sentia quente... quase fervendo. As mãos dela em seus cabelos dourados o enlouqueceram. Ele sentia o seu corpo todo pedindo por ela.

Mas parecia que Vitória sabia o que iria acontecer porque chegou para estragar o melhor momento da vida deles.

– Gente! Desculpa... eu tô incomodando? – disse ela de forma cínica.

– Não... claro que não, amiga! – disse Liz arrumando os cabelos bagunçados.

– Eu posso ir embora – ela acrescentou.

– Agora que chegou... fica, né? – disse Cauê querendo matá-la.

– Eu não pensei que... bom, eu tenho a chave e não pensei em tocar a campainha... ai gente – ela se justificava.

– Está tudo bem, Vitória. Senta aí, vai! – Cauê levantou-se do sofá para ela poder sentar. – Liz, eu já vou indo.

– Mas já? Não vai ver o fim do filme?

– Um outro dia... eu tenho que estudar pro vestibular.

– Tudo bem. Eu levo você até a porta.

– Beleza... tchau hein! – disse Cauê para Vitória.

– Tchauzinho – ela respondeu.

Na porta da casa, Cauê puxou Liz para si e deu-lhe um beijo de tirar o fôlego. Ela retribuiu segurando sua nuca e subindo as mãos pelos seus cabelos. Ele encostou o corpo dela no batente da porta e segurou em sua cintura. Suas mãos teimavam em não permanecerem no mesmo lugar. Ele começou a beijar sua nuca e ela sentiu suas forças se esvaindo. Seu corpo começou a ficar mole e as pernas bambeavam. Cauê segurou o seu rosto em suas mãos e a fitou por um momento.

– Eu te amo – ele disse do fundo do seu ser.

Liz sorriu ao escutar o que ela tanto queria ouvir.

– Eu também te amo – ela respondeu aliviada.

Mas nada é perfeito. Vitória apareceu no parapeito da escada chamando por Liz:

– Liz, quando você subir, me traz uma água?

Isso foi o suficiente para murchar um momento mágico como o que Cauê e Liz viviam naquele instante.

– Já estou indo – Liz respondeu.

– Quando ela for embora, vem pra minha casa... vou ficar te esperando – chamou Cauê.

– Eu vou. – disse ela lhe dando um longo beijo de despedida.

Com o iPod em mãos, Liz nem sentiu a viagem passar. Música era a sua segunda paixão. Durante todo o voo, ela focou os pensamentos na faculdade e nos novos amigos que faria. Ela queria, de uma vez por todas, fechar um ciclo de vida e começar outro, bem diferente do anterior. Liz havia prometido a si mesma que ninguém mais a faria de boba e estava bem disposta a cumprir essa promessa.

A descida em Londres foi tranquila e o dia estava nublado, como sempre. Um friozinho gelado a fez pegar a jaqueta e colocar nas costas como proteção. Liz conhecia bem a cidade. Desde pequena ela vinha com seu pai, Max, visitar os parentes e amigos e fazia questão que ela conhecesse o passado dele.

Liz pegou um táxi no aeroporto com destino à Universidade de Londres onde estudaria e também ficaria hospedada pelos próximos quatro anos.

A cidade continuava linda e cheia de vida. Liz adorava a arquitetura dos prédios e o estilo de vida dos londrinos. Cabelos de todas as cores davam graça e leveza a uma cidade acinzentada, essa era a sua segunda casa.

Liz repassou em sua cabeça quais seriam os próximos passos depois de instalada: ligar para sua mãe, comprar um computador e combinar algo com Melissa. Exatamente nessa ordem.

A chegada na universidade foi tranquila já que as aulas só começariam na outra semana. Ela preferiu chegar com uma semana de antecedência para poder se organizar. No centro de atendimento aos estudantes ela soube que sua colega de quarto chegaria dali dois dias, seu nome era Júlia e também era brasileira. *Maravilha*, pensou Liz.

O quarto não era grande coisa. Duas camas, dois armários sem portas, uma escrivaninha e um tapete que fedia a cachorro molhado. Liz resolveu que iria sumir com aquele tapete dali. O banheiro comunitário também não era grande coisa, mas, pelo menos, estava bem limpo, por quanto tempo, ela não sabia dizer.

Liz resolveu deixar as malas em cima da cama para colocar tudo em ordem no final do dia. Fechou o dormitório e foi resolver a primeira pendência da sua lista: Beatriz.

A mãe chorosa do outro lado da linha queria saber os mínimos detalhes sobre a viagem. Liz contou o indispensável e se despediu de Beatriz com uma leve dor no coração. Elas nunca haviam se separado por mais de um mês e até o Natal seriam nove meses de separação.

Liz resolveu partir para a segunda pendência da lista e foi até a Oxford Street para comprar um computador portátil e uma webcam, assim poderia ver e falar com Beatriz sempre que desse vontade.

Já passava das 15 horas e Liz já havia comprado tudo o que precisava para estar on-line. Ela então resolveu voltar para a Universidade e organizar sua vida e ligar para Melissa de lá.

Melissa e Liz se diziam almas gêmeas. Não no sentido literal da palavra, mas sentiam-se muito bem juntas. Eram confidentes, amigas, irmãs, primas, mãe e filha, filha e mãe... todos os papéis eram vividos para formar a amizade perfeita. Quando Melissa resolveu mudar-se para Londres, Liz levou um grande choque. Ela sabia o quanto Melissa desejava sair de casa e viver a própria vida, mas precisava ser tão longe?

Quando Liz pegou Cauê no flagra, ela logo pensou em sumir de São Paulo. E quando pensou um pouco mais resolveu sumir do Brasil. Onde mais senão Londres? Era juntar o útil ao agradável. No final das contas, Liz sabia que a Inglaterra seria o lugar perfeito para recomeçar.

Liz e Melissa não se viam há muito tempo e combinaram de se encontrar em Camden Town para que Liz fosse recebida em grande estilo.

– Vou te levar em um dos melhores lugares da cidade – falou Melissa.

– Pelo que te conheço, tenho certeza de que já conhece os melhores lugares da cidade – cutucou Liz.

– Conheço mesmo... teremos tempo de sobra nesses quatro anos. Você não vai sair de Londres sem ter muitas histórias para contar.

– Vindo de você, Mel, até imagino que histórias! – riu Liz.

Como a noite estava fria, Liz colocou um vestido preto com um sobretudo por cima. Uma meia-calça fio 40 e uma bota de cano longo fecharam a produção.

Enquanto o motorista de táxi falava sobre os altos preços da água, Liz olhava a cidade passar lá fora. Os casais abraçados faziam o seu coração doer. Ela tinha medo de nunca mais ser feliz.

Liz saltou em Camden Town em frente ao Pub combinado com Melissa. O lugar era pequeno, mas aconchegante. Uma decoração de bom gosto variava do preto ao vermelho sem ousadias. The Doors fazia a trilha de fundo e a fumaça dos cigarros davam ao local um ar de mistério. Liz foi a primeira a chegar e sentou-se em uma das únicas mesas vagas. Melissa entrou logo em seguida, ela usava calças jeans, bota de cano longo para fora, tricô com gola rolê e um sobretudo cáqui. Liz notou mechas vermelhas e douradas em seus longos cabelos castanhos.

As duas se abraçaram como se nunca mais fossem se ver. A saudade era tanta que não se largaram por algum tempo. Melissa soltou Liz e segurou os seus ombros sacudindo a amiga.

–Você está linda, mulher! – disse Melissa.

–Você é quem está maravilhosa! – respondeu Liz sacudindo a amiga também.

As duas tomaram os seus lugares e começaram a colocar o papo em dia. Apesar de se falarem por e-mail toda a semana, muita coisa tinha acontecido na vida das duas. Quando Melissa foi morar em Londres, Liz ainda namorava Cauê.

– Aquela vadia da Vitória... se eu estivesse lá teria batido nela! – bradou Melissa.

– Mel, não valia a pena.

– Uma safada! Como ela pode ter feito isso com você? E se dizia sua amiga?

– Pois é... e você nunca gostou dela, não é? – perguntou Liz.

– Amiga, nunca! Tinha uma cara de dissimulada aquela safada!

– Eu acho que nunca percebi porque éramos amigas desde criança. Eu não me dei conta de que ela tinha mudado tanto.

– Ou não, não é? Talvez ela tenha sido sempre assim. Quem sabe?

– Pode ser... quem sabe? – pensou Liz na possibilidade.

– E sabe o que eu não entendo? Como o Cauê caiu na dela? Ele odiava a menina!

– Pra você ver como são as coisas – Liz encarava a amiga seriamente.

Mel percebeu que o assunto mexia bastante com Liz. Ela resolveu não falar mais sobre a traição de Cauê e Vitória.

– Chega desse papo. Vamos falar de coisas boas... adorei que você tenha se mudado pra cá! – Mel disse segurando as mãos de Liz – Quando você falou quase explodi!

– Eu também estou muito feliz de estar aqui – Liz retribuiu.

– Quando começam as aulas?

– Em uma semana... não vejo a hora.

– Já fez um *tour* pela universidade?

– Ainda não... mas um cara que conheci no atendimento aos estudantes me disse que mostrará tudo.

– Bonito?

– Quem, o cara? Não era de se jogar fora, mas não faz o meu tipo! – Liz soltou uma risada daquelas contagiantes. As duas começaram a rir do nada, como antigamente.

– Vai visitar os seus parentes aqui?

– Não acho prudente. A ferida da morte do meu pai ainda é tão grande que eu prefiro ficar isolada por mais um tempo... você entende, não?

– Entendo sim. Mas você tem quatro anos pra fazer isso, se quiser – Mel tomou cuidado com as palavras.

– Deixe eu ficar mais forte... aí enfrento!

As duas conversaram a noite toda sobre tudo. Homens, roupas, família, música, baladas, livros... uma lista bem extensa. Ficou combinado um reencontro no final de semana ali mesmo, em Camden Town. Elas iriam à feirinha garimpar coisas bacanas para o dormitório de Liz e almoçariam por lá. Depois Melissa a levaria a Harrod's, um vício que ela não conseguia largar.

Liz pegou um táxi e voltou para a universidade. O lugar parecia fantasma e ela não via a hora das aulas começarem para movimentar o ambiente. A primeira noite dela em Londres prometia ser tranquila. Até agora.

Barracas por todos os lados e ninguém vendendo ou comprando. O lugar estava deserto a não ser por três pessoas: Liz, Melissa e mais alguém que ela não conseguiu identificar.

Um vento úmido e gelado soprava a noroeste. As barracas começaram a cair uma a uma. Liz queria correr, mas não conseguia sair do lugar. Ela tentou gritar mas a voz também não saía. De repente um silêncio mortal. O vento havia parado de soprar. As roupas penduradas nas barracas pararam de se mover. Liz procurou Melissa e a outra pessoa, mas não viu ninguém. Estava completamente sozinha.

Um grito abafado fez Liz virar-se para ver de onde vinha. Melissa tapou a própria boca abafando o grito enquanto olhava para cima. Liz sentiu-se aliviada por não estar sozinha. Mas havia algo no olhar de Melissa. Liz sabia que era imprudente olhar para onde a amiga olhava. Mesmo assim, ela o fez.

Liz acordou toda suada e assustou-se por não saber onde estava. Acendeu as luzes e se tocou de que estava na universidade. Só um sonho ruim, pensou ela. Liz pegou o relógio de pulso que estava em cima da escrivaninha e conferiu as horas: 6h15 da manhã. Um banho seria ótimo, ela pensou.

Liz tirou o dia para visitar o observatório de Greenwich. Ela o conhecia muito bem já que o pai havia trabalhado no local por dez anos e sempre que iam a Londres, essa era uma visita primordial. Liz só esperava não encontrar nenhum amigo ou conhecido deles. Ela queria paz e sossego... falar do pai e de sua morte não estava em seus planos.

Tudo correu como ela queria e Liz voltou à universidade por volta das 18h30. Para sua surpresa, Júlia já tinha desfeito as malas.

– Oi, meu nome é Júlia Yoko – disse a garota morena, baixinha e de olhos puxados.

– Oi... o meu é Liz... Liz Lausen... seja bem-vinda!

– Obrigada! Você parece surpresa ao me ver.

– E estou... eu soube que você chegaria só amanhã.

– É verdade. Cancelaram o voo de amanhã e tive que vir no de hoje... senão, chegaria aqui só no domingo.

– É bom ter companhia. Esse lugar fica tão sombrio sem ninguém que tive até pesadelos!

– Sério? – Júlia sorriu.

– Seriíssimo!

– Bom, eu tô morrendo de fome... já conheceu algum bom restaurante por aqui?

– Tem um a dois quarteirões daqui que dizem ser ótimo... se você quiser, podemos ir juntas.

– Seria ótimo.

O restaurante mais parecia um bar. Pequeno, agradável e vazio. Perfeito para iniciarem uma boa amizade.

– Você é de onde? – perguntou Liz, curiosa.

– De São Paulo, e você?

– Também!

– Sério, de que bairro?

– Eu vivi muitos anos no Morumbi... e você?

– Campo Belo – respondeu Júlia.

– O que você veio fazer aqui?

– Faculdade de veterinária. Nunca pensei em fazer outra coisa da vida. E você?

– Faculdade de astronomia. Meu pai era astrônomo e sinceramente não me vejo fazendo outra coisa.

– Cresceu ouvindo sobre as estrelas? Deve ser fantástico ter um pai entendido sobre o universo.

– Ele era incrível.

– Era? Desculpe a pergunta.

– Tudo bem... ele morreu há alguns anos. Eu não gosto de falar da morte dele... prefiro falar da vida que ele teve.

Júlia sorriu timidamente para Liz. Ela entendeu que esse era um assunto do qual não deveriam falar. Em respeito, Júlia mudou de assunto.

– O que você gosta mais na astronomia?

– Eu sou apaixonada pela teoria de universos paralelos.

– Sério? Isso existe?

– Bom, até agora, é só teoria mesmo.

– Deve ser um curso bem excitante – afirmou Júlia.

– Excitante e difícil – lembrou Liz sorrindo.

Logo o assunto retornou à cidade de origem das duas e o caos urbano no qual a metrópole havia se transformado. Júlia e Liz perceberam que gostavam das mesmas coisas e chegaram a frequentar os mesmos lugares em São Paulo.

– O mundo é muito pequeno – Liz comentou.

– Provavelmente já nos esbarramos algum dia... e olhe só! Viemos nos encontrar em Londres – conjeturou Júlia.

A noite foi extremamente agradável para ambas. Por horas elas conversaram naquele pequeno restaurante-bar. Uma nova amizade ia surgindo sob as estrelas do céu de Londres.

Melissa aguardava ansiosa a ligação de Liz. Elas ainda não haviam marcado nem hora e nem lugar para se encontrarem na manhã seguinte.

– Liz, achei que tinha esquecido do nosso passeio.

– De jeito nenhum. Que horas?

– Lá pelas 9h30, pode ser?

– Beleza... escuta, posso levar minha colega de quarto?

– Ela já chegou? Como ela é?

– Muito gente boa, você vai gostar dela.

– Se é gente boa, pode levar! – respondeu Mel.

Em torno das 9h15, Liz e Júlia já haviam chegado à Camden Town. Elas combinaram de encontrar Mel em frente ao The Hawley Arms. Mel chegou dez minutos depois e apresentações feitas, as três foram para a feirinha mais famosa de Londres.

Encontrava-se de tudo por ali. Liz e Júlia teriam um dormitório bem bacana depois dessa garimpada.

– *Déjà-vu*. – disse Liz.

– O quê? – perguntou Júlia.

– Estranho. Parece que eu estive aqui ontem.

– Que maluco! – disse Mel.

– Você deve ter sonhado – disse Júlia – Isso acontece comigo, às vezes.

– Não... com certeza você deve ter visto este lugar nos milhões de guias que me disse que comprou! – riu Mel.

– É mesmo! Com certeza tinha uma foto daqui – Liz bateu a mão aberta na testa.

– Olha que lindo – apontou Liz.

Elas se detiveram em uma barraca que vendia cachecóis. Liz adorava qualquer coisa de colocar no pescoço... cachecóis, lenços, colares... tinha fixação por isso.

– Eu não consigo usar nada no pescoço – disse Júlia.

– Nem eu – acompanhou Mel.

Liz comprou um lindo cachecol feito de patchwork. Ela adorava esse tipo de trabalho e sabia dar valor a arte feita à mão.

– Realmente é lindo, Liz – comentou Júlia.

Em uma outra barraca elas encontraram lindos tapetes também feitos à mão. Liz se lembrou do tapete que cheirava a cachorro molhado e contou a história para Júlia e Mel.

– Nesse caso vamos precisar repor... não acredito que você jogou no lixo! – disse Júlia rindo.

– Sem condições! – respondeu Liz.

– Que nojo! – disse Mel.

Elas encontraram um lindo tapete que por sinal era feito no Brasil. Uma técnica linda e trabalhosa chamada amarradinho, dizia a vendedora.

As três não tinham visto nem metade da feirinha quando um cara passou correndo e puxou a bolsa de Liz. Quando elas se deram conta do que estava acontecendo, saíram correndo atrás do bandido.

– Volta aqui com a minha bolsa – Liz dizia em português de tão nervosa que estava.

– Ei! – gritava Júlia.

Alguns segundos depois, as três estavam no chão juntamente com todo aquele povo que frequentava a feira. Uma explosão ensurdecedora parecia ter arrebentado os tímpanos de Liz. Ela ouvia gritos surdos, pessoas ensanguentadas, muito pó e destruição.

– Você tá bem? Liz, fala comigo! – chamava Mel desesperadamente.

– Júlia! Júlia, você tá viva? – Mel sacudia Júlia que ainda estava no chão.

– Socorro! – gritava Mel.

Julia começava a se levantar. Ela olhou desolada para tamanha destruição. O barulho das sirenes ficava cada vez mais alto. A ajuda estava a caminho.

– Você tá viva, graças a Deus! – bradou Mel.

– Liz, fala comigo amiga! – chamava Mel.

Liz continuava com o olhar parado. Ela estava em choque. Podia sentir o gosto do sangue em sua boca, os joelhos ardiam e a cabeça latejava. Liz olhou para as amigas. Mel tinha sangue em seu rosto. Estava suja e com a calça rasgada na altura do quadril. Júlia tinha um corte bem visível no supercílio. Suas mãos estavam raladas e tudo indicava que seu peito também, já que a camiseta que usava estava bem destroçada naquele local. As três se levantaram cambaleantes e olharam em volta por um minuto.

– O que aconteceu? – perguntou Mel para o nada.

Bombeiros e policiais passaram pelas garotas rumo ao centro da explosão. Algumas pessoas vestidas de branco também chegavam aos montes. Um deles se deteve à frente delas e perguntou num inglês bem marcante:

– As ambulâncias estão lá atrás, vocês precisam de atendimento. Por favor, me acompanhem.

Sem dizer palavra, as três acompanharam o rapaz de branco. Enquanto eram atendidas, puderam ver a morte de perto. Macas e mais macas eram trazidas com um pano preto por cima cobrindo todo o corpo. Liz contou 35 pessoas mortas. Mas o número com certeza seria bem maior porque a feira estava superlotada.

As pessoas choravam e gritavam a esmo. Os homens de branco e os policiais tentavam, em vão, acalmá-las. Muitos feridos iam formando fila próximo às ambulâncias de plantão. Alguns eram levados às pressas para hospitais da região. Outros, mais graves, eram levados em helicópteros.

As três podiam se considerar sortudas. Nenhum ferimento grave as acometia. E pensar que segundos antes elas estavam bem no centro da explosão.

– Minha bolsa! Roubaram minha bolsa – Liz se lembrou.

– É verdade... eu tinha me esquecido – disse Mel.

– Esqueçam, o cara já deve estar longe! – concluiu Júlia.

– Meus documentos... meu passaporte... minha vida está naquela bolsa!

– Precisamos fazer um boletim de ocorrência – chamou Mel para que as duas a seguissem.

– Espera, Mel! – chamou Liz.

– O que foi?

– Olha ali a minha bolsa! Meu Deus, eu não acredito – Liz tentou correr mas não conseguiu por causa dos joelhos ralados.

– Impossível – bradou Mel olhando para Júlia que estava com a mesma cara, pasma.

Liz conferiu os documentos, o passaporte, o cartão de crédito, o iPod, o celular, enfim... tudo de importante estava no seu devido lugar. *Caramba, o dinheiro!* Ela se lembrou. Liz abriu a carteira com a certeza de ter perdido os quinhentos dólares que levava consigo. Em vez disso, para seu espanto, o dinheiro estava ali juntamente com algo mais. Um cartão. Ela o tirou da carteira e leu em voz alta:

– Desculpe pela bolsa. Era preciso.

– Como assim desculpe pela bolsa? – Mel estava incrédula.

– E o quê era preciso, te roubar? – Júlia também estava incrédula.

Liz ficou pensativa olhando o cartão. "Era preciso. Era preciso."

– Gente, se o cara não tivesse me roubado, estaríamos no meio daquela explosão! – Liz falava quase aos berros.

– Ai caramba! – Mel caiu sentada em cima de uma mureta.

– Hum? – Júlia perdeu a fala.

– Mas porque alguém iria querer salvar a gente? Alô? – disse Mel.

– Alguém que sabia da explosão e foi com a nossa cara – disse Liz não acreditando muito em suas palavras.

– Sábia dedução – Júlia comentou com os olhos fixos no nada.

– Acham que foi um ataque terrorista? – perguntou Mel.

– Será?

O celular de Liz berrava dentro de sua bolsa ao som de Wake Up do Rage Against de Machine:

– Liz, filha, onde você está? – Beatriz chamou apavorada.

– Eu tô bem mãe. Tá tudo bem agora.

– Como assim, agora?

– Eu ainda estou em Camden Town – Liz ouviu o barulho do telefone caindo no chão. De repente, a voz de Beatriz berrava em seus ouvidos.

– O que você está fazendo aí?

– Calma mãe. Eu tô viva, tá! – Liz tentou dizer da forma mais branda possível. Ela costumava se colocar no lugar das pessoas e sua mãe deveria estar querendo atravessar o oceano para verificar seu estado de saúde.

– Filha – Beatriz chorava copiosamente.

– Calma... por favor. Como você sabe o que aconteceu aqui?

– Há cinco minutos atrás veio a notícia em todas as redes de televisão... Inglaterra, Estados Unidos, Japão, Austrália... ataques terroristas simultâneos... filha... minha filhinha! – Beatriz recomeçou a chorar.

– Atacaram vários lugares ao mesmo tempo? – Liz arregalou os olhos enquanto Júlia e Melissa entendiam perfeitamente a que ela se referia.

– Você está sozinha? Se machucou?

– Eu estou com a Mel e com a Júlia.

– Quem é Júlia? E eu perguntei se está machucada!

– Júlia é minha companheira de quarto. E tive só arranhões... nada de mais, mãe.

– Volte pra universidade, Liz. E prepare-se pra voltar pra casa!

– Mãe, será que isso é realmente necessário? – Liz sentiu uma ponta de tristeza invadir o seu ser.

– Isso é uma ordem! Eu te ligo assim que tiver o horário do seu voo de volta! E pode dizer para suas amigas que vou reservar o assento delas também. Se elas quiserem voltar com você... podem vir.

Liz desligou o telefone inconsolável. Ela não acreditava que o sonho tinha acabado antes de começar.

– E aí? – perguntou Mel.

– Ataque terrorista? – completou Júlia.

– É o que parece. Em vários lugares simultâneos – respondeu Liz com a voz embargada – Não acredito que vou ter que voltar. Eu nem cheguei!

– A minha mãe vai fazer o mesmo comigo Liz, acredite! – disse Mel tocando o ombro da amiga para consolá-la.

– Não sei como a minha mãe não ligou ainda – Júlia nem tinha acabado de falar e o seu celular tocava a trilha do filme Tubarão em sua bolsa – É minha mãe... já podem imaginar, não é? – explicou-se Júlia pelo tema tão peculiar ao anunciar a própria mãe.

Melissa acompanhou Liz e Júlia até a universidade. A cidade parecia uma zona de guerra. O trânsito, já difícil, estava extremamente confuso e irritado. Buzinas gritavam passagem e os xingamentos tentavam, em vão, fazer os carros saírem do lugar. Até certo ponto elas foram de táxi e depois, resolveram seguir a pé.

Cruzaram com alguns estudantes no caminho para o dormitório e todos tinham a mesma cara de espanto e terror. Liz e Mel se jogaram na cama e Júlia sentou-se na cadeira da escrivaninha. O celular de Liz tocava novamente:

– Oi mãe.

– As companhias aéreas não estão vendendo passagens, filha. Disseram que está tudo uma loucura por aí. Onde vocês estão?

– Acabamos de entrar no dormitório.

– Que bom! Acho que aí é mais seguro.

Uma nova explosão arrancou as amigas da segurança. Elas correram para abrir as cortinas do quarto e viram que nuvens de fumaça saíam de algum lugar no centro da cidade.

– O que foi? – gritava Beatriz sem resposta.

– Uma nova explosão, mãe... no centro da cidade – Liz tremia ao falar.

– Gente, é o fim do mundo – desesperou-se Mel.

– Vocês precisam sair de Londres, já! – gritou Beatriz do outro lado da linha.

Uma terceira explosão fez as amigas gritarem de pavor. Novos focos de incêndio e fumaça surgiam agora ao norte da cidade.

– Mãe... estão atacando!

– Filha...

A ligação ficou muda quando uma quarta explosão eclodiu ao sul da cidade. Essa chegou tão próxima que sacudiu os vidros da janela do dormitório. As três se olharam apavoradas.

– Mãe... mãe? Tá mudo! – bradou Liz.

– O que faremos? – perguntou Júlia.

– Temos que sair daqui! – Mel levou as mãos à cabeça tentando pensar no que fazer.

– Esperem! Tem telefone público aqui neste andar! Vou tentar falar com a minha mãe de novo... ela vai saber o que fazer – disse Liz confiante.

Cauê bateu à porta de Beatriz de forma desesperada. Ele queria saber notícias de Liz.

– Ela está bem.

– Graças a Deus! – suspirou ele.

– Mas a linha caiu e não consigo falar com ela de novo. Parece que novas explosões aconteceram...

Trim... trim... Beatriz e Cauê correram para atender o telefone. No terceiro toque Beatriz perguntou:

– Filha?

– Sou eu sim... estou ligando do orelhão aqui do nosso andar.

– O que está acontecendo por aí?

– Foram mais três explosões. Cada uma em um ponto da cidade.

–Vocês estão bem?

– Estamos... na medida do possível.

– Me passa o número desse orelhão.Vou fazer umas ligações e te ligo em trinta minutos. Não saiam daí... ou melhor, só saiam se não for seguro.

– Pelo visto nenhum lugar aqui é seguro, mãe.

–Vamos confiar, está bem? Eu te ligo em trinta minutos.

Beatriz desligou o telefone e correu para pegar a agenda.

– O que aconteceu? O que ela disse? – Cauê estava ansioso.

– Disse que estão bem. Cauê, precisamos tirá-la de lá!

– O que eu posso fazer pra ajudar?

– Continue ligando para essas companhias aéreas... assim que vagar um voo de volta, tente reservar três assentos – Beatriz estendeu um papel para Cauê.

–Vou fazer isso lá em casa para deixar o seu telefone desocupado.

– Obrigada – ela agradeceu.

Beatriz vasculhou a agenda em busca de alguém em Londres que pudesse ajudar as meninas. Enquanto isso ela tentava encontrar uma maneira de tirá-las de lá em segurança. Uma imagem surreal surgiu na tela da televisão que estava no modo mudo. Beatriz pegou o controle remoto e aumentou o som.

"Em todo o mundo os ataques terroristas fizeram milhões de vítimas. Até agora foram dezoito os países atingidos pelos ataques. Nenhuma facção assumiu a autoria de tamanha barbárie."

Imagens dos ataques em todo o mundo apareciam na tela numa sequência assustadora. Quando Londres surgiu, Beatriz sentiu um nó na garganta. A cidade toda parecia estar em chamas vista do alto. Do alto...

– Mas é claro! – Beatriz gritou consigo mesma.

Ela folheou a agenda de telefones até a letra H. Henry Brown era o terceiro da lista. Beatriz discou o número em seu celular e torceu para que ele estivesse em casa. Beatriz estava com sorte.

Menos de vinte minutos depois, o telefone público tocou ferozmente.

– Mãe?

– Filha... como vocês estão?

– Mãe, a coisa está ficando feia por aqui. Acabamos de ouvir no rádio que a cidade está sitiada. Ninguém entra e ninguém sai.

– Minha nossa! – exclamou Beatriz.

–Você conseguiu alguma coisa?

– Lembra do Henry, amigo do seu pai?

– Henry Brown?

– Ele mesmo.

– O que tem ele?

– Um helicóptero!

– Mãe! É verdade! O cara pilota para executivos, não é?

– Isso mesmo, filha. Eu acabei de falar com ele... você sabe que ele deve muito ao seu pai...

–Você já me contou essa história.

– Pois bem, ele vai tirá-las de Londres.

– Como? Onde ele está?

– Está indo buscá-las nesse momento.

Cauê invadiu a sala de Beatriz com a fatídica notícia. Nenhum voo entra ou sai de Londres nos próximos dias. A cidade está sitiada.

– A Liz me falou.

– O que vamos fazer?

– Consegui um cara que vai tirá-las de lá de helicóptero.

– Como? A cidade está sitiada!

– Ele vai conseguir. É ex-policial.

– E onde ele está agora?

– Indo buscá-las.

Cauê deu um beijo no rosto de Beatriz e a sacudiu logo depois:

– Bia, você é incrível!

Liz correu para avisar as amigas sobre Henry e o helicóptero. Elas já tinham feito apenas uma mala com roupas para as três, já que Mel não poderia voltar à pensão para pegar suas coisas.

– Os documentos estão ok? – Liz perguntou às amigas.

– Tudo certo – Júlia respondeu.

– Os meus estão sempre comigo – disse Mel – Só vou mesmo sentir falta dos meus sapatos... tão lindos...

– Chegando no Brasil, prometo que te levo num lugar muito bom para comprar muitos sapatos! – disse Júlia.

– Ai que maravilha! – Mel abraçou Júlia feliz pelos sapatos.

– Quanto temos em dinheiro? – Liz perguntou.

– Eu tenho 425 dólares – respondeu Mel.

– Eu tenho 854 dólares e alguns centavos – Júlia contou os centavos.

– E eu tenho 500 dólares – Liz lembrou as amigas.

– Fora os cartões de crédito – Mel mostrou seus três.

– Você é uma consumista de carteirinha, Mel – sorriu Liz.

– E espero continuar sendo, amiga!

– Nós vamos sair dessa! – Liz pegou as mãos das duas amigas e as apertou.

– Vamos, sim! – disse Júlia confiante.

As três foram para a entrada da universidade esperar por Henry. Ele poderia demorar uma, duas, três horas para chegar. Afinal, a cidade estava um caos. Além da pequena mala e da bolsa das três, Liz ainda tinha tido tempo de pegar uns salgadinhos na máquina do restaurante, só para garantir.

– Não acredito que estamos vivendo isso – começou Mel.

– E eu não acredito que não vou viver isso – disse Liz apontando para o prédio da universidade.

– Eu queria tanto estudar aqui... lutei tanto por isso e vejam só como a vida é – Júlia concluía cabisbaixa.

– Não podemos nos lamentar... estamos vivas! E graças a um ladrãozinho de bolsas – lembrou Mel.

– Tinha até me esquecido do episódio – disse Liz.

– Vamos ter muito o que pensar sobre isso – Mel completou.

Quase duas horas haviam se passado e nada de Henry chegar. Elas começavam a pensar em coisas absurdas até que uma buzina as tirou do mundo da lua.

– Henry! – gritou Liz.

Um Fiat Stilo preto encostou na porta da universidade. Liz reconheceu Henry de imediato. Uma mulher morena saiu do carro pela porta do carona para recebê-las.

– Sejam bem-vindas – ela disse.

– Olá senhora Brown – exclamou Liz. – É muito bom ver a senhora.

– Também é bom te ver, Liz. Quanto mais o tempo passa, mais linda você fica.

A senhora Brown era uma mulher de cerca de 50 anos. Morena, alta, belos traços e muito, mas muito simpática. Apesar da idade, ela tinha um corpaço de dar inveja em qualquer garotinha. Ela dizia que o seu segredo era comer pouco e fazer ioga pelo menos três vezes por semana. Só com essas medidas ela conseguia manter o corpo e a mente sã.

– Henry, não sabe o quanto é bom ver você! – disse Liz.

– Querida, que bom que está bem! – respondeu ele. – Eu não me perdoaria se algo te acontecesse.

Henry sem demora partiu com o sol já no horizonte. Se tudo corresse bem chegariam logo em seu recanto.

– Vocês estavam em Camden Town? – a senhora Brown se apavorou.

– Sim, fazendo compras... dá para acreditar? – respondeu Mel.

– Podiam ter morrido... as três! – ela exclamou.

– Que bom que nada aconteceu – disse Henry.

– Nem me diga – soltou Liz.

– Um bloqueio, meu bem... logo ali – mostrou a senhora Brown.

Um bloqueio imenso fechava a entrada e a saída para a autoestrada. Henry já havia pensado no que diria aos policiais de plantão.

Henry notou que todos os carros que tentavam chegar à autoestrada eram barrados e os policiais os faziam voltar para trás. Por quase meia hora foi tudo o que viram acontecer. Então, a vez de Henry chegou. Ele abriu o vidro elétrico e logo mostrou sua identificação para o policial.

– Policial aposentado? Hum... para onde está indo?

Henry explicou que estava voltando para sua casa depois de um dia conturbado na cidade. Sua filha menor estava com a babá e ela não podia ficar para dormir. Henry estava desesperado e pediu para que o policial quebrasse aquele galho... afinal, Henry tinha perdido uma perna inteira pelo país.

O policial se lembrou da história de Henry. Ele havia perdido quase toda a perna direita em um atentado terrorista há alguns anos. Henry saiu do carro e mostrou ao policial a perna mecânica.

O homem ficou constrangido e mordeu os lábios inferiores, certamente se colocando no lugar de Henry.

– Aquele foi um dia horrível. Nunca me esqueci do cheiro da morte – lamentou o policial.

– Também nunca consegui esquecer. Tenho pesadelos até hoje – Henry comentou.

– Quem está no carro com você?

– Minha mulher, duas filhas e uma amiga delas do interior.

– Bem, acho que não haverá problemas. Vou deixar você passar. Mas não diga isso a ninguém. Vou negar veementemente.

– Entendido, policial. Muito obrigado.

Henry sorriu e se despediu do policial Mathews com um aperto de mão caloroso. O homem pediu para abrirem caminho e dois carros policiais deram marcha à ré. Henry passou pela barricada e, assim que chegou à autoestrada, acenou para o policial que ficava para trás.

– Não me orgulho disso, mas era a única maneira de passarmos – disse Henry.

– Achei que foi muito corajoso, meu bem – respondeu a senhora Brown.

– Obrigado, Henry – Liz agradeceu.

– Seu pai teria feito o mesmo por minha filha – disse Henry para Liz.

– Como não temos filhos, seu pai fez por nós – a senhora Brown contou.

– A história da filha era mentira? – perguntou Mel – Você é um gênio, Henry!

Henry sorriu por um breve momento. A pior parte do resgate havia terminado. Mas será que conseguiria tirar as meninas da Inglaterra? Conseguiria mandá-las de volta ao Brasil? Logo as três meninas no banco de trás se calaram e Henry percebeu que estavam dormindo. O dia havia sido longo para elas.

Chegaram ao recanto dos Brown uma hora depois. Henry acordou as belas adormecidas e fez as honras da casa. Não dava para ver muita coisa do lado de fora. Só a luz da varanda estava acesa.

A senhora Brown se propôs a fazer uma sopa de boas-vindas. Júlia e Mel resolveram ajudá-la.

– Liz, precisamos conversar sobre como tirá-las daqui. Precisamos ligar para os aeroportos, portos, enfim... precisamos esgotar todas as possibilidades. Infelizmente não posso levá-las ao Brasil de helicóptero – Henry brincou.

– Henry, você já fez demais por nós. Não posso pedir que nos ajude mais do que isso.

– Liz, enquanto não as colocar num avião ou num navio em segurança, não vou conseguir sossegar. Eu prometi à sua mãe que você chegaria inteira em São Paulo e pretendo cumprir com a minha palavra.

– Obrigada, Henry. Não sei nem o que dizer.

– Apenas aceite minha ajuda. Vou conseguir tirar vocês daqui.

Henry ligou a televisão do escritório e a imagem que aparecia era do horror das pessoas nas ruas de algum país que eles não conseguiram identificar.

Mel e Júlia pararam na porta para ouvir o que um repórter dizia:

"Uma nova facção terrorista acaba de reivindicar os atentados por todo o mundo. Eles se autodenominam 'Os Salvadores' e disseram que esse foi apenas o começo."

– Só o começo? O que eles querem, destruir o mundo? – Mel perguntou voltando para a cozinha.

– Henry, preciso ligar para a minha mãe. Seu telefone está funcionando? Meu celular ficou totalmente mudo! – disse Liz.

– Vamos ver... está dando linha. Pegue – Henry passou o telefone para Liz.

Ela discou rapidamente os números da mãe no Brasil e ao primeiro toque a voz assustada de Beatriz surgiu como um alento para Liz:

– Filha... é você?

– Oi mãe... já estamos aqui no recanto do Henry!

– Ai que bom... não sabe o alívio que eu sinto em saber que você está bem... deu tudo certo? Como conseguiram sair da cidade?

– O Henry foi incrível, mãe. Graças a ele conseguimos chegar até aqui.

– Eu sabia que ele conseguiria. E agora, Liz? O que ele tem em mente?

– Vamos ligar para os aeroportos de toda a Inglaterra. Vamos ligar também para alguns portos e agências de viagem. Alguma coisa nós vamos conseguir – disse Liz esperançosa.

– Eu e o Cauê já ligamos para todas as companhias aéreas que fazem Inglaterra-Brasil. Todos os voos foram cancelados – Bia explicou.

– O Cauê está te ajudando, mãe?

– Ele foi um amor, filha... está tão preocupado quanto eu.

– Que seja! Escuta mãe, o Henry deu a ideia de irmos para a França, o que acha?

– É uma excelente ideia! Podem ir de helicóptero até algum lugar onde haja um ônibus ou coisa parecida para Paris.

– Se a cidade continuar sitiada, isso vai ser bem difícil.

– Tenho certeza de que Henry vai conseguir tirar vocês daí em segurança. Se ele não puder, ninguém mais pode – Bia pensava alto.

– Mãe, eu te mantenho informada, está bem?

– Faça isso, filha. Já imagina a noite que eu terei, não é?

– Imagino sim... eu te amo, viu!

– Também te amo, querida. Se cuida, tá? E manda um beijão para os Brown.

O noticiário agora mostrava a devastação em Londres. Quatro bombas explodiram em diferentes pontos da cidade. O caos era generalizado e as equipes de socorro não estavam dando conta do número de chamados. Os hospitais estavam lotados e não havia policiais suficientes para as barricadas. A Londres sitiada não iria durar muito mais.

Ao ouvir essa notícia, as meninas gritaram da cozinha e Liz abriu um grande sorriso. Henry também sorriu e bateu palmas com a notícia.

– Vamos esperar até amanhã. Se o aeroporto continuar fechado, vamos para a França.

Vinte e quatro horas depois dos atentados, Londres não era mais uma cidade sitiada. A notícia fez a alegria das três amigas que agora tinham mais opções para voltar ao Brasil.

– Você ligou para os aeroportos? – perguntou Júlia.

– Vão ficar fechados por mais alguns dias – disse Liz pesarosa.

– Vamos para a França, então! – disse Mel entusiasmada.

– É a nossa melhor opção – concluiu Henry. – Vou levar vocês de helicóptero até a cidade e de lá pegaremos o EuroStar.

Liz aproveitou e ligou para Beatriz. As duas se despediram com a mãe chorando do outro lado da linha. A senhora Brown havia preparado um lanchinho para o caso de uma fome inesperada.

– Obrigada por tudo, senhora Brown. Nunca vou esquecer o que fizeram por nós! – agradeceu Liz.

– Obrigada vocês por trazerem tamanha alegria para a minha casa! Tenham uma boa viagem!

Com o plano de voo em mãos, Henry ligou o helicóptero já com as três amigas devidamente sentadas e seguras. Ele rapidamente passou algumas noções básicas de segurança e logo partiram de volta para a cidade.

– Liguei para um amigo na França e ele me disse que vários aviões estão sendo fretados por pessoas de diversas nacionalidades. Quem sabe vocês não conseguem lugar em um desses com destino ao Brasil – dizia Henry aos berros.

– Seria fantástico – gritou Liz.

– Seria um milagre – concluiu Mel para si mesma.

De helicóptero a viagem foi bem mais rápida. Chegaram ao heliporto por volta das 10 horas e pegaram um táxi rumo à estação de trem. Henry iria acompanhá-las até Paris.

Os quatro já estavam com a passagem em mãos. A viagem seria de duas horas e 35 minutos até Paris. E de lá, se tudo desse certo, rumo ao Brasil.

– Acabei de falar com o meu amigo na França e ele me disse que o aeroporto está atulhado de pessoas. Todo mundo está querendo voltar para casa.

– Acha que não vamos conseguir? – perguntou Liz.

– Não sei... talvez tenhamos que tentar outra cidade da França.

– Ou outro meio de transporte – disse Mel.

– Vamos conseguir. Eu sinto que vamos – disse Liz.

A viagem foi bem rápida e logo eles desciam no terminal francês. O cheiro da cidade mais romântica do mundo fez Liz lembrar-se de Cauê.

– Não acredito que mal chegamos e já vamos embora! – disse Mel.

– Nem me diga – suspirou Júlia.

– Não temos tempo a perder. Vamos! – Henry chamou.

Os quatro entraram em um táxi rumo ao aeroporto internacional.

– Charles de Gaulle, por favor – disse Henry em seu francês com sotaque inglês.

A cidade passava depressa do lado de fora. Só conseguiram ver a torre Eiffel porque esse era um monumento grande demais para passar despercebido.

– Estão dizendo que os atentados podem chegar até aqui – disse o motorista do táxi.

– Quem disse isso? – Henry perguntou.

– O serviço de inteligência.

– Não ouvi nada sobre o assunto. Estão falando na televisão?

– Não... Eu escutei aqui mesmo, no meu táxi.

– O que mais você ouviu? – Henry perguntou.

– Foi só. Mas eles estavam bem sérios, estavam falando até em evacuação da cidade.

– Meu Deus! – pensou Henry explicando para as meninas o que o motorista dizia.

A chegada ao aeroporto foi bem tumultuada. Os carros buzinavam e as pessoas se esbarravam nas calçadas buscando passagem. Alguns corriam bem depressa, outros corriam com as crianças no colo.

Foi uma cena deprimente de se ver. O pavor no rosto das pessoas era algo tocante.

– Todos querem chegar em casa. E Paris vai ser a saída para muitos deles – disse o motorista.

– Os aeroportos da Inglaterra estão todos fechados – explicou Henry.

– Não estou dizendo! – exclamou o motorista – De onde vocês são?

– Eu sou inglês, as meninas são do Brasil.

– Trouxe muitos brasileiros ao aeroporto hoje.

– E eles conseguiram embarcar? – Henry perguntou.

– Aí eu já não sei. Nenhum deles tinha passagem comprada. Mas parece que muitas aeronaves estão sendo fretadas. Estão cobrando uma fortuna! – disse o homem.

O táxi encostou em um local proibido. Logo um guarda do aeroporto chegou apitando freneticamente.

– Acho melhor sair depressa – disse Henry ao taxista.

– Boa sorte a vocês – disse o homem antes de partir.

Os quatro entraram no terminal com muito custo. As pessoas não davam passagem e empurravam umas às outras. Henry conseguiu chegar à primeira companhia aérea do terminal. As meninas chegaram logo atrás.

– Infelizmente todos os voos estão lotados.

– Não há uma lista de reservas? – Henry perguntou.

– Se o senhor quiser preencher... ela mostrou uma lista com três páginas.

– Não... obrigado – Henry tentou andar o mais rápido que pôde para o guichê da segunda companhia aérea.

– Temos lugares em um voo daqui seis dias.

– Seis dias é muito tempo – dizia Henry.

– Desculpe senhor. Por que não tentam um fretamento?

– Onde eu consigo um fretamento?

– No saguão principal... mas o voo precisa ter no mínimo 20 pessoas a bordo para decolar. Voos menores estão proibidos de decolar desse aeroporto até que tudo volte ao normal.

– Muito obrigado pela informação – disse Henry em um francês péssimo.

Os quatro foram em direção ao saguão principal. Aquilo mais parecia um show de rock do que um aeroporto. Era quase impossível chegar a algum lugar. Henry abriu passagem e as três meninas o seguiram. Demoraram cerca de 20 minutos para atravessar por entre a multidão em sentido ao centro do saguão principal.

Pilotos tinham placas nas mãos com o destino dos seus voos. A placa informava o voo, o horário de saída, o número de assentos e o valor total do frete.

Eles vasculharam, mas não encontraram nenhum voo para o Brasil. Estamos ferradas, pensou Mel.

Júlia e Liz ainda procuravam por placas que indicassem Brasil ou qualquer outro lugar da América Latina.

Henry estava mais à frente e agitava os braços para cima tentando chamar a atenção das garotas.

– Será que ele encontrou? – gritou Mel.

– Tomara... tomara! – rezou Júlia.

– Com licença – Liz tentava abrir passagem.

O voo partiria dali três horas. A primeira parada seria o Aeroporto de Guarulhos em São Paulo e depois seguiria para Buenos Aires. 23 pessoas já haviam confirmado seus assentos e com as três meninas, seriam 26 pessoas. O avião possuía 32 assentos, mas, mesmo não estando completo, poderia decolar. O piloto informou o valor exorbitante do frete e disse que sua empresa aceitava cartão de crédito. Todos os passageiros então se dirigiram para o balcão da companhia a fim de pagar a sua parte. Henry ficou com as meninas até o momento de entrarem no terminal de embarque.

– Fiquem tranquilas. Vou ligar para a mãe de vocês avisando o horário de saída e chegada em São Paulo, está bem?

– Obrigada por tudo, Henry! Não sei nem como te agradecer – disse Liz beijando-lhe o rosto.

– Adorei poder ajudá-las – disse Henry abraçando Mel. – Liguem assim que chegarem – Henry agora abraçava Júlia.

As três amigas e mais 23 passageiros já estavam prontos para o embarque. Uma aeromoça, um copiloto e um piloto faziam parte da tripulação.

Cerca de três horas depois de fecharem contrato com a empresa aérea, Liz, Mel e Júlia já haviam tomado os seus assentos no voo fretado com destino a São Paulo. Liz olhou para fora da janela e foi então que percebeu o tamanho da confusão naquele aeroporto. A fila para a decolagem era imensa. Nem em São Paulo Liz havia visto coisa parecida.

– Tripulação, decolagem autorizada – informou o piloto.

A decolagem da aeronave fretada havia atrasado cerca de meia hora. O piloto comentou que os céus da França estavam hipercongestionados.

Dentro do avião, as pessoas só falavam sobre os atentados. Muitos países haviam sido atacados simultaneamente e as pessoas divagavam sobre as motivações dos ataques. Um argentino levantou a hipótese de serem religiosos furiosos com o mundo.

Assim que o aviso de apertar os cintos foi desligado, as pessoas começaram a circular dentro do avião. Foi assim que Melissa conheceu Jean, um francês que morava no Brasil há dez anos.

– Estava a passeio em Paris quando os atentados começaram. Fiquei com medo de ficar e resolvi voltar ao Brasil o mais rápido possível – explicou ele.

– Ninguém em sã consciência atacaria o Brasil, não é mesmo? – ela brincou.

– Tem toda a razão. O brasileiro é um povo tranquilo, da paz. Não haveria razões para atacar.

– Se atacassem Brasília, eu não acharia ruim – riu Melissa.

– Os políticos de vocês não são muito diferentes do resto do mundo. É que no Brasil a sacanagem acontece a céu aberto... pra quem quiser ver.

– Na França existe corrupção? – Mel perguntou incrédula.

– Com certeza. Mas não nos índices brasileiros, disso tenho certeza.

A conversa de Melissa e Jean sobre política logo chamou a atenção de outras três pessoas que vieram participar da discussão. O assunto começava a ficar interessante quando a voz do piloto se fez ouvir novamente nos autofalantes da aeronave.

– Senhores passageiros. É com grande pesar que informo que Paris acaba de ser atacada.

– O quê? – gritou alguém.

– Não é possível!

– Sabemos que foram três bombas em locais diferentes da cidade. Uma dessas bombas atingiu o terminal do aeroporto internacional.

Gritos de horror ecoavam dentro do avião. Murmúrios e lamentações se fizeram ouvir bem mais alto do que a voz do piloto.

– Henry! – gritou Liz.

– Ele já deveria ter saído de lá, Liz – disse Mel.

– Mas ele ainda está na cidade!

– Não deve ter acontecido nada a ele, Liz – disse Júlia. – Não ao Henry.

Após terem conseguido escapar novamente ilesas, as três amigas só pensavam em Henry.

A viagem tornou-se pesarosa e silenciosa até chegarem ao Aeroporto Internacional de Guarulhos. As meninas não viam a hora de desembarcar para poder entrar em contato com Henry. Ao saírem pelo saguão de desembarque, Liz correu ao encontro de Beatriz que a esperava impaciente. Melissa também correu para abraçar sua mãe e seu pai que a aguardavam. Júlia ainda procurava seus pais quando ouviu alguém chamar ao longe:

– Júlia, filha!

Ela correu em direção a sua mãe que estava claramente aflita. Seu pai chegava correndo em direção a elas com o irmão caçula a tiracolo. Tudo estava bem. As famílias haviam se reencontrado e era isso o que realmente importava.

Liz pediu o celular da mãe emprestado porque precisava saber se Henry estava bem.

– Henry! Graças a Deus! Você está bem? – perguntava Liz.

– Estou bem. Aliás, já estou em Londres. Quando os ataques começaram eu já estava na plataforma de embarque da EuroStar.

– Como estão as coisas por aí?

– Bem tensas, Liz. Você e suas amigas fizeram a coisa certa. Já encontrou sua mãe?

– Já sim... e ela quer falar com você. Um beijo grande.

– Henry, nunca vou poder pagar pelo que você fez por minha filha e pelas amigas dela.

– Eu sei que você e o Max teriam feito o mesmo, minha querida – disse Henry docemente.

– Amigo, pode contar comigo para o que você precisar!

– Eu sei que sim. Agora Bia, vá curtir a sua filhota.

As famílias se separaram no aeroporto. Júlia foi para o Campo Belo, Melissa foi para a Vila Madalena e Liz foi para o bairro do Morumbi. As três se abraçaram longamente numa despedida que exalava uma amizade verdadeira. Elas combinaram de se encontrar dentro em breve.

– Não acredito que estou de volta – disse Liz quase num sussurro.

– Filha, não havia outra coisa a ser feita – consolou Bia.

– Eu sei. É que fiz tantos planos. E agora não tenho mais nada. Vou perder um ano inteiro, mãe!

– Tranque a matrícula em Londres e faça um curso aqui em São Paulo. No ano que vem você volta para lá.

– Pode ser – disse Liz olhando a cidade passar do lado de fora.

– O meu lado egoísta adorou que você tenha voltado.

– Tenho certeza disso, mãe.

Liz só queria chegar em casa, tomar um banho e cair na cama. Ela já não conseguia mais nem formar uma frase que prestasse. Seus olhos pestanejavam em busca de descanso, mas, ao imbicarem o carro na garagem, o farol iluminou uma silhueta que ela reconheceu na hora: Cauê.

Cauê esperava por elas a algumas horas. Ele estava ansioso por esse momento. Liz chegava sã e salva e linda.

– Oi Cauê – disse Liz já querendo cortar qualquer tentativa de conversa.

– Oi Liz. Olha, eu sei que você está cansada, mas queria muito te ver.

– Já viu... pode ir – disse Liz sem olhar para o rapaz.

Cauê baixou a cabeça e pensou em suas possibilidades. Ele segurou o braço dela por um instante e perguntou:

– Podemos conversar amanhã? Eu prometo que vou ser breve.

– Amanhã eu não posso. Quando eu estiver sossegada, eu te procuro – Liz foi curta e grossa.

Pela primeira vez em dias Liz deixou os sentimentos aflorarem. Enquanto tomava uma ducha quente chorou pela faculdade, pela vida em Londres, pelos atentados, pela sua volta ao Brasil, por Cauê.

A cama parecia convidativa com a chuva que começava a cair lá fora. Ela secou com a toalha os longos cabelos castanhos enquanto olhava as finas gotas molharem sua janela. Aninhou-se na cama tomando o cuidado de colocar a toalha entre sua cabeça e o travesseiro. Ela não queria dormir ainda, mas o sono venceu a batalha.

Liz estava em uma praia totalmente deserta. O mar estava agitado e o vento zunia em seus ouvidos uma triste canção. Os coqueiros balançavam furiosamente e os telhados das casas queriam escapar dali de qualquer forma. Liz notou que o mar se recolheu rapidamente e quando entendeu o que estava acontecendo, já era tarde demais. Uma onda gigantesca engoliu tudo a sua frente. Liz prendeu a respiração e fechou os olhos o mais forte que pôde.

Ela acordou puxando o ar com toda força. Suas mãos percorriam a cama para ter certeza de que estava realmente segura, acendeu o abajur ao lado de sua cama ainda assustada com o sonho que parecia tão real.

Liz ficou totalmente desperta depois de acordar do pesadelo. Eram 3h45 da manhã. Ligou a televisão no canal de notícias 24 horas e resolveu desembaraçar os cabelos ainda úmidos. De repente o âncora do jornal ficou pálido. Ele levou a mão direita em seu ouvido querendo, talvez, escutar melhor o que alguém lhe dizia no fone.

"Temos uma notícia de última hora. Pelo que acabo de ser informado um tsunami arrasou grande parte da África. Repito. Um tsunami invadiu grande parte do território africano há pouco mais de trinta minutos."

Liz abriu a boca e o pente caiu de sua mão. Ela tinha acabado de sonhar com uma onda gigante. *Que coincidência grotesca seria essa*, pensou ela.

"As imagens estão chegando aos poucos e logo colocaremos no ar. Se você tem família ou amigos na África, um número está sendo disponibilizado para mais informações."

Liz desligou a televisão. Ela estava chocada com o seu pesadelo real. Teria sido mera coincidência? Liz não acreditava muito em coincidências.

Ela queria tanto poder falar com alguém... mas às 4 horas da manhã, provavelmente, a pessoa em questão bateria com o telefone na sua cara. Liz ficou ali, quietinha, esperando as horas passarem. Ligou a televisão novamente e deixou no mudo com legendas. As imagens eram sinistras. Uma imagem de satélite mostrava o exato momento em que a onda gigante engolia toda a costa da África. Liz sentiu um pesar tão grande pelas pessoas que ali viviam que não pôde conter as lágrimas.

O sol já raiava no céu dissipando a chuva e o friozinho da madrugada. Liz ouviu os passos de Beatriz na escada.

– Mãe! – ela chamou.

– Já está acordada?

– Estou desde as 3 e qualquer coisa.

– Por que, filha?

– Mãe, uma tsunami destruiu a costa da África!

– Minha nossa!

– Mãe, antes de ver a notícia eu tive um sonho... com uma onda gigante.

– Credo, filha! Verdade?

– Por isso eu perdi o sono e acabei vendo a notícia na televisão.

– Surreal – disse Bia pensativa.

– Foi só coincidência, não é?

Beatriz subiu os degraus novamente e se encostou no parapeito da escada. Ela olhou seriamente para Liz.

– Você já ouviu falar em consciência coletiva?

– Já mãe... você é psiquiatra, lembra?

– Bom... então você sabe do que eu estou falando. Quando um medo coletivo como esse acontece, é natural que outras pessoas, em outros lugares, possam sentir esse medo. E você estava dormindo... teve um sonho com algo que estava acontecendo, talvez, naquele instante. O medo coletivo viajou para a mente coletiva e muitas pessoas devem ter sonhado como você ou sentido um medo inesperado... ou até visto as imagens mentalmente.

– Que coisa louca! – disse Liz.

– É louco mesmo. Venha, vou te fazer uma rabanada deliciosa! – chamou Bia.

Liz abriu um grande sorriso. As rabanadas de Beatriz eram uma das coisas que a faziam feliz instantaneamente. Uma comidinha que confortava, dizia ela.

Beatriz e Liz tomaram o café da manhã juntas na varanda da casa. As rabanadas estavam deliciosas e causaram o efeito esperado. Liz estava mais tranquila e confortada.

Melissa acordou tarde e a primeira coisa que fez foi ligar a televisão. Um repórter informava que as Olimpíadas e as Paraolimpíadas, que aconteceriam neste ano na cidade de Londres, haviam sido canceladas. Os detalhes sobre o cancelamento e sobre o tsunami que arrasou a África estariam no jornal do meio-dia.

– Tsunami? – falou Mel em voz alta.

– Que tsunami? – perguntou a si mesma.

Helena entrou no quarto da filha levando uma pilha de roupas passadas para o guarda-roupas.

– Como eu odeio ficar sem empregada – disse Helena para si mesma.

– Você viu alguma coisa sobre um tsunami na África, mãe?

– Filha, ainda não deu tempo de ligar a televisão. Nossa funcionária faltou de novo. Por quê? O que aconteceu? – perguntou Helena.

– Ainda não sei... vai passar no jornal do meio-dia.

– Filha, você precisa colocar esse quarto em ordem – pediu Helena – Estou sozinha hoje para arrumar a bagunça da casa toda.

– Mãe, acabei de chegar!

– Você tem até amanhã, combinado? – ordenou Helena pegando o rumo da escada.

Faltavam vinte minutos para o meio-dia. Mel estava ansiosa pelas notícias sobre a África e sobre os atentados pelo mundo. Já o cancelamento das Olimpíadas pouco importava para ela.

O telefone rosa com pompons também em tons de rosa tocava como antigamente. Um trim-trim que não evoluiu com as novas tecnologias. Mel atendeu pressentindo que seria Liz.

– Oi Mel, dormiu bem?

– Como uma pedra. E você amiga?

– Como uma coruja!

– Não conseguiu dormir?

– Até consegui... mas um pesadelo me acordou e depois um pesadelo real me deixou perplexa.

– Vamos por partes – pediu Mel.

– Perfeitamente. Primeiro eu tive um sonho com uma onda gigante. Eu acordei sufocando... quase sem ar.

– Sério? – Mel disse incrédula já sabendo qual o pesadelo real que tirou o sono de Liz.

– A segunda coisa, se você já viu televisão hoje, não preciso nem dizer.

– O tsunami.

– Sinistro, não? – confirmou Liz.

– Bota sinistro nisso! Caramba, Liz. Você, tipo, profetizou a coisa?

– Profetizei nada... a coisa deveria estar acontecendo naquele momento. Minha mãe disse que eu provavelmente sintonizei com a desgraça.

– Uau. Que punk! – Mel adorava gírias. Elas davam graça ao seu palavreado.

– Escuta, o que acha da gente tomar alguma coisa mais tarde? – convidou Liz.

– Acho ótimo. Aqui na Vila, pode ser?

– Perfeito.

Melissa teria o dia todo para arrumar o quarto. À noite sairia com Liz para conversarem melhor sobre o sonho-pesadelo e também sobre o bandido bonzinho de Londres. Liz disse que tinha algumas suposições. Já Mel disse que tinha intuições.

O dia passou voando como sempre. Aliás, os dias pareciam mais curtos a cada novo ano. Logo a noite chegou e Melissa se aprontava para encontrar-se com Liz.

Na Vila Madalena a noite de São Paulo é sempre uma festa. Bares e restaurantes com personalidade própria atraem pela boa comida e pelo ambiente diferenciado. Apesar dos atentados no mundo e da tsunami na África, a Vila estava bem movimentada.

Liz e Mel resolveram se encontrar em um local tranquilo. O restaurante era um mix de casa de bonecas com baú da vovó. As mesas de madeira de demolição eram ressaltadas por cadeiras com tecidos coloridos e diferentes. Nas paredes, castiçais que remetiam ao século passado tremulavam suas chamas levando luz às poucas mesas do lugar. A música orquestrada de fundo era a trilha perfeita para um ambiente tão acolhedor.

– Liz... que bom te ver, amiga – abraçou Mel.

– Também é bom te ver.

– Vamos sentar naquela ali do cantinho? – apontou Mel.

– Perfeita.

Elas conversaram sobre os atentados, sobre a vida perdida em Londres e sobre a nova amizade com Júlia. Até que Melissa entrou no assunto que tanto tirava o sono de Liz:

– E o bandido bom, hein? Não me entra na cabeça o maldito bilhete – disse Mel.

– Também não consigo entender. Cheguei a uma única conclusão: o cara queria tirar a gente de lá. Pensa bem... só pode ser isso.

– Tem razão. Mesmo que fosse arrependimento, ele não teria deixado o bilhete. Não depois daquela explosão.

– Para o cara ter tirado a gente da linha de fogo, ele tinha de saber que o lugar iria pelos ares, certo? – perguntou Liz.

– Certo.

– E se ele sabia, provavelmente era um dos terroristas, tá me acompanhando?

– Perfeitamente.

– Se ele era um terrorista, porque salvou a nossa vida?

– Foi com a nossa cara? – perguntou Mel incerta.

– Não! Ele nos conhecia!

– Eu não conheço nenhum terrorista – afirmou Mel.

– Muito menos eu, Mel!

– Não adianta a gente ficar aqui delirando. Nunca vamos saber o que aconteceu realmente. O que importa é que o cara nos tirou de lá e estamos vivas.

– As coisas deram tão errado por lá e mesmo assim a gente escapou por um triz, não é?

– Primeiro os ataques em Londres... depois em Paris... alguém lá em cima gosta da gente! – Mel apontava o dedo indicador para os céus.

– Tomara que sim... Mel, eu queria te pedir uma coisa – Liz começou.

– O que é?

– Estou sentindo uma vontade tão grande de entrar no escritório do papai... acho que já me sinto pronta para isso.

– E a Bia, o que acha disso?

– Ela não quer fazer isso... mas eu quero. Só que não quero estar sozinha. Desculpe por eu te pedir.

– Sua boba! É claro que vou te ajudar... eu não deixaria você fazer isso sozinha nem em mil anos! – disse Mel segurando as mãos de Liz.

– Obrigada! – os olhos dela se embargaram.

Liz chegou em casa por volta da 1 hora da manhã. Beatriz roncava com a porta semiaberta. Liz andava na ponta dos pés para não acordar sua mãe que ficava extremamente mal-humorada quando isso acontecia.

Ela pensava sobre o roubo e sobre o sonho com a grande onda. Seu lado racional sabia que eram assuntos desconectados, e ela sentia que poderia sim haver uma conexão. E por que não?

O cansaço da noite anterior se abateu sobre ela. Liz jogou-se na cama como quem desmaia e muitas imagens passavam por sua cabeça... coisas totalmente sem sentido.

Max olhava apavorado para o homem nas sombras e falava apressadamente palavras que Liz não conseguia entender. Ele se aproximou do homem e lhe entregou uma pasta recuando imediatamente. O homem examinou o conteúdo e deixou a pasta de lado. Quando saiu das sombras uma arma apontava para Max. O barulho do tiro fez Liz acordar.

– Outro pesadelo! Eu não aguento mais isso. Toda noite... toda noite – dizia Liz extremamente nervosa com esse último.

Depois de jogar muita água no rosto, Liz voltou para o quarto. Ela sentou em sua poltrona e tentou se lembrar do pesadelo. O pai, um cara, uma pasta, uma arma.

Max havia sido assassinado em um assalto no início do ano de 2010. Um homem não identificado, até então, tinha levado sua pasta marrom. Os policiais queriam saber o que continha nessa pasta e Beatriz só havia dado falta do notebook do marido. Se tivesse mais alguma coisa, provavelmente seriam estudos e documentos sobre astronomia, disse Bia aos policiais. O celular e o rolex que Max usava não haviam sido roubados.

Após dois anos de investigações, a polícia arquivou o caso tachando-o como insolúvel. Beatriz pediu para Liz não tocar mais no assunto e as duas viveriam suas vidas sem falar sobre Max e o misterioso assalto.

Liz até preferiu dessa forma e ficava imaginando que Max havia apenas viajado a trabalho e um dia estaria de volta. Ela simplesmente não queria lidar com a realidade.

Beatriz fez o mesmo. Recolheu todos os pertences de Max e trancafiou no escritório dele que ficava no sótão. Apenas a auxiliar de Beatriz tinha acesso à chave. A cada dois meses ela subia e limpava o lugar e tinha sido a única pessoa a entrar lá nos últimos dois anos.

Liz não via a hora de Melissa chegar, pois as duas iriam olhar e organizar as coisas do pai. Ela queria, com isso, vivenciar a perda e enfrentar de uma vez por todas a triste realidade.

O relógio ainda marcava 6:27 da manhã e Melissa chegaria por volta das 10 horas. Liz sabia que Beatriz não voltaria para casa antes das 16 horas. Elas teriam seis horas de reencontro com Max.

Melissa chegou no horário combinado. Logo que Bia saiu, as duas pegaram a chave que ficava guardada no fundo da gaveta da cozinha e correram para o sótão.

– Há quanto tempo isso não é limpo? – disse Mel tossindo por causa da poeira.

– Nem sei – disse Liz abrindo uma janela.

– Isso tem cheiro de mofo!

– Tem cheiro de passado – suspirou Liz.

– E então, por onde quer começar?

– Eu vou começar pelas gavetas da escrivaninha. Você podia começar pelos livros... eu queria deixar tudo limpo e em ordem.

– Pode contar comigo! – apresentou-se Mel.

Enquanto Melissa retirava os livros da estante, Liz abriu a primeira gaveta da escrivaninha. Ali ela encontrou lápis, borrachas, papel A4, clipes, canetas de várias cores, uma calculadora e tinta para a impressora. A organização era a marca registrada de Max. Não havia nada fora do lugar. Liz limpou a gaveta e recolocou as coisas nos seus devidos lugares.

Na segunda gaveta Liz encontrou alguns CD's virgens, uma câmera digital, réguas e um livro chamado *Cosmos*, de Carl Sagan. Ela folheou algumas páginas e notou que o pai havia grifado muitas passagens. Era um livro bem interessante. Liz o fechou e, como fez com a primeira gaveta, fez com a segunda.

Melissa continuava a tirar livros da estante para a limpeza. Ela se virou para Liz a fim de verificar o estado emocional da amiga.

–Você está melhor do que eu esperava – disse Mel.

–Já faz tempo... acho que finalmente aceitei a morte dele.

– Isso é bom pra ele e pra você. Não acredita na vida após a morte?

– Ele me ensinou a acreditar... apesar de ser um cientista.

– Ele era diferente, não é? – perguntou Mel afirmando.

– Era. Por isso eu o amava. Apesar de ser um cientista e uma pessoa racional, ele sentia que havia algo a mais. Não acreditava em um Deus, mas ele acreditava em uma força... e tinha a certeza de que éramos seres eternos.

– Ele era inteligente – disse Mel voltando aos seus afazeres.

Liz tentou abrir a terceira gaveta. Nada. Ela forçou novamente, mas parou assim que percebeu estar trancada à chave.

– Essa aqui está trancada. Onde será que está a chave? – ela perguntou.

– Não está nas outras gavetas?

– Não. Eu tirei tudo para limpar e não vi nenhuma chave.

– Sua mãe deve saber.

– Não posso pedir isso pra ela.

– É mesmo. E a Joana?

– Ela só vem amanhã. Mas não acho que vá saber onde está essa chave.

– Quem sabe a gente não acaba achando depois da arrumação – disse Mel colocando os primeiros livros limpos de volta na estante.

Liz abriu um armário que ficava debaixo da janela. Lá ela encontrou fotos e filmes da família. Liz pegou um dos filmes e resolveu assistir mais tarde. Na capa estava escrito "Liz no primeiro dia de balé". Ela se lembrava bem desse dia porque seu pai estava lá. Ele a estimulou o tempo todo a continuar tentando... e batia palmas sempre que ela conseguia fazer o exercício em questão. Beatriz ficou responsável pela câmera de vídeo e ela se lembrava da mãe filmando tudo ao seu redor. Seria uma boa lembrança de Max.

– Liz, vamos pedir alguma coisa? Estou morrendo de fome! – disse Mel.

– Então somos duas. Que tal uma comida chinesa?

– Perfeito! Yakisoba? – perguntou Mel.

– Com rolinhos primavera? – Liz acrescentou.

– Hum... deu água na boca. Mel suspirou. – Vamos dar uma paradinha?

– O jornal do meio-dia deve estar começando – lembrou Liz.

– Notícias sangrentas e comida... não há combinação melhor – disse Mel gargalhando enquanto seguia Liz escada abaixo.

Cauê havia acabado de estacionar o carro. Logo em seguida um entregador encostava em frente à casa de Liz. Comida chinesa, ele pensou. Melissa deve estar na área.

Alguns segundos depois, Liz surgiu com Melissa na sua cola. Ao notar Cauê ali fora, Melissa deu um berro:

– Cauê! Que saudade, amigo!

– Oi Mel! Que bom te ver – disse ele abraçando Mel.

– Estava aqui à toa? – ela disse em seu ouvido.

– Por incrível que pareça – ele respondeu também em seu ouvido.

– Mel, vamos almoçar – chamou Liz.

– Oi, Liz – disse Cauê.

– Oi, Cauê.

– Não se esqueceu da nossa conversa, não é?

– Não. Assim que eu puder – ela disse cortando o assunto.

– Bom... a gente se vê – disse Mel.

– A gente se vê – ele respondeu.

– Nossa Liz, você foi supergrossa com ele – chamou a atenção Mel.

– Você vai defender o cara também? – Liz alterou o tom de voz.

– Não fica brava comigo – pediu Mel.

– Não vou ficar. Mas não defenda ele perto de mim, tudo bem?

– Beleza – Mel disse para não criar atrito. – E então, vamos comer?

Liz e Melissa montaram os seus pratos. No de Liz o Yakisoba ganhava uma dose extra de molho shoyo e um rolinho primavera para acompanhar. No de Mel, além do rolinho e da dose extra de shoyo, ela ainda jogava por cima uma boa dose de molho agridoce. *Na medida*, pensou Melissa.

As duas foram para a frente da televisão acompanhar o telejornal do meio-dia. A primeira notícia falava sobre os atentados terroristas por todo o mundo. Nenhuma novidade até então. A segunda reportagem mostrava as terríveis condições em que estavam os africanos sem-teto.

Caixas de donativos chegavam a todo o momento vindos de todas as partes do mundo.

– A desgraça faz a união – comentou Mel.

– Que pena ser assim. As coisas poderiam ser tão diferentes – disse Liz.

Uma nova notícia chamou a atenção das duas amigas. Houve uma aceleração drástica no derretimento das geleiras. Os cientistas afirmavam que, se as geleiras continuassem a derreter nessa velocidade, muitas cidades costeiras corriam o perigo de serem consumidas pela água. Veneza já se encontrava em estado de alerta. Outras cidades costeiras também estavam acompanhando o nível do mar dia a dia. Ainda não havia motivos para a retirada das pessoas dessas cidades, mas havia grande necessidade de já pensarem no que fazer se a coisa saísse de controle.

– E eu nem conheço Veneza ainda – pesou Liz.

– Amiga, eu conheço e vou dizer... ela tem um cheiro tão ruim!

– Mas é bonita, não?

– De nariz tampado, com certeza! – riu Mel.

Uma última notícia despertou a curiosidade de Liz e Mel. Um vulcão adormecido na Alemanha havia acordado aquela manhã liberando gás e muita fumaça no ar. O Eifel era considerado um vulcão seguro, mas agora os cientistas diziam que ele poderia explodir a qualquer momento. A cidade estava sendo evacuada.

– O que está acontecendo com o mundo? – Liz perguntou.

– Estava me perguntando a mesma coisa – disse Mel.

– Tem algo muito errado.

– Ou muito certo... sabe lá – concluiu Mel comendo o último pedaço de rolinho primavera.

Depois do almoço, elas voltaram para o sótão a fim de terminar o que já haviam começado.

– Deu uma preguiça – disse Mel se esticando toda.

– Deu mesmo... mas logo minha mãe vai chegar. Precisamos colocar tudo em ordem.

– Sim, senhora! – disse Mel já com um paninho em mãos.

Fuçando um pouco mais pelo sótão, Liz notou um quadro torto na parede. Um quadro estranho cheio de números. Sistemática e organizada como o seu pai, ela o alinhou seguindo as linhas do teto. Mas o quadro voltou a se inclinar.

– Será que essa parede é torta ou é o prego? – disse Liz tirando o quadro da parede.

Para sua surpresa, atrás do quadro tinha um cofre. Ela nunca soube que havia um cofre em casa. *Que estranho*, ela pensou.

– Olha isso aqui – Liz chamou Melissa.

– Um cofre? Gente... será que tem muito dinheiro aí dentro? Eu queria comprar uns sapatos e coisa e tal – riu Mel.

– Fala sério, Mel. Eu nunca soube que tínhamos um cofre em casa.

– Por isso mesmo... muito dinheiro! – dançou Mel.

– Qual será a combinação?

– O aniversário do seu pai... ou o da sua mãe... ou melhor ainda: o seu! – concluiu Mel.

Liz tentou as três combinações. Nada. Tentou o dia dos três. Nada. Tentou o final do ano dos três aniversários. Nada aconteceu.

– O que mais eu posso tentar?

– Sei lá... já tentamos tudo!

– Algo está me escapando... não é possível – pensou Liz.

– A Bia deve saber.

– Mel, não vou contar para a minha mãe que estávamos fuçando aqui... muito menos que achei um cofre que nem sabia que existia.

– Você é quem sabe, mas tenho certeza de que ela deve saber – disse Mel.

– Uma hora eu acabo descobrindo – concluiu Liz passando um pano seco para tirar o pó do quadro – Ei, tem alguma coisa aqui...

– O quê? – indagou Mel.

Liz virou o quadro e deu de cara com uma chave colada na parte de trás. Ela desgrudou a fita crepe e pelo tamanho do objeto só serviria em um lugar: a gaveta da escrivaninha.

– Você achou! Não acredito! – gritou Mel.

– Que sorte, hein! – riu Liz.

As duas se dirigiram para a escrivaninha. Mel parou de respirar quando Liz colocou a chave no bocal e girou. Mel suspirou ao ver a amiga abrindo a gaveta.

– Porque seu pai esconderia a chave desse jeito?

– Esta gaveta deve guardar documentos importantes – Liz dizia enquanto retirava algumas pastas plásticas de lá. – Vamos dar uma olhada nisso – Liz convidou.

Mel sentou-se em uma poltrona e começou a ler algumas páginas sobre o Universo.

– Leitura interessante – disse ela.

Liz sentou-se na cadeira da escrivaninha e inclinou a cabeça sobre um texto que explicava detalhes sobre a Via Láctea.

– Isso é só trabalho do meu pai – disse Liz.

– Já deu pra perceber. Não estou entendendo bulhufas – respondeu Mel estreitando os olhos para ver se assim conseguiria entender melhor o texto.

Liz passou os olhos pelas páginas seguintes e nada além de explicações sobre o funcionamento da nossa galáxia e onde o sistema solar se encaixava nisso tudo. Até aí Liz estava bem a par. Seu pai havia lhe ensinado muito sobre o assunto.

Uma terceira pasta chamou a atenção de Liz. Tinha uma etiqueta com o nome "Steven". Liz conhecia um amigo do seu pai com esse nome. Ele morava em Londres, mas já havia morrido há uns cinco anos.

Liz abriu a pasta e notou que se tratava de um estudo sobre o I Ching. *Estranho*, ela pensou folheando as páginas do trabalho.

Notou que em várias páginas uma data em especial estava grifada na cor vermelha. Na última página do documento, a mesma data aparecia novamente grifada em vermelho: 21 de dezembro de 2012.

– 21 de dezembro de 2012? – Liz disse em voz alta.

– O que tem esse dia?

– Não sei... deixa eu ler isso aqui – compenetrou-se Liz.

"Inexplicavelmente o ciclo termina no dia 21 de dezembro de 2012. Segundo os meus estudos sobre a data, esse seria o dia exato do apocalipse."

– Ai caramba! – exclamou Liz.

– Que foi? – disse Mel sem tirar os olhos do texto.

– 21 de dezembro de 2012, segundo esse cara aqui, é o dia do apocalipse!

– Hum? Tá brincando, né?

– Parece não ser brincadeira para esse cara aqui. Olha só isso:

"Em 21 de dezembro de 2012, tanto o I Ching quanto o calendário Maia finalizam os seus ciclos. O fim dos tempos chega trazendo a morte e a destruição do planeta. Um novo ciclo se inicia trazendo à tona a sexta civilização banhada pelo sol. O amor incondicional é a chave para se viver na nova Terra. Muitas profecias nos levam à mesma data. Quem sobreviver, verá."

– Meu, o cara devia estar chapado! – disse Mel sarcástica.

– Eu conheci esse cara... o Steven. Não tinha nada de chapado nele.

– Vai saber se não surtou!

– Não acho..., aliás, acaba de me ocorrer algo – Liz foi em direção ao quadro que permanecia torto. Ela o tirou da parede e digitou a sequência: 21/12/20/12. O cofre se abriu na mesma hora. Mel levantou-se incrédula.

– Você devia jogar na mega-sena. Que sorte, mulher!

– Vamos ver se tenho tanta sorte assim – disse Liz retirando mais papéis de dentro do cofre.

Além dos papéis e pastas, Liz encontrou uma caixa com um bilhete e uma chave. Ela abriu o bilhete e começou a ler em voz alta:

"Beatriz e Liz,

Se estiverem lendo essa carta é porque não estou mais entre vocês. Todos os astrônomos do mundo sabem o que vou lhes contar. Estamos à beira do cataclismo. Quando nosso sistema solar se alinhar com o centro da galáxia, o mundo será destruído. Isso vai ocorrer exatamente no dia 21 de dezembro de 2012. Meu grande amigo Steven me disse que se eu não contasse isso para ninguém, minha vida não teria valido a pena e concordei com ele. Resolvi publicar meus estudos em um livro que intitulei como *O Fim dos Tempos*. Infelizmente a pequena gráfica que imprimia o material foi totalmente destruída. Recebi ameaças não só à minha vida como também à vida de vocês. Fiquei desesperado. Até que acabei concordando em levar todo meu material de estudos para agentes da CIA que estão no Brasil hoje, dia 25 de janeiro de 2010. Não contei nada sobre os estudos, sobre a publicação do livro ou sobre as ameaças porque não quis envolvê-las. Tenho medo por suas vidas e quero preservá-las a qualquer custo. Perdoem-me. Acredito que sei que meu fim está próximo. Mas não posso partir sem ter a certeza de que ficarão bem.

Investi tudo o que tinha na construção de um abrigo subterrâneo. Lá dentro vocês estarão protegidas contra água, fogo, tufões e também contra um ataque nuclear. O local está equipado com máscaras de oxigênio, computador, rádio, equipamento de mergulho, armas, gerador, micro-ondas, fogão elétrico, geladeira, camas, roupas e tudo o que não é perecível. Fica para vocês a tarefa de comprar tubos de oxigênio, comida e principalmente água. Furei um poço artesiano, mas a água pode ficar comprometida. Também instalei vários sistemas de segurança. Todas as informações necessárias para uso do abrigo estão lá, afixadas nos seus devidos lugares.

Criei uma estufa que pode produzir alimentos orgânicos para vocês. Não esqueçam de levar terra adubada para lá. É só do que vão precisar.

Também guardei cerca de dez mil reais e vinte mil dólares caso venham a necessitar. Provavelmente o dinheiro não mais existirá depois de 21 de dezembro de 2012, mas muitas pessoas podem achar que ainda vale algo e vocês podem lucrar com isso.

Bia, é sua tarefa cuidar de nossa filha. Não permita que nada lhe aconteça. Sinto que seu futuro será grandioso e que precisa sobreviver. Te amo muito, querida. Nunca se esqueça disso.

Liz, você é o meu maior tesouro. Agradeço todos os dias pela sua existência e por eu ter podido conhecer alguém tão especial quanto você. Te amo demais e foi por isso que agi dessa forma.

O abrigo fica no interior de São Paulo. Numa pequena chácara na cidade de Ribeirão Preto. O endereço do abrigo e a chave do local estão em anexo. Paguei adiantado pelos serviços de um caseiro e sua esposa até o dia 1º de dezembro de 2012. Depois disso, vocês estarão por conta própria.

Um beijo grande com muito amor no coração.

Max."

Liz finalizou a carta com os olhos cheios d'água. Melissa também tinha lágrimas nos olhos. As duas se olharam por um instante até que o barulho de um carro as tirou da catatonia.

– Minha mãe – disse Liz enxugando as lágrimas.

–Você vai colocar isso de volta?

–Vou... depois eu pego – disse Liz fechando o cofre.

As duas desceram correndo para o quarto de Liz. Melissa sentou na cama e ligou o som. Liz sentou em frente ao computador e digitou o endereço do site do cinema. Os horários dos filmes ocuparam toda a tela.

– Ei, meninas, tudo bem? – perguntou Bia.

– Tudo bem – disse Mel.

– Tudo bem, mãe.

– Tudo bem mesmo? – Beatriz perguntou cismada.

– Tudo Bia, sabe o que é? Estamos cansadas de não fazer nada! – respondeu Mel.

– Podiam então arrumar o que fazer, não? – disse Bia.

– Tem um filme começando daqui 40 minutos. Vamos Mel? – perguntou Liz disfarçando.

– Opa! Tô dentro!

– Boa ideia. Só não vou porque tenho muitas coisas para colocar em ordem – disse Beatriz.

– Beleza, mãe. Vamos indo? – Liz chamou Mel.

–Vamos – respondeu Mel desligando o aparelho de som.

Beatriz estava completamente sozinha. Ela sentou-se no sofá da sala e se pôs a chorar. Não conseguia acreditar no que estava acontecendo. Pegou um papel do bolso e começou a desdobrar: 21 de dezembro de 2012. *Não podia ser verdade*, pensou.

Beatriz atendia em seu consultório psiquiátrico todos os tipos de casos. Depressão, amnésia, múltiplas personalidades, transtornos dos mais diversos e o seu mais novo caso: um homem de meia-idade que acreditava ser um profeta.

O caso do profeta era algo simples para Bia. Alguns remédios alopatas e descanso poderiam renovar o homem de negócios que vivia um estresse diário. Ele era dono da maior rede de supermercados do Brasil e sua vida se resumia a trabalhar. Sua mulher e seus filhos já estavam cansados de ouvir as ladainhas do pai sobre ser um profeta.

– Mas estou dizendo que não sou louco. Só estou aqui porque me obrigaram. Disseram que me tirariam da presidência da empresa. Veja a que ponto as pessoas chegam – ele dizia.

– Sua mulher e seus filhos se preocupam com você. Querem o seu bem – Bia tentava tranquilizá-lo.

– Eles querem me interditar, eu sei! E precisam que você lhes dê o aval para isso! – o homem aumentou o tom de voz.

– Se acalme Ariel, por favor. Conte mais sobre as profecias.

– Você não quer saber de verdade. Só quer que eu fale para poder me tachar de louco!

– Estou aqui para te ajudar. Aliás acho que sou a única pessoa que pode te ajudar – Bia falava calmamente.

– Quer ouvir? Então vamos lá: previ os ataques terroristas, mas não disse nada a ninguém. Previ a tsunami na África, mas também não disse nada a ninguém. Até que previ a explosão do vulcão Eifel e resolvi contar para minha família o que estava acontecendo comigo. Disseram que sou louco, estou fantasiando as coisas e que a previsão do vulcão é muito simples, pois ele já está quase explodindo mesmo! Até eles poderiam prever algo assim.

– Ariel, eles têm razão quanto a isso. Você não tinha dito nada a ninguém antes, coloque-se na situação deles.

– Ainda não terminei. Previ novos desastres. Tufões na Ásia, terremotos nos Estados Unidos e Canadá, inundação das cidades costeiras em todo o mundo, explosão de outros vulcões inativos, o desaparecimento completo da Austrália e da Nova Zelândia, os continentes sendo arremessados para longe, a quebra do sistema financeiro mundial, a morte de bilhões de pessoas. E sabe para quando eu previ tudo isso?

– Não... para quando?

– Leia – Ariel entregou um papel para Beatriz.

Ela olhava para o pedaço de papel catatônica. Tentou ao máximo disfarçar sua angústia para as meninas quando chegou em casa. Que bom que elas não haviam percebido nada.

Beatriz subiu as escadas e abriu o sótão. Ela percebeu que algo não estava direito. O lugar estava limpo e arrumado. Joana já não limpava aquele cômodo há dois meses pelo menos. O ar também estava renovado. Alguém tinha aberto as janelas. *Liz*, pensou Bia. Será que ela finalmente tinha tido a coragem de entrar ali?

Beatriz vasculhou atrás do quadro. A chave havia sumido. Ela conferiu a terceira gaveta da escrivaninha: fechada. Bia então resolveu abrir o cofre para se certificar de que tudo estava no seu devido lugar. Liz não tinha como saber a combinação, pensou. Assim que Bia abriu o cofre, notou que tudo estava no seu devido lugar.

Bia pegou a caixa com a chave, o endereço e a carta de Max. Lágrimas escorriam sem esforço. Ela se lembrou das palavras do marido antes de sair de casa naquele dia fatídico:

– Não se esqueça da combinação do cofre. Quero que você o abra amanhã, está bem?

– Porque quer que eu o abra amanhã? É uma surpresa ou coisa assim? – perguntou Beatriz.

– Amanhã, querida. Agora preciso ir. Tenho um encontro importante na universidade.

Ele nunca voltou para casa. E ela lembrou-se do cofre meses depois. CIA? Pouco provável, ela pensava. Seu marido estaria louco? Era o que parecia. Mas precisava tirar isso a limpo.

Beatriz foi até a universidade à procura de Ben. Ele era astrônomo e também um grande amigo de Max.

– Esqueça isso, Bia. É uma grande bobagem. Nada vai acontecer, eu te garanto – ele dizia.

– Mas o tal alinhamento... ele é real?

– Sim... mas já aconteceram outras vezes... e estamos aqui, não é?

– Quando foi o último? – Bia perguntou.

– Há mais de onze mil anos atrás.

– Onze mil? E como você sabe o que aconteceu aqui há onze mil anos atrás?

– Qual é Bia, você é mais inteligente do que isso – estressou-se Ben.

– É possível saber? Diga!

– Sim, é possível saber. O mundo não foi destruído. Nós estamos aqui. Aliás, habitamos o planeta há mais de 70 mil anos. Se algo dessa magnitude tivesse ocorrido, nós certamente não estaríamos aqui. Pense bem.

– É por isso que estou aqui. Preciso de uma luz no fim do túnel. E sei que você não mentiria para mim – disse ela mais calma.

– Olha, Max e eu vivíamos discutindo sobre isso. Ele realmente acreditava no fim do mundo... eu já acredito na vida, Bia. Se algo for acontecer ao nosso planeta será por nossa culpa e não por causa de um alinhamento planetário. Está entendendo aonde quero chegar? Esse alarde é infundado. Esqueça isso, está bem?

– Vou esquecer, por enquanto – disse ela por fim.

Liz e Melissa inventaram a história do cinema para ficarem sozinhas. Foram para um bar ali mesmo no bairro do Morumbi. O lugar estava tranquilo e elas puderam conversar em paz.

– Acha que seu pai foi morto pela CIA?

– Não sei. Estou tão confusa – disse Liz.

– E essa história do fim do mundo... macabro, não?

– É estranho. Porque nunca ouvimos falar sobre isso?

– Não sei... ei, o Google é o oráculo dos oráculos! Vamos perguntar à ele – sugeriu Mel já se levantando.

– Boa ideia.

No bar havia quatro computadores com acesso à internet. Cobrava-se uma taxa de quatro reais por cada 30 minutos de uso.

Liz e Melissa se postaram em frente à máquina que já estava na página principal do Google só esperando pela pesquisa a ser feita.

– O que vamos procurar? – perguntou Mel.

– Digita aí: 2012 – Liz sugeriu.

– Perfeito!

Aproximadamente 500 milhões de resultados foram encontrados em menos de 0,23 segundo. Incrível, pensou Melissa.

– Vamos entrar na sequência, beleza?

– Tudo bem – concordou Liz.

O primeiro site intitulado "2012 O Fim dos Tempos" possuía mais de cem páginas de textos, fotos e profecias. Elas se ativeram em uma passagem que dizia tudo:

"O fim dos tempos já aconteceu centenas de vezes no planeta Terra. Mas só agora será realmente sentido já que existem seres pensantes em sua superfície. O fogo dos céus irá se alastrar pelos continentes e as águas do mar se levantarão em seu auxílio. A polaridade será invertida mas, antes de voltar a girar, a Terra irá parar por três dias. Quando recomeçar sua rotação, os ventos se farão presentes e terminarão por acabar com tudo o que restou."

– Não sei se quero continuar a ler isso – disse Liz.

– Vamos acessar outro site – disse Mel retornando à página de pesquisas do Google.

– Olhe esse aqui: "2012 – Das profecias aos Desastres".

– Vamos nesse – clicou Mel.

As informações eram muito parecidas. Todos pareciam falar a mesma língua. Uma passagem do texto chamou a atenção de Melissa.

– Escuta isso: "O mundo como o conhecemos irá definitivamente acabar. O fogo, a água e o vento varrerão todo e qualquer resquício de nossa civilização. Não haverá salvação para quem estiver na superfície da Terra. Os escolhidos serão levados por extraterrestres para um local seguro. Assim que a Terra voltar a girar e os ventos cessarem, os escolhidos voltarão para iniciar a sexta civilização."

Num outro site sob o título de "O fim do mundo já começou", Melissa foi passando pelas páginas rapidamente até Liz pedir que parasse em um trecho que dizia:

"O fim do mundo já começou. Desde o último alinhamento o mundo está caminhando para o seu fim. Dois sóis aparecerão nos céus de todo o globo ateando fogo onde estiver seco. Vulcões entrarão em erupção para manchar de sangue o chão da Terra. Grandes terremotos e maremotos redesenharão o mapa terrestre. Enormes ondas se levantarão dos mares e arrasarão os continentes. O vento então virá para terminar com toda a história de um povo. Uma era negra começará para os que não forem os escolhidos."

– Estou me sentindo uma idiota. Parece que todos sabem o que vai acontecer, menos nós. Qual é? – Liz dizia irritada.

– Pelo que entendi na carta do seu pai, os governos vão esconder isso até o fim. E devem ter matado uma porrada de gente por conta disso – disse Mel.

– Inclusive meu pai.

– É Liz... inclusive ele. Será que a Bia não sabia mesmo de nada?

–Você não acha que ela teria me contado? – Liz estava intrigada.

– Não sei. Ela pode não ter acreditado.

– O que estou entendendo é o seguinte: o mundo vai acabar no final deste ano e eu só tenho 18 anos.

–Vamos viver o que nos resta como se deve! – Mel comemorou.

–Você não está levando isso a sério?

– Quer saber? De que adianta? Se for realmente verdade, game over. Não tem pra onde fugir.

– O abrigo. Podemos conseguir escapar.

–Tá... e depois? Se a Terra vai ser arrasada como contam as profecias que lemos, não vai sobrar nada.Vamos comer o quê? Vamos viver onde? E a pergunta principal: vamos viver pra quê?

– Não acha que devemos pelo menos tentar? – Liz perguntou.

– Não sei. Será que vale a pena tanto sofrimento?

– Podemos tentar descobrir juntas – chamou Liz segurando a mão da amiga.

– Quer conhecer o tal abrigo, não é?

– Quero.Você vem?

– Lógico... mas com uma condição: você vai ter que falar com a Bia sobre tudo isso, beleza?

– Beleza.

Beatriz não acreditava no que estava ouvindo. Como ele pode ser tão desumano?

– Bia, entenda por favor. Vocês duas estavam sendo observadas. CIA, FBI e a Inteligência brasileira estavam na sua cola. Se você tomasse qualquer providência, eles entrariam no jogo... pra ganhar! Eu precisava te dissuadir. Precisava fazer você acreditar que não passava de uma loucura da cabeça de Max!

– Ben, tinha de ter outra maneira de você fazer isso! O tempo está se esgotando e eu não me preparei!

– Está tudo pronto no abrigo, Bia. Eu ajudei Max nisso... assim como ele me ajudou no meu.

–Você tem um abrigo também?

– Tenho. E eu ia contar tudo no meio do ano pra você e Liz poderem se preparar... jamais deixaria vocês na mão. Pelo amor de Deus, Bia.

– Não confio mais em você, Ben. Não acredito em uma palavra do que está dizendo!

– Bia, que seja. Mas escute bem o que vou falar: você e Liz precisam se mudar para Ribeirão Preto até outubro deste ano, entendeu? O abrigo comporta cerca de oito pessoas.

– E o caseiro e a mulher dele?

– Seu marido era muito generoso, Bia. Ele ensinou a fazer e deu o dinheiro para que o cara o fizesse.

– E ele fez?

– Parece que sim.

– Menos mal. A Liz acabou de chegar. Preciso desligar – despediu-se Bia.

– Se precisar de algo, me ligue. Qualquer coisa, está bem?

– Tchau Ben.

Liz entrou em casa sozinha. Melissa achou melhor as duas terem essa conversa a sós.

– Oi mãe.

– Oi filha. Senta aqui um pouquinho – Beatriz a chamou para perto de si.

– A gente precisa conversar, não é?

– Precisa sim. Você entrou no sótão hoje?

– Entrei.

– O que descobriu?

– Tudo.

– Abriu o cofre?

– Abri.

Beatriz sentiu uma pontada em seu peito. Ela queria que Liz soubesse pela sua boca e não dessa forma.

– Você também sabia, não é? – Liz perguntou de forma dura.

– Sabia... mas não acreditei totalmente. Não sei o que me deu. E o Ben, ele me disse que tudo ficaria bem.

– Ele mentiu?

– Mentiu. Para nos proteger... assim ele disse.

– Era ele no telefone?

– Era.

– O que vamos fazer?

– Ele disse que temos que nos mudar para lá em outubro. Preparar tudo o que for possível. O abrigo comporta oito pessoas.

– Como ele sabe?

– Ajudou seu pai a projetar.

– Sério? Então ele também...

– Sim. Ele também tem um.

– E o resto dos amigos deles?

– Não perguntei.

– Não entendo. Por que não disse nada? Por que não deixou que eu tirasse minhas próprias conclusões?

– Desculpe. Achei que estava te poupando... te protegendo... sei lá, filha! Eu errei. Me perdoa?

– Tudo bem, mãe – Liz abraçou Bia bem forte. Um medo que vinha do fundo de seu ser invadiu o corpo arrepiando até os fios dos cabelos – Eu quero conhecer o abrigo. Ainda estamos em março. Precisamos saber o que vamos encontrar.

– Concordo.

– Convidei a Mel para ir com a gente.

– Boa ideia. Eu adoraria salvar a Mel – disse Bia sorrindo.

Júlia atendeu o telefone no terceiro toque. Ela ficou feliz em ouvir a voz de Liz depois de quase uma semana.

– Achei que não ia me ligar!

– Desculpe... mas é que tanta coisa aconteceu... tudo bem por aí?

– Tudo bem, e você? E a Mel?

– Tudo certo. Escuta, vou viajar neste fim de semana, mas na volta, queria combinar alguma coisa... um barzinho... sei lá.

– Legal. Mas você vai viajar justo neste fim de semana? Não soube do show dos Rage Against? Eles estão de volta! – Júlia comemorou.

– Não sabia! Putz. Bom, vai ficar para outra vez (ou outra vida, ela pensou).

– Tudo bem então... a gente se fala quando você voltar.

Liz, Beatriz e Melissa pegaram a estrada na manhã de sábado. Em três horas elas haviam percorrido a pista dupla que ligava São Paulo a Ribeirão Preto.

– Seu pai deve ter escolhido Ribeirão porque eu a achava a cidade mais linda do mundo – comentou Bia.

–Verdade? – perguntou Mel.

–Verdade. Eu vivia dizendo para ele que um dia moraria lá... vejam como são as coisas.

– Eu me lembro de você falar sobre isso – disse Liz.

Ribeirão Preto surgiu suntuosa aos olhos das três. Vista do alto a cidade parecia estar dentro de uma grande cratera.

– Deve ser por isso que é essa terra é tão quente! – disse Bia.

Liz conhecia bem Ribeirão Preto. Beatriz chegou a dar aulas todos os sábados em uma das muitas universidades da cidade. Elas pegavam o avião às 6 horas e chegavam em Ribeirão Preto às 7 horas. Enquanto Bia ministrava suas aulas, Liz ia para o shopping ou para o centro da cidade. Quando não tinha mais o que fazer, ficava na piscina do hotel. As duas voltavam para São Paulo no domingo à noite. Por mais de um ano esse foi o programa de final de semana das duas. Max também trabalhava aos sábados e domingos, por isso, não implicava com a situação. Mas depois que Liz conheceu Cauê, tudo mudou. Ela já não queria mais acompanhar a mãe nas viagens. Até que Beatriz se cansou do vai e vem e decidiu parar com as aulas por um tempo.

–Tive muitas saudades daqui – soltou Bia.

– Eu adorava vir pra cá – disse Liz.

–Até o Cauê mudar para nosso condomínio, não é? – perguntou Bia praticamente confirmando.

– Que bobagem! – suspirou Liz.

– Gente, estão sentindo esse calor? – disse Mel.

–Aqui é assim mesmo... se nevar no resto do país pode ter certeza de que aqui estará fazendo 40 graus! – brincou Bia.

– Então só falta mesmo uma praia! – sonhou Mel.

–Aí seria a cidade perfeita! – disse Bia.

Ribeirão Preto já era considerada a terceira maior cidade do estado. O município crescia para todos os lados porque o progresso e a construção civil chegavam a toda. Beatriz notou o quanto a cidade havia mudado. Novas vias, novos shoppings, novos empreendimentos, novos prédios, novos bairros... uma nova cidade em volta da velha e linda Ribeirão Preto. Ela se emocionou ao reconhecer alguns dos lugares por onde andava na época das aulas.

–Vamos direto para o abrigo, mãe?

–Vamos. Deixa eu encostar o carro e dar uma boa olhada no mapa.

Beatriz conhecia bem a região das chácaras. Os estudantes costumavam alugar os locais para promover grandes festas. Bia e Liz tinham sido convidadas para algumas delas.

– Já sei onde fica. Em 20 minutos estaremos lá – disse Bia.

A antiga estrada de terra deu espaço para o asfalto. Uma portaria demarcava o território agora fechado. Beatriz deu o número da chácara para onde ia e disse ao porteiro que era a primeira vez que vinha visitar o imóvel.

– Qual o nome do seu marido?

– Max.

–Você é Beatriz?

– Sim.

– Quem está com você no carro?

– Minha filha Liz e sua amiga Melissa.

– Podem me dar as identificações. São ordens que o caseiro recebeu.

– Pois não – Bia entregou os RG's das três para o porteiro.

Ele olhou bem para os documentos e depois olhou bem para o rosto das três. Finalmente disse:

– Tudo bem... segunda rua à direita – apontou ele devolvendo os documentos.

– Obrigada.

A chácara número 21 tinha um grande muro externo. Um grande portão branco terminava por fechar o imóvel.

–Você tem o controle do portão? – Liz perguntou.

– Não... mas deve estar em algum lugar aí dentro. Não querem entrar e procurar?

Liz e Mel desceram do carro com a chave nas mãos. A chave que tinham abriu um portão lateral para a entrada de pedestres.

A chácara estava muito bem cuidada. Plantas ornamentais e árvores frutíferas disputavam o lugar com lindas flores coloridas. Uma horta bem em frente à casa estava produzindo alface, rúcula, agrião e mais alguma coisa que Liz não identificou. Mel gritou para Liz assim que chegou na varanda da casa:

– Achei o controle!

– Então abra!

Beatriz estacionou o carro e as três se encontraram na varanda. Bia perguntou sobre a chave da casa e Mel mostrou uma caixinha que continha o controle do portão e algumas chaves.

– Não acho que há alguém aqui hoje. Está um silêncio – disse Mel.

– Hoje é sábado, acho que o caseiro não trabalha – disse Liz.

A casa da chácara tinha um estilo rústico. Móveis de madeira escura contrastavam com lindas cortinas em estilo holandês. Quadros de plantações e colheitas enfeitavam as paredes em tom de terra. Um lindo tapete rústico chamava a atenção para um grande estofado vintage. A mistura de estilos se fazia presente em todos os cômodos. O rústico e o vintage viviam em perfeita harmonia apesar das diferenças.

– Tem a cara do seu pai.

– Tem mesmo. Agora sei que ele não ia para Campos do Jordão nos finais de semana... ele vinha para cá...

– Com certeza! – concordou Bia.

A casa tinha três suítes, duas salas, uma cozinha, dois banheiros, uma varanda enorme, lavanderia, escritório e um porão.

No porão Liz encontrou um quadro igual ao do sótão do pai. Nas prateleiras havia sementes de todos os tipos, equipamentos de jardinagem, algumas caixas lacradas e um violão. Liz sorriu ao ver o violão ali porque lembrou de algo que seu pai lhe disse um dia:

– Quem toca um instrumento nunca está sozinho.

E ele tinha razão, pensou. Infelizmente nunca tinha tido paciência o suficiente para aprender a tocar. Conhecia poucas notas e as poucas que conheciam o faziam rir. Ela tocava muito mal mesmo.

– Tem uma porta muito estranha aqui – observou Mel.

– Parece porta de cofre... deve ser a entrada do abrigo – disse Bia.

– Como vamos abrir?

– Tem um teclado aqui! – mostrou Mel.

– Então digita aí: 21/12/20/12 – cantou Liz.

A pesada porta se abriu. Uma caixa de vidro se mostrou radiante lá dentro.

– Isso aqui deve ser à prova de balas – Mel apontou para a grossura do vidro.

De fora da caixa de vidro, era possível enxergar todo o abrigo. Liz notou uma escada que levava para a parte debaixo do abrigo.

Uma outra porta também de vidro estava fechada. Um outro teclado pedia uma senha. Liz digitou a mesma senha e a porta se abriu.

Um ar pesado encontrou com suas narinas. O lugar deveria estar fechado há algum tempo.

Beatriz notou que as paredes, o teto e o chão eram feitos de algo parecido com chumbo. Um verdadeiro cofre forte.

– Gente, isso parece uma tumba! – disse Mel.

– Tem razão. Tomara que não nos enterre vivas – disse Bia.

– Acha que podemos não escapar mesmo estando aqui embaixo? – Liz perguntou.

– O material do seu pai diz que depois do fogo seremos arrasados por ondas gigantes... e se estivermos aqui embaixo...

– Credo! Isola! – disse Mel.

– Vamos nos mudar para cá, mãe?

– Depois das palavras do Ben, vamos sim. Se nada acontecer... melhor.

– Mas se acontecer...

– Teremos alguma chance – finalizou Bia.

O abrigo estava equipado com alguns colchões, duas camas, pia, tanque, uma espécie de banheiro, um chuveiro, mesas, cadeiras, jogos de tabuleiro, lousa, um mapa múndi, livros, material de escritório, uma estufa, armas, dois geradores e por aí vai. O lugar era razoavelmente grande, com cerca de 150 metros quadrados. Para onde quer que se olhasse, manuais de instruções pendiam das paredes e dos aparelhos estranhos.

– Não acredito que meu pai fez tudo isso para nos salvar – disse Liz.

– É incrível mesmo – disse Mel boquiaberta.

– Pena que não dividiu isso com a gente – lamentou Bia.

– Ele não podia... – uma lágrima escorreu pelo rosto de Liz.

Um barulho no andar de cima despertou as três para a realidade. Liz arregalou os olhos para a mãe.

– Deve ser o caseiro. Fiquem aqui que vou olhar – disse Bia pegando uma automática e subindo as escadas.

–Você nem sabe atirar – sussurrou Liz

–Travem essa porta quando eu sair! – sussurrou mais alto Beatriz.

As meninas subiram e travaram a porta de vidro. Ela era pesada como rocha. A largura do material devia ultrapassar cinco dedos da mão.

Beatriz desapareceu atrás da porta de cofre bancário. As duas desceram os degraus e ficaram olhando para um parede cheia de armas e munições.

– O que seu pai estava pensando?

– Acho que ele imaginou pessoas tentando invadir... sei lá.

– Ele pensou em tudo mesmo.

– Mel, você vem pra cá conosco, não é?

– Amiga, não posso deixar os meus pais... não dá.

– Eles podem vir com a gente – solucionou Liz.

–Você conhece meus pais. Vai ser impossível.

– Podemos tentar... aliás, nós vamos tentar!

– Tudo bem. O amigo do seu pai disse que tem lugar para oito pessoas, certo? Quem você traria se eu não viesse com os meus velhos?

– Não quero pensar nessa possibilidade.

– Fala aí... o Cauê?

– Não... não sei.

Melissa riu do embaraço de Liz. Mas ela resolveu deixar o assunto de lado já que Bia abria a porta de banco com alguém atrás dela. As meninas notaram que Bia chamava para que elas abrissem a porta. Talvez não quisesse mostrar a combinação de números para a pessoa que a seguia.

– Está tudo bem, meninas; este é Joaquim, nosso caseiro – disse Bia.

– Olá.

– Tudo bem? – cumprimentou Liz.

– O Joaquim ajudou seu pai na construção do abrigo. E ele já construiu um para si e seus familiares.

– Não é tão grande e bonito quanto esse, mas é bem funcional como o seu Max me ensinou... que Deus o tenha – explicou Joaquim.

– Como sabe da morte do meu pai? – perguntou Liz.

– O amigo dele me contou.

– Foi o Ben, filha – disse Beatriz.

– Bom, Joaquim, como eu te disse nós viemos para conhecer o abrigo e anotar tudo o que está faltando.

– Vou fazer uma lista com a senhora. Aliás foi bom terem vindo já... o seu Ben disse que poderiam fazer isso no meio do ano, mas sinceramente, acho que até lá estaremos vivendo uma grande crise.

– Por que diz isso?

– Com todas essas catástrofes acontecendo todos os dias... até julho os supermercados estarão completamente vazios... podem acreditar – ele concluiu.

– Tem razão, Joaquim. Tem toda a razão – concordou Bia.

As meninas subiram para desfazer as malas enquanto Beatriz e Joaquim faziam uma grande lista com tudo o que precisariam para sobreviver após 21 de dezembro de 2012.

– Você precisa de algo, Joaquim? Água, comida?

– Já temos tudo... providenciei no final do ano passado... como dizia o seu Max: "Precisamos nos prevenir se quisermos sobreviver".

– Ele dizia isso? – Bia perguntou entre sorrisos.

– Sim... todo o tempo.

Mekhu permanecia de olhos fechados. Ele precisava permanecer sereno. A tragédia que se daria a seguir era necessária. Ele não tinha autorização para impedir.

A nave permanecia nas sombras de uma grossa nuvem de chuva. Mekhu não poderia correr o risco de serem vistos.

Com os olhos ainda fechados ele acompanhava os passos do rapaz. Era uma visita turística e ele estava acompanhado de amigos e de sua namorada. Ninguém poderia prever o que estava para acontecer.

Mekhu sentiu o tremor do Yellowstone em sua nave. O supervulcão explodiu com uma força tremenda expurgando todos os pecados sobre a Terra.

As pessoas gritavam e corriam enquanto a lava se espalhava por todos os lados. Foi tudo muito rápido.

– Temos que tirá-lo de lá agora! – exclamou Nimlot sem mexer a boca.

– Mekhu, preciso da sua autorização – pediu Yunet sem mexer a boca também.

– Esperem mais um pouco... só mais um pouco... agora! – ele autorizou através da telepatia.

Um homem de trinta e poucos anos se materializou na nave Duathor. Ele estava apavorado e gritava com os tripulantes. Yunet se aproximou e com o dedo indicador fez o rapaz dormir.

– Para onde ele será levado? – Nimlot perguntou.

– Este vai para Dione em Saturno.

– Vamos levá-lo agora? – Yunet perguntou.

– Ainda não. Temos outro para resgatar – respondeu Mekhu.

– Onde?

– Próximo ao Etna.

Thiago se sentia inquieto. Queria fazer tudo e ao mesmo tempo não fazer nada. O médico havia dito que ele estava com início de depressão. Mas ele sabia que não era isso. Outra coisa o afligia, e só ele sabia o quê.

As provas de abril iriam começar na outra semana. Thiago sempre estava preparado apesar de não precisar estudar. Ele tinha grande facilidade com todas as matérias... era como se já soubesse.

As notícias de todo o mundo não paravam de chegar pelo seu e-mail. Thiago tinha amigos em todos os cantos do globo. Já havia morado na Austrália, Índia, Japão, China, Estados Unidos, Espanha, França e Brasil. As mudanças começaram quando tinha 3 anos de idade, porque seus pais eram diplomatas e as transferências eram inevitáveis.

Thiago sempre agradecia pelos lugares por onde passou. Ele pôde aprender novas culturas e novos idiomas. Fez muitos amigos e hoje tem contato com a maioria deles. A volta ao Brasil foi muito desejada por sua mãe e por ele, mas pelo pai eles continuariam morando na França.

Vinte e duas mensagens não lidas piscavam no monitor. Ele abriu o Outlook e deu uma olhada nos conteúdos. Dos 22 e-mails, 20 falavam sobre os desastres no mundo. Os outros dois queriam vender seguro de vida e outras baboseiras.

Thiago leu os 20 e-mails e respondeu a todos. Os amigos ao redor do mundo escreviam com medo os seus relatos. Thiago sentiu compaixão por eles já que, no Brasil, a calmaria era marca registrada do país.

Thiago notou grande burburinho na televisão. Ele pegou o controle remoto e aumentou o volume:

"Uma verdadeira tragédia acaba de ocorrer nos Estados Unidos. O famoso supervulcão Yellowstone acaba de entrar em erupção. Kansas e Nebraska já estão sendo evacuados nesse momento. Os vulcanólogos consultados afirmam que o desastre ainda nem começou. Quando o piroplastic for expelido, tudo num raio de 1900 quilômetros será totalmente incinerado, e as especulações também são muitas. Alguns cientistas afirmam que, com a erupção, um grande terremoto acontecerá gerando uma onda subterrânea que acabará por gerar uma tsunami de grande magnitude. Essa tsunami poderá atingir as regiões costeiras da América do Sul, América Central e Europa."

– É o fim do mundo – disse Thiago para si mesmo.

Ele conhecia as profecias sobre o apocalipse. Desde criança essas histórias o intrigavam. Há cerca de dois anos ele se deparou com um e-mail mais do que intrigante. Uma data marcada para o fim dos tempos estampava o título da mensagem em letras garrafais: 21 DE DEZEMBRO DE 2012, VOCÊ ESTÁ PREPARADO? Após conhecer o conteúdo do material, Thiago se interessou pela data e passou a buscá-la em todos os lugares possíveis. Encontrou vários títulos à venda nas livrarias, sites na internet, profecias em livros e até mesmo DVD's com palestras sobre o assunto. Dois filmes também estavam na época de serem lançados por Hollywood com grandes astros no elenco. Enfim, Thiago recebeu uma chuva de informações valiosíssimas. Elas estavam ali para quem quisesse ver, mas a mídia não deu muita importância a isso. Apenas nas TV's pagas era possível ver documentários e filmes sobre o assunto.

Hoje a mídia não podia mais fugir da realidade, ele pensava. As tragédias estavam acontecendo todos os dias. Estava na cara de todos o que viria a seguir.

Ele desligou a televisão e resolveu abastecer o seu blog: "Salve-se enquanto puder." Thiago escreveria sobre o Yellowstone e a tragédia que estaria por vir. Para não cometer erros, entrou em um site que explicava detalhadamente qual seria o próximo passo do desastre após a erupção.

Com o trabalho finalizado um sono seria uma ótima ideia. Ele sabia que seus dias estavam contados e queria aproveitar todos os momentos ao máximo. E dormir, definitivamente, era um desses momentos para se aproveitar.

Thiago estava em uma espécie de caverna. Estava escuro, porém havia luz mais à frente. Andou vagarosamente prestando atenção onde pisava, chamou e o eco o chamou de volta. Uma brisa gelada cortou como lâmina o seu rosto. A luz ficava mais forte e ele notou um pequeno lago logo à frente. Uma silhueta feminina se postou a sua frente e, com o susto, Thiago caiu para trás.

– Te assustei? – ela perguntou.

– Mais do que isso... quase morri! – disse ele.

– Desculpe. Você sabe onde é a saída?

– Não... da onde vim não tem saída.

– Por ali também não tem... acho que estamos presos – ela concluiu.

– Estamos sozinhos?

– É o que parece.

– Escute... são gritos!

– Sim... lá em cima... devemos estar abaixo da superfície.

– O que está acontecendo lá?

– Não sei...

Thiago acordou se sentindo totalmente quebrado. Parecia ter sido espancado a noite toda. Ele se espreguiçou e foi direto para o banho. As aulas começariam em menos de uma hora.

Mekhu pairava sobre o Etna. O vulcão ainda não havia acordado. Ele se lembrou de tempos remotos em que esse vulcão havia dizimado boa parte do planeta.

Yunet já traçava o curso para a lua de Saturno quando o rapaz se libertou do sono. Ele partiu para cima de Nimlot, contudo, suas pernas não respondiam à altura. O rapaz cambaleou e caiu em cima de uma mesa no centro da nave. Nimlot o segurou dizendo com a boca, em um inglês perfeito, que não iria machucá-lo.

– O que querem comigo? – ele gritava.

– Queremos tirar você daqui com vida – disse Nimlot.

– Querem é fazer experiências, não é? O que vocês são? – ainda gritava o rapaz.

– Éramos como você. Agora somos mais evoluídos. Mas vocês também chegarão lá.

– Chega de explicações.Você as terá no momento certo – enquanto dizia isso,Yunet colocou o rapaz para dormir de novo.

Mekhu não havia se mexido do lugar. Ele continuava concentrado no que estava para acontecer. Nimlot o tirou da concentração em que estava:

– Quantos são?

– Apenas um. Uma criança.

– E seus pais?

– Vão desencarnar.

– Para onde vamos levá-lo?

– Ele vai para Órion conosco. É um dos nossos – respondeu Mekhu.

– Achei que não houvesse mais ninguém dos nossos encarnado – disse Yunet.

– Esse é o último. Os outros já foram retirados.

– E por que esse ficou?

– Uma última missão o segurou aqui. Mas acabou de ser concluída – respondeu Mekhu fechando os olhos.

Yunet e Nimlot sabiam que quando Mekhu fechava os olhos ele precisava de concentração. O vulcão estaria prestes a entrar em erupção e Mekhu necessitava de toda sua capacidade cerebral para localizar o garoto com precisão e trazê-lo a bordo da Duathon. O único trabalho de Yunet e Nimlot, nesse caso, era o de apertarem um botão no momento exato.

Quando o Etna acordou, Mekhu sentiu vidas se esvaindo dos corpos abaixo deles. Um grande número de almas estava desencarnando desse mundo para entrar em outro no mesmo instante. Muitos espíritos vinham ao encontro dessas almas para não deixá-las perdidas, vagando no além-vida. Mekhu podia sentir tudo isso. É como se visse a cena em uma televisão de 40 polegadas com transmissão digital. As imagens eram perfeitas.

Ele voltou a se concentrar no garoto. Os pais já haviam sumido no meio da multidão. Mekhu sentiu ser esse o momento certo. O garoto de 10 anos surgia do nada na nave.

– Olá Mekhu – disse o garoto sem usar a boca.

– Olá Djer. É muito bom ver você.

– Obrigado pelas revelações. Ajudou muito no momento em que perdi meus pais terrenos.

–Você faria o mesmo por mim, meu amigo.

– E então, vamos para casa?

– Ainda não. Precisamos deixar um terráqueo em Dione. Depois sim, seguiremos para casa.

– Nosso trabalho acabou? – perguntou Yunet.

– Por hora. Outros estão vindo em auxílio da Terra.

Após uma boa noite de sono, Beatriz conferia uma lista imensa com tudo o que era necessário para a sobrevivência de oito pessoas dentro do abrigo. Liz entrou no quarto e ficou ali, olhando sua mãe.

– Conferindo essa lista de novo?

– Pois é, minha linda. Não quero deixar nada para trás... você dormiu bem?

–Tive sonhos estranhos de novo.

– Como foram?

– Primeiro eu estava em frente a um minivulcão. Ele explodiu com tanta força que me jogou longe. Depois eu apareci dentro de um caverna. Mas não tinha saída! E tinha alguém lá comigo.

– Quem?

– Não sei.

–Você estava com medo?

– Mãe... para de dar uma de psiquiatra, tá bom! Foi só um sonho.

– Lembra do que eu disse sobre consciência coletiva?

– Lembro.

– Pois bem... dois vulcões explodiram ontem.

– Mentira! Quais?

– Yellowstone e Etna. Os cientistas dizem que a catástrofe pode chegar aqui... no Brasil.

– Quando?

– Em quatro meses ou menos... não se sabe.

– Agora sim estou com medo!

– Resolvi que viremos para cá antes de outubro. Vamos nos mudar em julho.

– É melhor prevenir, não é?

– É melhor sim – disse Bia.

– Mãe, deixa eu te fazer uma pergunta?

– O que é?

– Como o papai conseguiu o dinheiro para fazer o abrigo?

– Filha, isso realmente é um mistério para mim. Assim que voltarmos para São Paulo vou atrás do Ben. Tenho muitas dúvidas e poucas respostas.

– Ele é o único com as respostas, não é?

– Pois é – disse Bia pensativa.

– Nós vamos sair às compras? – Liz perguntou.

– Temos muito a fazer hoje. Pelo menos três supermercados a visitar. Não acho que encontraremos tudo em um só. A lista é grande, afinal, temos que pensar em oito pessoas.

– É verdade. Serão oito pessoas por quanto tempo?

– Calculei cinco meses. Depois disso, entregamos a Deus.

Liz, Bia e Melissa saíram da chácara por volta das 9 horas. Sua primeira parada foi o Wal Mart. Elas lotaram seis carrinhos com tudo o que pudesse durar mais de um ano. Para não chamarem a atenção, cada uma passou com dois carrinhos em caixas diferentes. Após deixarem as primeiras compras na chácara, voltaram para a cidade em busca de um segundo supermercado. O escolhido da vez foi o Carrefour. Lá agiram da mesma forma. Voltaram para a chácara e antes de irem ao terceiro supermercado Liz pediu pelo amor de Deus por comida!

– Podemos ir ao shopping. Vai ser mais fácil comer por lá – disse Bia.

Elas chegaram ao shopping por volta das 16 horas. A fome fazia barulho no estômago de Liz. Melissa afirmou que seu estômago estava colado nas costas e Beatriz era a única que estava sem fome. Sempre que vivia algo tenso, sua fome simplesmente desaparecia.

Quando os pratos chegaram, Beatriz começou a contar a história do seu paciente profeta. As duas escutaram o relato com bastante atenção. Por fim Melissa perguntou:

– Ele não disse nada sobre o Brasil?

– Sabe que nem perguntei!

– Caramba, Bia. Seria a minha primeira pergunta – disse Mel.

– A minha também – confirmou Liz.

– Fiquei tão chocada com tudo aquilo que perdi o rebolado. Mas assim que voltarmos, vou ligar para ele.

– Mãe, cinco meses de provisões serão o suficiente?

– Vai ter que ser, filha. Não há espaço para mais do que isso. Mas acho que conseguiremos prolongar nossa estada, caso seja necessário.

– Em quantos supermercados vamos ter de ir para encontrar as quantidades que queremos? – Melissa perguntou.

– Acho que só mais um. O problema é a água. Teremos que ir a outros lugares além de supermercados.

– Vamos fazer isso hoje?

– Hoje não vai dar. Vamos ter que terminar isso amanhã. Você pode ficar mais um dia, Mel?

– Claro, Bia. Não tenho o que fazer, lembra?

Bia sorriu pela primeira vez no dia. Era bom relaxar depois de um dia estafante.

– Isso tudo parece tão surreal – disse Liz.

– Parece mentira, não é? – completou Mel.

– Meninas, às vezes me belisco querendo acreditar que tudo não passa de um sonho... e quando me dou conta, estou toda roxa!

As três gargalharam nas alturas. As pessoas ao redor olhavam sem nada entender. O cansaço tomava conta e as deixava mais relaxadas à medida que se tornava insuportável.

Thiago acompanhava o noticiário das 18 horas com bastante atenção. O Brasil poderia sofrer em breve com abalos sísmicos advindos da erupção do Yellowstone.

Uma nova onda de ataques terroristas fez vítimas por toda a Europa. A facção criminosa "Os Salvadores" atacaram novamente. Eles agora exigiam que abrigos subterrâneos fossem construídos por todo o mundo. Queriam que os governos dissessem a verdade para a população sobre o fim do mundo.

Uma guerra civil eclodia na França. A falta de alimentos e água transformou o país numa zona de guerra. As pessoas estouravam as vidraças dos mercados e invadiam levando tudo o que podiam.

A China declarou guerra aos Estados Unidos. Os motivos eram de ordem econômica e o país sentiu-se traído pelos americanos.

Outra guerra era anunciada. As Coreias haviam se unido para invadir os países vizinhos em busca de água e comida.

Fronteiras eram fechadas em todo o mundo. As pessoas que tentassem entrar em um país vizinho sem qualquer autorização eram mortas a tiros. O mundo estava um verdadeiro caos e esse foi o conteúdo de um jornal que dura em média 30 minutos.

Thiago desligou a televisão enojado. Com toda essa crise as pessoas só pensavam em si próprias. A não ser "Os Salvadores" que, apesar de chamarem a atenção matando pessoas, eram os únicos a pensar no coletivo.

Ele ligou a tela do computador e a página de inserção de novas matérias do blog apareceu instantaneamente. Thiago escreveria sobre as notícias que viu no jornal da noite e sobre sua indignação com a raça humana.

Cauê olhava para a televisão totalmente desatento. Onde estaria Liz e Bia? Ele havia tentado falar com elas o dia todo. Nem o celular atendiam. Liz estava fugindo e ele até podia entender isso. Mas queria tanto conversar... depois de tanto tempo ele queria que ela o perdoasse. Cauê sabia que eles não voltariam a namorar, mas seu perdão seria um alento em sua vida.

Ele olhava as imagens de destruição na televisão e imaginava o fim do mundo. Seria uma ótima maneira de esquecê-la de vez, ele pensou. Quem sabe a morte tira essa tristeza de dentro de mim.

Cauê pegou o porta-retratos que estava na cabeceira da cama. Ele e Liz sorriam para a câmera após um beijo apaixonado. Ele se lembrava do dia da foto e principalmente do beijo. Eles estavam tão felizes. E em menos de um mês tudo estava acabado. Graças a ela: Vitória!

Após uma noite de muita bebedeira na casa de um amigo, Liz, Cauê e Vitória voltaram para casa de táxi. Como Liz não estava acostumada a beber, Cauê e Vitória a colocaram na cama. Vitória disse a Cauê que não se preocupasse porque ela cuidaria da amiga.

– Vitória, a Bia está em Ribeirão Preto. Se a Liz começar a passar mal, você me chama, tá bom? – pediu Cauê.

– Pode deixar... eu te chamo – respondeu Vitória pensativa – Porque você não dorme aí no sofá então? – ofereceu Vitória.

– É uma boa... pelo menos estou aqui por perto – concordou Cauê.

– Quer um café? Pra tirar esse gosto de cabo de guarda-chuva? – brincou ela.

– Até que não é má ideia – ele aceitou.

Vitória já tinha traçado o plano. Ela andava para cima e para baixo com o frasco de Boa Noite Cinderela na bolsa só esperando o momento certo. E esse momento havia chegado.

Ela passou um café forte, pouco adoçado. Despejou parte do pó branco na xícara que serviria para Cauê. Ela misturou bem para tirar qualquer resquício de sabor. Apesar de que, com a bebedeira, ele poderia tomar coca-cola pensando ser café.

Após dez minutos, Cauê parecia chapado. Ele já não falava coisa com coisa. *Estava no ponto de abate*, ela pensou. Vitória tirou a roupa dele e a dela. Simulou uma situação que não existia. Transformou o cenário de tal forma que parecia que ele e ela rolaram no chão de comum acordo. Vitória dormiu nos braços de Cauê. Os dois completamente nus no chão da sala. Liz teria uma grande surpresa ao acordar.

Beatriz e Joaquim descarregavam os galões de vinte litros de água do carro. Eram 13 no total. Liz e Melissa estavam no último supermercado terminando as compras. Bia entrou no carro pela quinta vez no dia e foi ajudar as meninas com o restante dos mantimentos.

Havia comida e água suficientes para cerca de oito pessoas por cinco meses. Bia achava pouco, porém não havia espaço para mais do que isso.

As únicas coisas que ficaram para trás eram os tubos de oxigênio e o óleo para os lampiões. Bia incumbiu Joaquim dessas providências.

Após arrumarem todo o arsenal de comida e água, as três pegaram a estrada de volta para São Paulo. Segundo os cálculos de Beatriz, chegariam por volta da meia-noite na cidade. Bia tinha três pacientes marcados para a manhã seguinte.

Durante toda a viagem de volta, só o som de Rita Lee rompia o silêncio. Liz dormia enquanto Melissa pensava em como diria aos pais que o fim do mundo se aproximava. Beatriz repassava mentalmente a lista de compras tentando encontrar alguma falha.

A caverna estava fria e úmida. Liz ouvia os gritos lá em cima, porém não podia fazer nada para ajudar. Ela estava presa em uma caverna sem saída. Uma voz conhecida se aproximava.

– Não encontrou a saída?

– Não há saída... e as pessoas lá em cima precisam de ajuda.

– Como nós viemos parar aqui?

– Eu não sei.

– Está escuro aqui...

– Eu sei... a única luz que tínhamos se foi.

– O que vamos fazer?

– Esperar... não há o que fazer.

Melissa acordou Liz assim que entraram em São Paulo. Apesar da hora avançada a cidade parecia não dormir nunca.

– Chegamos – disse Mel.

– Eu dormi muito?

– Quase duas horas – Mel respondeu.

–Você vai dormir lá em casa?

– Não... preciso ir para a minha... amanhã quero conversar com os meus pais.

– Quer que eu esteja junto?

– Não... se eu não conseguir convencê-los, aí sim... vou querer você e sua mãe ao meu lado.

Bia deixou Melissa na Vila Madalena e seguiu para o bairro do Morumbi pela via expressa da marginal do rio Pinheiros. O sono teimava em fechar os olhos de Beatriz. Em uma dessas pestanejadas, um carro bateu contra elas despertando Bia completamente.

– Mãe! Você dormiu? – gritou Liz.

– Minha nossa... acho que fechei os olhos, filha.

– Encosta ali...olha – indicou Liz.

Beatriz parou o Jeep no acostamento da pista e uma Mercedes encostou logo atrás. Dois homens novos de terno escuro saíram do carro já perguntando:

–Vocês estão bem? A senhora está bem?

– Estamos bem... desculpem... eu acho que dormi ao volante – arrependia-se Bia.

– Não se preocupe conosco. A senhora acha que está bem para dirigir até em casa? Quer que a acompanhemos? – um deles disse.

– Não... não é necessário... o carro de vocês amassou? Tenho seguro e... – Bia foi cortada antes de terminar a frase.

– Não tem necessidade.

– Mas como? Eu fui a causadora do acidente e...

– Senhora, vá para casa e leve sua filha em segurança.

– Hum? – Bia ficou totalmente sem fala.

– Boa noite – os dois homens entraram no carro e foram embora.

Liz estava em pé na porta do carona, boquiaberta. Ela nunca tinha visto algo parecido em um acidente de trânsito.

– Filha, você viu isso?

– Vi sim... não acredito que não brigaram, nem nada! Que coisa estranha – Liz ficou pensativa por um instante.

– Se o nosso carro amassou desse jeito, imagine o deles! – dizia Bia passando a mão pela lateral esquerda toda amassada.

– Será que eram ladrões? Podiam ter roubado o carro...

– Se fossem ladrões não teriam parado. E muito menos me mandado levar você para casa em segurança.

– Pois é... como eles sabiam que eu era sua filha? Todos acham que somos irmãs por você ser tão nova.

– Adivinharam... chutaram... sei lá. Bem, vamos para casa.

– Mas eu dirijo, tá? – pediu Liz.

– Fique à vontade, filha – entregando as chaves para Liz.

Cauê escutou o barulho do carro de Beatriz. Ele correu até a janela e espionou para ver se Liz estava com ela. As duas desceram do carro e tiraram duas mochilas do porta-malas. Elas chegavam de viagem, pensou ele.

Nem Liz, nem Beatriz notaram que eram observadas. Cauê acompanhou os últimos passos de Liz para dentro de casa. Suspirou profundamente e voltou para a cama a fim de terminar de assistir ao jornal da madrugada.

O vulcão Etna havia se acalmado. Já o Yellowstone continuava a castigar os Estados Unidos. Um terremoto de 6.2 na escala Richter colocou várias cidades em alerta.

As guerras eclodiam por todo o globo. A falta de comida e água atingia cada vez mais pessoas. Países haviam fechado por completo suas fronteiras e as pessoas protegiam o pouco que ainda restava. Já era possível comprar armas nos supermercados e até mesmo em farmácias. A população se armava para uma guerra sem precedentes.

Cauê desligou a televisão e colocou o relógio para despertar às 7h45. De amanhã Liz não iria escapar. Ele dormiria em sua porta caso fosse preciso.

Liz deitou-se depois de três dias estafantes. Seu corpo estava completamente moído e o cérebro já não respondia às principais funções.

O sono veio logo e, com ele, Liz retornou à caverna. Os gritos haviam cessado. O silêncio era mortal.

– Que bom que voltou. Achei que ficaria aqui sozinho... por onde você saiu? – ele perguntou.

– Eu não me lembro de ter saído.

– Mas você saiu.

– Não escuto os gritos.

– Eles pararam há algum tempo.

– Onde acha que estamos?

– Não faço a menor ideia... mas é bom ter companhia.

– Estranho... lembro de muito pouca coisa... coisas de fora daqui.

– Eu também. Parece que estou sonhando.

– Pode ser que estejamos.

– É... pode ser – ele concordou.

– Se for mesmo um sonho, como podemos saber?

– Quer que eu te belisque? – Liz perguntou.

De repente o barulho de um vento cortante fez os dois tamparem os ouvidos. Os uivos ficavam mais altos a cada minuto.

– Acho que vamos ser soterrados! Deve ser um baita furacão! – gritava Liz.

– Precisamos ficar em um local mais seguro... venha – ele puxou a mão de Liz.

Os dois correram por dentro da caverna enxergando pouca coisa à frente. Liz tropeçou por duas vezes. Tateando as paredes, eles notaram uma pequena fenda do lado direito. A abertura não era profunda, mas poderia servir de abrigo caso o teto viesse abaixo.

– Acho que estamos seguros... de certa forma – ele disse.

– Tomara – Liz ainda gritava para se fazer ouvir.

– Será que vamos morrer?

– Você tem medo de morrer?

– Claro.

– Por quê? – ele perguntou.

– Porque não sei o que vou encontrar do outro lado.

– Então você acredita que exista um outro lado?

– Acredito – ela agora não precisava gritar tão alto.

– O furacão está passando.

– Que bom... acho que vamos sobreviver.

– Você saberia me dizer o seu nome? Se lembra dele?

– Sim. Meu nome é Liz! E o seu, você se lembra?

– Thiago – ele falou sem gritar.

Cauê se postou em frente à porta de Liz. De lá ele não sairia tão cedo. Ela seria forçada a ouvi-lo ou então teria de passar por cima dele para entrar e sair de casa.

Liz tinha combinado de encontrar Mel e Júlia no parque do Ibirapuera. Elas iriam fazer uma caminhada e depois tomar café da manhã juntas.

O susto que Liz levou a fez dar um grito. Cauê imediatamente se levantou do chão e pediu desculpas.

– O que é que você está fazendo aí sentado? – Liz gritou.

– Desculpa, Liz. Mas preciso muito falar com você.

– Caramba, Cauê. Que susto!

– Nós podemos conversar?

– Estou de saída agora... mais tarde, tá bom?

– Vou ficar te esperando aqui, tudo bem pra você? – ele disse.

– Lógico que não. Assim que eu chegar vou até a sua casa.

– Prefiro esperar aqui.

– Escuta, Cauê. Vou demorar pra voltar.

– Eu espero... não tem problema.

– Que seja. Tchau – disse Liz pisando duro.

Liz arrancou com o carro deixando Cauê sentado à sua porta. Ela sentiu tanta raiva que socou o volante tentando, em vão, expurgar aquele sentimento.

O trânsito estava caótico. Afinal eram 8h30 da manhã de terça-feira. Liz, que já estava irritada, buzinava por qualquer bobeira. Em dado momento ela abriu o vidro e mostrou o dedo do meio para alguém que xingava a sua mãe. Assim era o trânsito de São Paulo. Nem com yoga ou meditação se consegue manter a calma e a serenidade.

Quase uma hora depois de deixar Cauê plantado na porta da sua casa, Liz chegou ao parque do Ibirapuera. Ela quase que por milagre conseguiu uma vaga bem próxima da entrada. Melissa já se aquecia e Júlia tomava um bom gole d'água.

– Desculpem a demora! O Cauê me atrasou e o trânsito estava péssimo – disse ela.

– Cauê? Como assim? – Mel perguntou em meio a um sorriso.

– Depois eu conto. Que bom te ver, Júlia – Liz e Júlia se cumprimentaram.

– A gente se conhece tão pouco e a nossa amizade já é tão profunda, não é? – disse Júlia para as duas.

– É que escapamos da morte juntas... por duas vezes! – brincou Mel.

– Nem me lembre. Parece que foi em outra vida – disse Júlia balançando a cabeça negativamente.

– Sinto a mesma coisa – disse Liz.

– E então, vamos deixar o corpinho em ordem? – disse Mel correndo no mesmo lugar.

– Vai com calma, hein. Estou totalmente enferrujada – disse Liz.

– E eu sou sedentária desde que nasci! – completou Júlia.

As três começaram a caminhar pelo circuito do parque. O sol surgia por entre as frestas das árvores do bosque. Momentos de sombra e sol se intercalavam durante a caminhada.

Depois de quase meia hora, Melissa era a única que conseguia falar. Liz se limitava ao hum, hum. Júlia nem isso conseguia dizer, tamanho era o esforço em acompanhar as duas.

Após 40 minutos ininterruptos, as três se alongaram e tomaram muita água mineral. Júlia tinha as bochechas vermelhas por causa do esforço físico e Liz parecia que tinha corrido uma maratona. Melissa era a única inteira após a caminhada.

– Café da manhã? – Mel perguntou.

– Demorou! – disse Liz.

– Será que dá pra chamar um guincho? – Júlia brincou.

As três foram para uma padaria ali perto do parque. Pão francês na chapa com manteiga para as três, suco de laranja e salada de frutas. Enquanto o pedido não chegava, Liz contou sobre a batida de carro da noite passada.

– Não é estranho? O episódio de ontem me lembrou muito do que aconteceu em Londres – disse Liz.

– A bolsa e o bilhete – lembrou Mel.

– Gente... que coisa esquisita – disse Júlia.

– Estou muito encanada com isso. E eu sinceramente não sei o que pensar.

– Liz, parece que alguém está protegendo você! – concluiu Júlia.

– Protegendo? Pra quê? Por quê? Essas perguntas estão me deixando maluca! E agora eu dei pra sonhar com uma caverna e gente gritando...

– Uma caverna? Pode ser uma alusão ao abrigo, Liz – disse Mel.

– Que abrigo? – Júlia olhava de uma para outra.

– Vamos te contar tudo – disse Mel colocando sua mão sobre a da amiga.

Thiago olhava pasmo pela janela do 11º andar. As pessoas iam e vinham como se nada estivesse acontecendo com o mundo. Pelo seu blog ele recebia mensagens de todos os tipos, em sua maioria, mensagens de descrença total.

"Você é um maluco. Se o fim do mundo estivesse mesmo próximo já teríamos ouvido falar nos canais de televisão."

Pobre idiota, pensou Thiago. O que mais se vê nos canais de televisão hoje em dia são as tragédias que assolam o mundo.

"Não acredito no apocalipse. Deus não faria isso com a gente. Matar crianças então? Nem pensar."

Pelo menos alguém ainda acreditava em Deus em tempos tão materialistas, ele pensou.

"Se o mundo vai acabar, então vamos organizar uma festa open bar!"

Esse aí pode ser que sobreviva, Thiago sorriu.

As mensagens chegavam aos montes. De um dia para outro o seu blog passou a ser um dos mais visitados da internet. Thiago sentiu-se pressionado com isso. Ele agora precisava ser extremamente cauteloso com o conteúdo das informações. Teria de pesquisar a fundo para não cometer nenhum deslize. Tinha de manter a credibilidade a qualquer custo.

Quanto maior o número de pessoas a acessar o blog, maiores as chances de se prepararem para sobreviver. E sobreviventes era algo de que o mundo iria precisar.

Thiago então começou a criar uma lista de itens indispensáveis à sobrevivência humana. No topo da lista constavam alimentos enlatados com datas de validade a perder de vista e abridor para essas latas. Depois vinham: água, canivete suíço, lampião, óleo para o lampião, fósforos... e a lista só crescia. Thiago criou no blog um campo onde as pessoas poderiam enviar sugestões de itens para a lista da sobrevivência. Assim que entrou no ar, as mensagens imediatamente começaram a chegar.

"Você não pode esquecer do livro do Harry Potter! Foi um marco na história da literatura."

Magia viria bem a calhar, ele pensou.

"Além de água e comida, escova de dentes e pasta seriam uma boa."

– Higiene é tudo, Thiago disse em voz alta.

"Não sei como viverei sem minha chapinha!"

Talvez por isso você não vá sobreviver, ele se irritou.

As mensagens continham de tudo um pouco. Itens realmente indispensáveis, itens engraçados e itens para pessoas à toa no mundo.

Thiago passou boa parte do dia se divertindo com isso. Ele já não se interessava em ir à faculdade ou fazer qualquer outra coisa. O interfone tocou e Thiago logo soube que Matheus e Felipe estavam subindo. Eles iriam delirar ao ver o número de visitações ao blog, e poderiam ajudar a responder as mensagens e validar os itens realmente indispensáveis à salvação.

– Fala aí! Não foi na faculdade hoje de novo! O que tá rolando? – perguntou Matheus.

– Vocês não vão acreditar! Mais de 15 mil acessos no blog só ontem – disse Thiago.

– Mentira! – arregalou os olhos Felipe.

– Dá só uma olhada – mostrou Thiago.

– Meu, dá pra ganhar uma grana com isso aí, não? – perguntou Matheus.

– Grana? Pra gastar onde? No dilúvio? – riu Felipe.

– Palhaço! – Thiago bateu a palma da mão aberta na testa de Matheus.

– Ué... vai saber! De repente alguém resolve construir uma arca com vários ambientes... restaurante francês... – riu Matheus.

– Cala a boca – pediu Felipe lendo uma das mensagens.

– O que acharam da lista de itens indispensáveis à sobrevivência?

– Excelente ideia. Tenho um item: várias playboys pra gente se lembrar de como as mulheres eram lindas, depiladas e totalmente artificiais! – disse Matheus levando outra mãozada na testa. Dessa vez de Felipe.

– Seus pais estão se preparando? – Thiago perguntou aos dois.

– Não – respondeu Felipe de cara.

– Os meus não querem nem falar no assunto. E os seus? – Matheus perguntou.

– Disseram que se o fim do mundo é iminente, não querem se salvar pra depois não ter o que comer... beber... vestir... enfim... – respondeu Thiago.

– Eles estão certos, cara! Se eu tivesse a idade deles... não pensaria duas vezes – disse Felipe.

– Como assim?

– Pensa bem: sessenta anos nas costas, sempre na vida boa, nunca passaram fome ou sede... pra que sobreviver? Pra sofrer os piores pesadelos e depois morrer em um deles? Não tem lógica.

– Eu quero me salvar. Vocês não querem? – Thiago perguntou realmente em dúvida.

– Eu quero! – respondeu Matheus.

– Eu também! Mas nós só temos 20 anos. Nossas chances são maiores. Podemos suportar muitas coisas que nossos pais não podem e não querem – respondeu Felipe.

– Você levaria seu irmão? – perguntou Thiago para Felipe.

– Lógico! O Luan tem só 12 anos. Não quero que morra sem lutar!

– E sua irmã, Matheus? Seus sobrinhos?

– Ela não quer nem ouvir falar do assunto. Disse que dos Estados Unidos ela não sai. Se tiver que morrer, que seja lá.

– Isso tudo é muito louco. As pessoas têm um medo tremendo da morte, mas preferem ela a ficar e lutar pela vida. É muito confuso para mim – disse Thiago.

– A miséria em que vamos ficar não atrai para a vida... a morte é muito melhor do que o que vai nos restar – disse Matheus.

– Você acha isso mesmo?

– Acho. Mas mesmo assim quero ficar e lutar. Quero que minha vida tenha valido a pena – concluiu Matheus.

– Gente, olha essa mensagem! – chamou Felipe gargalhando.

Os três passaram a tarde toda entre o blog "Salve-se enquanto puder" e o Discovery Channel. De vez em quando iam até a cozinha pegar algo para beliscar. Eles estavam certos do que queriam e já planejavam como, onde e quando. Thiago só precisaria da autorização dos pais.

Júlia estava boquiaberta. As meninas continuavam a falar, mas ela já tinha perdido o fim da meada há algum tempo.

– Está me ouvindo? – Mel perguntou.

– Não... parei na parte do fim do mundo no final de dezembro – respondeu Júlia abobada.

– Bom, você captou o principal – disse Liz.

– Se isso tudo é verdade, já está acontecendo, não é? Isso tudo... – ela apontou para um aparelho de televisão que transmitia imagens das tragédias no mundo todo.

– É, amiga. Já está rolando sim – respondeu Mel. – Mas vocês têm uma chance.

– Como assim vocês? Nós temos uma chance! – irritou-se Liz.

– Eu não vou. Não posso deixar os meus velhos.

– Do que você tá falando, Mel?

– Eu conversei com eles ontem. Não adiantou nada. Simplesmente não querem saber.

– O que eles disseram?

– Que preferem morrer a ter que passar fome, frio, sede... não querem correr o risco de ficarem doentes e não terem médicos e medicamentos.

– Então eles acreditam no fim do mundo? – Júlia perguntou.

– Acreditam. Mas preferem a morte.

– E você, amiga? Não vai lutar? Você viu a estrutura que nós temos lá em Ribeirão Preto! – dizia Liz soluçando.

– Não posso deixar os meus pais. Não dá.

– Por favor, Mel.

– Se eles não forem, eu não vou.

– Deixa eu tentar? Deixa a minha mãe tentar falar com eles? – pediu Liz embargada.

– Não vai adiantar.

– Por favor? Se não der... nós pelo menos tentamos. Por favor? – pedia Liz.

– Tá... mas não vá ter esperanças – respondeu Mel ganhando um beijo de Liz na bochecha.

– Júlia, você vai falar com os seus pais?

– Vou. Mas acho que a resposta vai ser não.

– Tenta, tá bom? Com os pais da Mel, a sua família e a minha já são oito pessoas.

– Meu irmão é tão pequenininho... é nele que estou pensando. Ele tem só quatro anos e já vai sofrer dessa forma. Que Deus é esse que permite que isso aconteça a uma criança? – disse Júlia com lágrimas escorrendo.

– Não sei. Mas não vou deixar minha vida nas mãos dele – respondeu Liz. – Vou assumir a responsabilidade por viver ou morrer. E queria que vocês fizessem o mesmo.

– Nossa Liz, nunca te vi tão dura – disse Mel séria.

– Talvez seja isso o que ele queira de nós! – ela respondeu.

Elas se despediram e cada uma tomou o seu rumo. Júlia falaria com os pais e Melissa aguardaria Liz e Beatriz na noite seguinte em sua casa. Elas tentariam dissuadir os pais de Mel.

Liz foi para casa sentindo um buraco dentro do seu peito. Ela olhava para fora do carro e não acreditava no que via. As pessoas estavam totalmente alheias ao que acontecia pelo mundo afora. Se Liz não soubesse das catástrofes, acreditaria estar vivendo em um mundo completamente normal. Talvez as pessoas também olhassem para ela e acreditassem nisso. Ela não transparecia pânico... era apenas uma garota de 18 anos voltando do passeio no parque.

– A vida precisa continuar – disse ela para si mesma. – Não dá pra julgar os outros. Eles também estão me julgando.

Foi quando ela embicou o carro na garagem que se lembrou de Cauê. Ele continuava à sua porta, jogado, esperando para conversarem.

– Você ainda não foi embora? Gosta de sofrer? – soltou ela.

– Se tiver que ser assim... que seja! Mas vou falar com você hoje de qualquer maneira.

– Tudo bem... entra, vai – grunhiu ela.

A raiva que ela sentia de Cauê era totalmente desmedida. Sua vontade era de avançar no pescoço dele e apertar até ele ficar roxo. Aí ela soltaria.

– Posso sentar? – ele pediu.

– Senta – ela permitiu sentando-se também. – Você tem cinco minutos.

– Tudo bem. Só queria dizer que eu não transei com a Vitória naquela noite.

– Você me disse que não tinha certeza de nada! – bradou ela.

– E eu não tinha... mas novos fatos chegaram ao meu conhecimento. Lembra da Luciana? Do colégio?

– Lembro... o que tem ela?

– A Vitória fez a mesma coisa com o Juca...

– O quê? O quê ela fez com o Juca? – Liz estreitou os olhos.

– Ela colocou um boa-noite-cinderela na bebida do Juca. E depois, armou uma cena como fez aqui... só pra Luciana ver e se matar de tanto chorar.

– E como você sabe que ela usou esse artifício? Ela não precisa disso. É uma mulher muito bonita.

– Ela é linda... mas só. Os homens não se apaixonam por ela. Eles a desejam. E depois, caem fora.

– Não foi isso o que você fez? Não foi isso o que o Juca fez?

– Não. Assim como eu não quis, o Juca também não cedeu a ela. O nosso único pecado foi esconder isso de vocês. Ela se oferecia abertamente para mim, Liz. Teve um dia que ela tirou a roupa e disse que eu podia fazer o que quisesse.

– Quando foi isso?

– Você se lembra que foi buscar a Bia no aeroporto num final de semana? Eu não pude ir com você porque meus pais estavam sem chave para entrar em casa, lembra?

– Lembro.

– Foi nesse dia.

– Não acredito. Por que não me contou?

– Ela era sua amiga. E pensei que estava te protegendo... sei lá.

– Como soube do boa-noite-cinderela?

– A Luciana. Ela bateu na Vitória e disse que não era possível dois caras totalmente apaixonados por suas namoradas terem caído na rede dela... não da forma como a cena se apresentava.

– E o que ela fez? – Liz estava interessada.

– Ela fuçou na bolsa da Vitória e achou o frasco. Como ela não sabia o que continha, levou para um amigo farmacêutico analisar.

– E o frasco continha...

– Boa-noite-cinderela – ele finalizou.

– Caramba, Cauê. Ela te dopou – Liz baixou a cabeça, incrédula.

– Pois é. Por isso eu acho que não transei com ela. Não acho que estava em condições.

– Por que ela fez isso? Comigo... e depois com a Lu?

– Sua mãe é psiquiatra... pergunta pra ela! Acho que isso é algum distúrbio, sei lá. Ela precisa desse tipo de coisa... se alimenta do sofrimento alheio – divagava ele.

– Não sei o que te dizer.

– Não diz nada. Só queria que você soubesse. E que me perdoasse.

– Não há pelo que te perdoar. Você foi uma vítima... daquela vagabunda! – Liz bradou.

– Eu vou indo... – ele mordeu os lábios inferiores tentando segurar as lágrimas.

– Tá... eu preciso digerir tudo isso. Depois a gente se fala.

– Tudo bem. Então tchau – disse ele enquanto fechava a porta atrás de si.

Thiago havia conversado com os pais a respeito de querer sobreviver ao fim do mundo.

– Filho, acha mesmo que é necessário se precaver? O que tiver que ser será... sem intervenções.

– Eu quero me precaver, pai.

–Você conhece minha posição e de sua mãe. Não queremos viver o apocalipse. Não temos mais idade nem disposição para isso.

–Você acredita na vida após a morte?

– Por que acha que eu não vou lutar para sobreviver? Porque sei que do outro lado eu estarei amparado e seguro.

– Acha que eu também deveria desistir?

– De viver? De jeito nenhum!

– Qual a diferença, então? – indagou Thiago.

– A diferença é uma só: sua idade. Eu já tenho 63 anos. Você tem apenas 20. Não posso reconstruir o mundo, filho. Já você tem uma vida inteira pela frente. E se tudo acontecer como está imaginando, terá um mundo inteiro para construir.

– Eu já pensei em várias possibilidades... mas acho que só em um barco poderemos sobreviver – Thiago disse.

– Nós temos um barco! E ele é grande o suficiente para você e seus amigos. Quer uma autorização para retirá-lo do porto? – o pai perguntou.

– Queria que viessem conosco – disse Thiago.

– Nós não vamos, filho. Se tivermos que sobreviver, vai ser por vontade divina e não por vontade própria.

– Nesse caso, quero a autorização – pediu Thiago tristemente.

Após ouvir a decisão de seus pais, Thiago resolveu que já era hora de ir atrás dos itens da lista de sobrevivência. Não dava para esperar mais. A alta dos preços já era uma realidade em todos os países do mundo. A demanda já era duas vezes maior do que a oferta de produtos. Ele teria de correr para não ficar a ver navios.

Matheus e Felipe rasparam ambos o fundo da poupança para a faculdade e suas contas-correntes. Matheus ainda vendeu algumas ações que tinha e entregou quase de graça um terreno que havia herdado do avô.

Thiago estava em melhor situação. Ele tinha poupança, CDB, ações, ouro e dólares. A única coisa da qual não abriu mão foi o ouro. Pode nos ser útil em algum momento, pensou. O brilho do ouro consegue o que quiser.

– Meus pais já tomaram sua decisão. Resolvi não tentar interferir mais – disse Matheus.

– Os meus também estão certos de sua decisão – comentou Thiago.

– Os meus não querem liberar o meu irmão – pesou Felipe. – Acham que ele é muito novo para passar por tudo o que vem por aí.

– Ele já tem 12 anos! – disse Matheus.

– Mas ele me disse que não quer saber de um mundo sem vídeo game. Dá pra acreditar?

– É o único mundo que ele conhece – disse Thiago – Quantos outros garotos não vivem só da escola para o videogame?

– Pensei que ele fosse mais cabeça – disse Felipe.

– Talvez ele seja. Estúpidos somos nós – concluiu Matheus.

Os três garotos pegaram a estrada rumo ao Guarujá. Eles queriam averiguar o estado do barco e tudo o que precisariam comprar para um ano de sobrevivência à deriva.

Já era tarde e Thiago cochilou no banco do carona. A caverna parecia menor do que da última vez. Ele se virou à procura de Liz, mas não a encontrou. Ele estava completamente sozinho.

Uma luminosidade inexistente da última vez surgia por entre as frestas no teto da caverna. O barulho das ondas do mar o tirou de seus pensamentos.

– Estou próximo ao oceano? – ele perguntou.

– Estamos.

– Hum? – ele se virou procurando pela voz.

– O que foi? Te assustei de novo?

– Não... é que achei que estava sozinho. Onde estava?

– Aqui mesmo, eu acho.

– Está ouvindo o barulho do mar?

– Estou. Não havia esse barulho antes.

– Não. E agora temos luminosidade.

– É... mas mesmo assim não consigo te enxergar direito.

– Também não consigo ver o seu rosto.

– Acha que vamos conseguir sair daqui?

– Não sei.

Liz começou a desaparecer. Thiago tentou correr de forma desesperada, mas não conseguiu sair do lugar.

– Não... volte... Liz!

– Quem é Liz? – Matheus perguntou.

– Liz, que Liz? – confundiu-se Thiago.

– Você acabou de falar esse nome... Liz.

– Eu falei? Eu não falo dormindo! Tá maluco, Matheus?

– Você falou! Não falou, Felipe? Ei, Felipe?

– Deixa o cara dormir – pediu Thiago.

– Mas que você falou, falou cara.

– Tudo bem, vai. Quanto falta?

– Mais vinte minutinhos e estaremos lá – respondeu Matheus.

Liz acordou no meio da noite após mais um sonho na caverna. Esse sonho se repetia há várias noites. Ela não se lembrava de muita coisa, a não ser da caverna e da sombra de alguém.

A conversa com Cauê surgiu do nada em sua cabeça. Liz acendeu o abajur e abraçou as pernas contra o peito.

Por que ela ainda sentia raiva dele? Será que isso não iria passar nunca? A imagem de Vitória rindo as suas custas surgiu como um turbilhão. Ela tentou lutar contra os sentimentos, mas eles a venceram. As lágrimas de ódio escorriam pela face. Amanhã mesmo ela tiraria toda essa história a limpo.

O dia amanheceu com os pássaros cantando na janela de Liz. Ela despertou mais serena ao ver a beleza da natureza brincando sem nada para preocupar.

Liz levantou-se decidida. Ela finalmente encararia Vitória. Só assim poderia continuar com sua vida e, quem sabe, voltar a namorar Cauê.

Beatriz tomava o café da manhã quando Liz passou como um furacão. Ela pegou as chaves do carro e deu um beijo em sua mãe.

– Ei, vai tirar a mãe da forca? Não precisa se preocupar... estou bem aqui! – mostrou-se Beatriz.

– Vou colocar a Vitória na parede – disse ela batendo a porta da frente.

– Como é? – Beatriz disse levantando-se de um pulo.

Liz já estava dentro do carro. Beatriz abriu a porta e correu atrás da filha. Ela já tinha engatado marcha a ré e decidiu não parar para conversar. Bia com certeza iria tentar dissuadi-la.

– Filha, não faça isso! Não vale a pena, Liz! – gritava Bia ainda de camisola.

Liz afundou o pé no acelerador e, se o portão do condomínio não estivesse aberto, ela provavelmente o levaria consigo.

– Que menina maluca! – bradou Bia.

Cauê escutou os gritos de Beatriz e saiu na janela do seu quarto. Ele viu quando Liz acelerou e se mandou dali.

– O que está acontecendo, Bia? – ele perguntou.

– Ai, Cauê... ela foi atrás da Vitória.

– O quê? Eu não acredito!

– Quer fazer uma boa ação para sua ex-futura sogra?

– Pode deixar que vou atrás dela – decidiu ele.

Beatriz entrou furiosa com Liz. De onde ela tinha desencravado o assunto? Encarar Vitória era uma péssima ideia. A menina acabaria com Liz. Era revoltante pensar nisso.

Ela escutou o carro de Cauê saindo da garagem. Isso lhe trouxe um pouco de alívio. O telefone começou a chamar e Bia atendeu logo no segundo toque.

– Ben, parece que você adivinhou.

– Liguei alguns dias atrás mas você estava em Ribeirão... e então, como foi?

– Foi ótimo. O lugar é fantástico, apesar de tudo. Vocês pensaram em todos os detalhes.

– Está mais calma?

– Estou e não estou. Dá pra entender, não é?

– Também me sinto assim. Algo está faltando por lá? Precisa da minha ajuda?

– Não... conseguimos fazer tudo o que era preciso. Ben, eu queria muito saber uma coisa.

– Se eu puder ajudar...

– Você é o único que pode.

– Então? – aguardou ele.

– Como vocês conseguiram o dinheiro?

– Hum... tinha até me esquecido desse detalhe.

– Não é um detalhe. Você pode me contar? – ela pediu.

– Bom, eu, o Max e mais quatro astrônomos recebemos uma grande soma em dinheiro.

– De onde?

– Dos governos brasileiro, inglês e americano.

– Um cala-boca? Seria isso?

– Exatamente. Eles disseram que poderíamos construir nossos abrigos e salvar nossas famílias. Mas não poderíamos dizer nada a ninguém até o fatídico dia.

– E o Max resolveu falar.

– Exato.

–Você sabia que ele tinha escrito um livro?

– Não... ele não me disse. A única coisa que eu sabia é que ele iria a público. Eu pedi Bia, implorei para que ele não fizesse isso. Até que um dia ele concordou comigo. Disse que pensou melhor e que vocês eram mais importantes para ele do que qualquer coisa.

– E você acreditou? No cabeça-dura do meu marido?

– Pois é. Que ingenuidade a minha.

– Obrigada. Eu precisava saber.

– Não há de quê. Quando vocês se mudam?

– Em julho. Quero antecipar as coisas para não ser pega desprevenida.

– Mudaremos em agosto.

– Para onde vocês vão?

– Para Cunha, no Rio de Janeiro.

– É um lugar alto...

– Por isso o escolhemos. Além de ter sido o lugar onde conheci a Laura.

–Verdade? Eu não sabia.

– Pois é... Bia, se a gente não se falar de novo por qualquer motivo, boa sorte!

– Pra você também, amigo.

Liz chegou à casa de Vitória quando ela saía para trabalhar. Quando o destino quer, ele ajuda. Vitória se assustou ao ver Liz descendo do carro.

– Oi Liz – disse Vitória trêmula.

– Oi Vitória. Você tem um tempinho? – Liz estava segura de si.

– O que você quer?

– Tirar uma história a limpo.

– Você ainda não se conformou?

– Não é isso. É que eu soube que você joga sujo. Não é mulher suficiente para seduzir um homem.

– Rá, rá, rá...– debochou Vitória. – Tem certeza de que estamos falando de mim?

– Pois é. Uma mulher tão bonita quanto você não deveria precisar de certos artifícios... – disse Liz de forma sarcástica.

– Pelo visto você andou conversando com a Luciana.

– Não. Mas eu fiquei sabendo do que você andou aprontando. Não tem cacife para arrumar o seu próprio homem?

– Cala essa boca! Tanto tenho cacife como levei o seu namorado para a cama!

– Agora quem tem de rir sou eu! Com boa-noite-cinderela, até o Brad Pitt você leva pra cama!

– Escuta, veio me dar lição de moral ou o quê? Estou atrasada!

– Vai destruir mais algum namoro? Um casamento, talvez?

– Não, queridinha... eu não tenho a vida ganha, como é o seu caso.

– Foi tudo por inveja, Vitória?

– Inveja, de você? Vê se te enxerga!

– E por que então? Qual o motivo?

– Eu não preciso me justificar pra você. Agora dá licença.

– Vitória, você não o queria... por que destruir assim o meu namoro?

– Quer saber mesmo? Porque eu odiava ver vocês dois juntos. Ele se derretendo pra você. Lambendo o chão que você pisava! Ah, qual é – disse ela com cara de nojo.

– Você queria algo assim, não é?

– Eu tenho algo assim num estalar de dedos! – Vitória estalou os dedos bem na cara de Liz.

– Então você só pode ser louca! Não há outra explicação.

– Louca? Eu? Não, meu bem. Eu sou a única sã dessa história toda.

– Você não acredita mesmo nisso...

– Escuta Liz, eu tô indo – disse Vitória abrindo a porta do carro.

– Espera aí que eu ainda não terminei – Liz puxou o braço de Vitória e a encostou no carro. – Eu só queria te dizer que você é uma vagabunda doente... que o seu futuro é mesmo sozinha... que os homens só querem saber de usar e abusar de você porque não existe nada além do seu corpo. Você não tem nada pra oferecer além de sexo!

Vitória fechou a cara e começou a tremer de raiva. Ela odiava saber que Liz estava certa.

– Eu te odeio, Liz.

– Sempre me odiou, não é?

– Sempre. Você sempre teve tudo.

– Eu? Você sempre foi a mais bonita. A mais paquerada. A mais popular! Eu sempre era a "amiga da Vitória". Não acredito que está dizendo isso.

– Eu queria ser você, Liz. Por isso eu te odiava tanto. Por mais que eu tentasse... não chegava nem perto de ser alguém como você. Está contente agora?

– Não. O que eu sinto é uma tristeza muito grande. Afinal, eu perdi uma das minhas melhores amigas e ainda soube da boca dela que o que ela sempre sentiu por mim foi ódio. Como eu posso ficar contente com isso?

– Está vendo! É por isso que te odeio tanto! Eu te dei todos os motivos pra me bater, me xingar... e é isso que você faz? – gritava Vitória.

Cauê encostou o carro já saindo de dentro dele. Ele temia um confronto físico entre as duas. Vitória estava aos berros.

– Hum... o que o namoradinho veio fazer aqui?

– Não estamos namorando... ainda.

– Patético. Você só vai voltar a namorar com ele porque soube do boa-noite-cinderela? Não importa se transamos ou não?

– Vocês não transaram... eu tenho certeza disso. Ele saberia.

– Mas você não acreditou nele...

– Meu erro. Eu confesso. Mas posso voltar atrás, se quiser.

Cauê ficou parado a certa distância. Ele não queria se envolver na confusão, mas se fosse preciso, entraria na briga para tirar Liz de lá.

– O que você quer de mim? – Vitória perguntou.

– Nada. Eu só queria te dizer o que estava engasgado. E queria muito olhar no fundo dos seus olhos.

– Gostou do que viu?

– Não. Tomara que um dia você acorde e não seja tarde demais – Liz virou as costas e foi em direção ao carro. Ela passou por Cauê puxando a sua camisa.

–Vamos, Cauê.

–Vamos.

Vitória ficou ali, parada, olhando para os dois indo embora. As palavras de Liz ecoavam em sua mente. Ela teve vontade de chorar, contudo se segurou o quanto pôde. Uma raiva brutal queimava seu estômago. Ela tinha vontade de gritar. Quando a raiva subiu para o peito, ela bateu com toda a força que pôde no capô do carro. Assim que se deu conta de que tinha amassado a lataria, se acalmou. Vitória respirou fundo, entrou no carro e foi para o trabalho. Algo havia mudado dentro dela após aquela conversa. Algo havia mudado, para pior.

Beatriz esperava do lado de fora com o telefone debaixo do braço. Se algo de ruim acontecesse, Cauê com certeza avisaria.

O alívio de ver o carro de Liz e Cauê entrando no condomínio foi tão grande que ela quase caiu no chão. Beatriz sorria timidamente quando Liz estacionou o carro.

– Filha... o que você fez? O que estava pensando?

– Mãe, eu precisava fazer isso. Mas olha, não aconteceu nada de mais. Eu só disse o que tinha de ser dito. E ela também disse o que queria.

–Você está bem?

– Estou ótima! Nunca estive melhor.

– De verdade?

– De verdade, mãe. Estou aliviada.

Cauê se aproximou não querendo atrapalhar. Beatriz o puxou e deu um abraço apertado no rapaz.

– Obrigada.

– Não precisei fazer nada... elas foram civilizadas.

– Até certo ponto – disse Liz.

– Eu esperava uma briga de socos e puxões de cabelo – ele sorriu.

– Se ela começasse... mas acho que ela ficou com medo da minha esquerda – riu Liz.

Cauê ficou com cara de palerma olhando para Liz. Ele queria agarrá-la ali mesmo e dizer o quanto a amava. Mas algo estava diferente no olhar de Liz. E ele notou isso com grande pesar. Seus olhos baixaram e ele resolveu voltar para casa.

– Eu já vou indo.

– Tudo bem. A gente se fala depois – despediu-se ela.

– Beleza. Tchau Bia.

– Tchau querido! Obrigada de novo.

Liz entrou em casa sabendo que havia novamente ferido os sentimentos de Cauê. Ela notou que ele aguardava ansioso por algo que não aconteceu.

– Ele a ama, filha. O que vai fazer a respeito?

– Não sei, mãe. Algo se quebrou. Nunca mais será a mesma coisa.

– Pense antes de agir. Ele é um rapaz incrível. Não vá feri-lo, está bem?

– Eu nunca faria isso por querer.

Liz já ia subindo as escadas quando Beatriz lembrou-se do telefonema de Ben. Ela queria contar para Liz sobre a origem do dinheiro para o abrigo.

– Filha, o Ben me ligou.

– Quando?

– Agora há pouco.

– E...?

– Ele me disse como conseguiram o dinheiro.

– Como foi? Eles pediram empréstimo ou coisa assim?

– Não. Foi uma doação de três países: Brasil, Estados Unidos e Inglaterra.

– Mentira?

– Sério. Queriam calar a boca de todos os astrônomos e cientistas que pudessem vir a público.

– E eles aceitaram?

– Lógico. Foram literalmente pressionados a isso.

– O papai foi muito corajoso.

– Corajoso e burro ao mesmo tempo. Ele ainda poderia estar vivo!

– Mãe, eu tenho muito orgulho do que ele tentou fazer.

– Eu sei, filha. Também me orgulho, muito! – disse ela por fim.

Após um abraço demorado em Beatriz, Liz subiu as escadas para tomar um banho e tirar todo e qualquer traço do perfume francês que Vitória estava usando. O cheiro impregnou no nariz de Liz.

O telefone tocou e Melissa confirmou com Liz o encontro com seus pais às 19 horas.

– Eu acho que é tempo perdido..., mas vocês quem sabem.

– Você nunca vai ser tempo perdido para mim. Aliás, deixa eu te contar uma coisa.

Liz contou tudo sobre Vitória, Cauê e o boa-noite-cinderela. Falou sobre o caso de Luciana e Juca e de como Vitória foi desmascarada.

– Amiga, eu queria ser uma mosquinha! Queria ver a cara daquela vadia!

– Não foi bonito de ser ver, Mel.

– Eu teria ganho o dia! – gritou Mel do outro lado da linha.

– Bom, estamos combinadas então?

– Combinadíssimas. Um beijo, amiga! Ah, estou muito orgulhosa de você! Muito! – gritou Mel desligando.

Liz sorriu com o último grito de Melissa. Aquela sim era amiga para toda uma vida. E salvar essa alma maravilhosa seria a sua nova motivação.

Velejar e mergulhar sempre foram uma grande paixão na vida dos pais de Thiago. Assim que voltaram ao Brasil, a primeira coisa que fizeram foi adquirir um barco que atendesse a todas as suas necessidades. Eles chegaram a passar até dois meses no mar... curtindo a vida.

O Lisa Marine era imenso. Com 22 metros de comprimento ele era um dos maiores barcos aportados. Estava equipado com sonar, GPS, rádio, equipamentos de mergulho, boias salva-vidas, equipamentos de pesca... enfim, tudo o que é necessário para se passar meses no mar.

Após uma noite de sono enjoada e cambaleante, Thiago, Matheus e Felipe descarregavam a última caixa de mantimentos. Ainda assim, havia muita coisa para comprar.

– Precisamos repor o oxigênio desses tubos – disse Thiago.

– E seria bom fazermos um estoque de pilhas, baterias, essas coisas – disse Matheus.

– Lembra-se de que lemos algo sobre uma tempestade elétrica? Acho que pilhas e baterias ficarão totalmente inutilizadas depois disso – lembrou Felipe.

– Mesmo assim é bom termos. Nunca se sabe – resolveu Matheus.

Os garotos fizeram uma nova lista de compras. Pilhas, baterias, um gerador a óleo, óleo para esse gerador, uma vela reserva para o barco entre outras coisas de menor valor.

– Quanto tempo acha que passaremos no mar? – perguntou Felipe.

– Sei lá... uns meses – respondeu Thiago.

– Ou anos. A superfície da Terra vai estar totalmente estragada, caras – disse Matheus sem tirar o olho da estrada.

– Bom, se sobrevivermos às grandes ondas, uma hora vamos ter que acabar descendo em terra. Nosso estoque de mantimentos acabará em um ano.

– E os peixes?

– Provavelmente estarão mortos. Lembre-se de que temos usinas nucleares, petróleo e outras fontes que podem poluir e muito os nossos oceanos – lembrou Thiago.

– Em terra as coisas podem não estar melhores – disse Felipe.

–Vamos ter que esperar pra ver.

– Sabe, às vezes penso que isso não está acontecendo realmente. Que tudo vai ficar bem e a vida vai continuar – disse Matheus.

– Também me sinto assim... como se não fosse comigo – disse Thiago. – Mas não dá pra fazer a Terra mudar o seu curso.

– Um meteoro podia fazer isso – lembrou Felipe.

– Claro que podia! Iria matar a gente do mesmo jeito, ô maluco! – bradou Matheus se preparando para dar uma mãozada na cabeça de Felipe.

– Olha a estrada! – gritou Thiago. – Quer matar a gente antes do tempo?

– Desculpa aí... mas você não vai escapar dessa, viu! – apontou Matheus pelo vidro retrovisor.

– O que será dos nossos pais? – Thiago perguntou.

– E do meu irmãozinho. Tomara que eles não sofram – suspirou Felipe.

– Sabem que vou preferir assim? Pelo menos vou saber que estão livres e em segurança lá do outro lado... no além – disse Matheus.

– Você tem toda a razão, amigo. Só teremos uma preocupação: as nossas próprias vidas – finalizou Thiago.

Beatriz e Liz chegaram por volta das 19 horas na casa de Melissa. Elas sabiam o que iriam enfrentar, porém precisavam tentar.

Mel atendeu a porta e sorriu quando viu Liz e Bia com a garrafa de vinho preferido do seu pai em mãos.

– Quem sabe ele não amolece com isso? – disse Bia entregando a garrafa para Mel.

– Tomara.

Helena e Thomas já esperavam por Beatriz e as meninas na sala de estar. A casa vista de fora parecia grande e muito confortável. Por dentro ela era mais incrível ainda. O bom gosto de Helena estava em cada detalhe. Vasos, enfeites e quadros emolduravam um ambiente muito convidativo e acolhedor. Apesar de tudo isso, Helena e Thomas eram pessoas muito simples. Eram ricos do ponto de vista financeiro, contudo de nenhuma forma, ostentavam isso. Helena tinha uma empregada doméstica apenas quatro dias na semana. E quanto à alimentação da família, ela mesma gostava de cozinhar. Uma de suas grandes paixões eram as novelas. Helena não perdia uma.

Thomas era um empresário de sucesso no ramo hoteleiro. Ele possuía uma rede de quatro hotéis nas melhores praias do litoral paulista. Sua sede ficava em São Paulo e de lá ele tocava o negócio. De quinze em quinze dias, descia a serra para visitar seus bebês, que era como chamava seus hotéis.

Thomas agradeceu pelo vinho servindo as taças de Bia e Helena e, por fim, a sua própria. As meninas resolveram tomar suco.

– Thomas, Helena, vocês sabem por que vim esta noite?

– A Melissa nos falou. Bia, está perdendo o seu tempo conosco. Não vamos a lugar algum.

– Eu entendo. Mas depois de tudo o que vou lhes contar, talvez mudem de ideia.

– Sou todo ouvidos – disse Thomas.

Beatriz contou tudo o que sabia a respeito de 21 de dezembro de 2012. Falou sobre o assassinato de Max e também sobre o abrigo em Ribeirão Preto. Durante toda a explanação de Bia, os pais de Melissa ficaram atentos, apenas escutando. Assim que ela terminou, Helena foi a primeira a falar:

– Bia, eu realmente entendo que você quer nos ajudar. Mas se for por vontade de Deus que fiquemos aqui, nós ficaremos com ou sem abrigo.

– Você acredita nisso, Helena? Acredita que não deva lutar para sobreviver?

– Como você mesma disse, poucos sobreviverão. E esses poucos serão os escolhidos de Deus para iniciar o novo mundo. Eu sou um ser imperfeito, Bia. Não acho que esteja entre os escolhidos.

– Nós não podemos saber sobre isso. Todos somos perfeitos aos olhos de Deus pelo que me lembro das missas.

– Bia, nós não vamos – finalizou Helena.

– Eu não acredito nisso.

– Bia, eu e a Helena já estamos decididos. O que tiver que ser será. Mas eu gostaria que você levasse a Melissa – disse Thomas pedindo para Melissa ficar quieta enquanto ele falava. – Se ela tiver uma chance de sobreviver, gostaria que se agarrasse a ela. Será mais fácil assim para mim e Helena.

– Pai... – Melissa foi cortada novamente.

– Nós queremos muito que você vá, filha. Ficaremos em paz sabendo que você tem uma chance.

– Mas mãe...

– Eu sei que parece estranho o que estou dizendo. Mas eu e o seu pai não queremos ser salvos. Eu não conseguiria viver sem minhas mordomias... nem o seu pai. Mas você é capaz. Você vai conseguir.

Liz e Bia se olhavam com um ar de tristeza. Melissa tentava desesperadamente dissuadir os pais da ideia de ficar e, provavelmente, morrer.

– Mel, vem com a gente – pediu Liz.

– Ela vai. Não é filha? – Helena olhava esperançosa para Melissa.

– Eu não quero deixar vocês aqui!

– E eu sei que não quer morrer sem tentar... – disse Thomas. – Eu quero que você sobreviva e seja parte ativa da reconstrução do nosso planeta.

– Pai... – Melissa agora chorava copiosamente.

– Filha, escute: vai ser melhor assim. Para você e para nós. Não estamos em idade ou com vontade de lutar pela sobrevivência. Já falamos sobre isso. Mas você, filha... tem toda uma vida pela frente. Você e a Liz serão o nosso futuro, assim como outros da idade de vocês – a voz de Thomas agora estava embargada pela tristeza.

Ele abraçou a filha com toda a força e ela retribuiu. Helena também se aproximou abraçando a sua família. Liz se aninhou no colo de Bia buscando conforto. Beatriz passou a mão pelos lindos cabelos da filha tentando confortá-la. Esse era um momento de decisão. E os pais de Melissa acabavam de selar o seu destino.

Liz e Beatriz voltavam para casa envolvidas pelo silêncio. Nem mesmo o rádio do carro havia sido ligado.

Beatriz estava feliz por ter conseguido convencer Melissa a ir com elas para o abrigo. Mas estava muito triste por perder Helena e Thomas. *O mundo não seria o mesmo sem eles*, ela pensou.

Thiago enjoou novamente no segundo dia. Depois de tomar um comprimido de Dramin, ele finalmente conseguiu dormir.

Assim que se deu conta de que estava na caverna, procurou por Liz. Ela estava encostada em uma mureta de pedra, cabisbaixa.

– Você está bem?

– Que bom que chegou! Achei que ia ficar aqui sozinha.

– Eu não estava aqui?

– Não.

– O que você tem?

– Não sei. Me sinto triste.

– Posso ajudar?

– Acho que não.

Thiago olhou em volta e nada havia mudado. Ele queria sair dali, mas não sabia por onde começar.

– A gente precisa sair daqui – ele disse.

– Não há saída. Vamos morrer aqui!

– Não se depender de mim.

– O que você vai fazer?

– Vou derrubar essa parede.

– Com o quê? Não temos nada além das nossas mãos.

– Então essa será a minha ferramenta – finalizou ele.

Liz acordou estourando de dor de cabeça. Parecia que tinha ouvido marteladas a noite toda. Ela abriu a gaveta do criado-mudo, pegou um comprimido e tomou a seco. Ela pegou o controle da televisão e ligou no canal de notícias.

"O mundo parece estar voltando ao normal. As erupções e os terremotos cessaram por completo. Os terroristas do grupo 'Os Salvadores' foram presos sem direito a julgamento na manhã de hoje. As guerras por todo o globo diminuíram. Os tempos de horror e destruição estão finalmente chegando ao fim."

Aquelas notícias pegaram Liz desprevenida. O mundo voltava ao normal. Será que o anunciado fim do mundo já tinha acontecido? Liz desceu as escadas à procura de Bia. Ela lia o jornal do dia compenetrada.

– Mãe? Você leu as notícias de hoje?

– Estou lendo – disse ela baixando os óculos de grau.

– Disseram na televisão que o pior já passou.

– Não sei não. Acho que o planeta só está tomando fôlego.

– Será?

– Vou ligar para o Ben mais tarde. Ele deve ter uma explicação científica para isso.

– E eu vou dar uma navegada na internet – disse ela subindo as escadas aos pulos.

Liz navegou por sites de notícias de todo o mundo. As informações eram as mesmas em todos os lugares. Acreditavam que finalmente o mundo havia se estabilizado. As reconstruções começariam imediatamente. Bilhões em empréstimos já estavam circulando no mercado.

Liz navegou mais um pouco e encontrou um blog bem interessante: "Salve-se enquanto puder".

Ela leu boa parte do seu conteúdo e deu muitas risadas com a lista para a sobrevivência.

– Essa galera avacalha! – disse ela rindo após ler o item 45: "Esmalte vermelho, afinal, como alguém consegue viver sem isso?" – Liz imaginou uma mulher suja, com a roupa rasgada, os cabelos desgrenhados e com um esmalte novinho e brilhante nas unhas. A imagem era para cair de dar risada.

Já outros itens eram bem interessantes e pertinentes, como no caso do item 19: "Temos que salvar um livro sobre como fazer banheiros ecológicos... senão a coisa vai feder".

Liz adicionou o blog aos seus favoritos na barra do Google. Ela tinha combinado de encontrar Júlia e Melissa mais tarde. Mas, antes disso, Liz queria conversar com Cauê.

Ela tocou a campainha e ficou esperando na mureta do lado de fora. Cauê abriu a porta e se assustou quando viu Liz.

– Não é um holograma, é? – ele perguntou.

– Não. Sou eu mesma. Acho que a gente precisa conversar.

– Se você quiser... – ele deixou o restante da frase incompleta.

O coração de Cauê disparava sempre que estava na presença de Liz. E agora não estava sendo diferente. Ele se esforçou para parecer centrado, mas ela percebeu que estava nervoso.

– Quer que eu volte outra hora?

– Não... é que eu não te esperava... não achei que viria me ver tão cedo.

– Pois é... Cauê, eu queria te pedir desculpas por não ter acreditado em você.

– Acho que também não acreditaria. A cena foi muito bem montada.

– Ela não podia ter feito isso com a gente. Era tudo tão perfeito.

– Eu sei – disse ele mordendo os lábios já sabendo o que viria a seguir.

– Queria muito poder apagar o que aconteceu. Passei esses últimos meses te odiando... alimentando dia a dia uma raiva de você e da situação.

– Imagino.

– Queria poder apagar tudo isso. Mas não posso. É mais forte do que eu. Algo se quebrou e... enfim – Liz não conseguiu concluir os seus pensamentos. Ela estava sofrendo com as palavras que saíam de sua boca.

– E vou pagar por isso, não é?

– Cauê, eu te amo. Como um nunca amei nenhuma outra pessoa antes. Mas parece que isso foi em outra vida.

– Não me ama mais?

– Eu ainda te amo... é isso o que eu não consigo explicar.

– Você me ama, mas não quer ficar comigo, é isso?

– Acho que estou com medo.

– De sofrer de novo?

– De te perder.

– Não vai me perder... nunca!

– Será que eu posso ser sua amiga? Por enquanto?

– Amiga, Liz? Eu não posso ser seu amigo. Eu te amo demais! Não dá pra ficar perto de você e não poder te tocar... te beijar... – Cauê tinha lágrimas incontroláveis rolando pelo seu rosto.

– Não chore... – pediu ela enxugando as lágrimas com as mãos.

Liz então segurou firme o rosto de Cauê. Ela foi chegando mais perto, mais perto. Ele não se moveu. Liz lhe deu um beijo na bochecha. E depois deu um beijo em sua boca. Cauê foi despertado como que de um sonho e começou a beijá-la. Ele enroscou suas mãos pelos cabelos castanhos dela enquanto parecia flutuar. O frio na barriga tentava combater o ardor que sentia pelo resto do corpo. Ele não conseguia parar de beijá-la. Cauê sabia que, assim que o fizesse, poderia nunca mais voltar a sentir seus lábios.

Liz empurrou Cauê levemente. Ela procurava pelo ar que havia perdido. Sua respiração estava ofegante assim como a dele. Seu corpo estava completamente anestesiado.

– Eu não quero te perder de novo – ela disse enfim.

– E por que você me perderia de novo?

Liz passou a mão por aquele rosto dos deuses e lhe fez a pergunta que não queria calar:

– Você sabe alguma coisa sobre 2012?

– Ah, é isso – disse ele aliviado.

– Você sabe ou não? – ela insistiu.

– Sei – disse ele sentando-se ao lado dela na mureta.

– E então?

– Liz, não acredito que o mundo vá acabar – disse ele afagando seus cabelos.

– Como você soube?

– Pelo meu irmão. Ele é ufólogo, lembra?

– Lembro... mas o que os ufólogos têm a ver com isso?

– Ele e outros ufólogos sérios pelo mundo andam recebendo mensagens.

– De quem?

– Não vá rir, tá?

– Não vou.

– Bom, eles têm recebido mensagens de seres extraterrestres.

– Como?

– Incrível que você não riu. É a primeira, sabia?

– Me conta. Eu quero saber.

– Tudo bem. Os extraterrestres estão se comunicando com os ufólogos pelos rádios, televisores e até mesmo por meio da telepatia. Alguns amigos do Edu, meu irmão, dizem que foram visitados durante a noite e que, nessas visitas, receberam mensagens e dicas para a sobrevivência.

– E o que seu irmão disse?

– Ele recebeu a mensagem de um tal Ashtar Sheran. Ele é um comandante das tropas do espaço... algo assim.

– E o que ele disse?

– Disse que o mundo está no final de um ciclo. E para o novo ciclo recomeçar a destruição do planeta Shan, como eles chamam a Terra, é iminente.

– Hum? E o que mais?

– Você quer mais? Bom... ele disse algo sobre a vibração do planeta. Parece que hoje vibramos na terceira dimensão e quando o salto quântico acontecer, vamos passar a vibrar numa quinta dimensão.

– Você acredita nisso?

– Sim e não. Mas por via das dúvidas vou com os meus pais para Alto Paraíso me encontrar com meu irmão e alguns familiares.

– O que tem em Alto Paraíso?

– Um abrigo subterrâneo. Mas não fomos nós quem fizemos. O abrigo está lá há mais de 25 mil anos.

–Vinte e cinco mil anos?

– Pois é.

– Incrível.

– Escuta, Liz: tem lugar para mais duas pessoas, se quiser. Eu ia te convidar só em julho... mas já que você tocou no assunto agora...

– Cauê, meu pai construiu um abrigo para nós – Liz disse com orgulho.

–Verdade? O Max sabia sobre 2012?

– Pois é... é uma longa história.

– Sou todo ouvidos.

Liz e Cauê ficaram horas conversando no jardim. Ela contou sobre os planos de mudança para Ribeirão Preto e ele lhe contou sobre Alto Paraíso e as mensagens extraterrestres. Por alguns momentos eles se esqueceram da grande questão. Apenas por agora.

Estava tudo certo com o barco e os equipamentos. Thiago, Matheus e Felipe já estavam de malas prontas para subir a serra. Antes de irem Thiago ainda respondeu alguns e-mails e validou mensagens para o blog. Os acessos aumentavam absurdamente.

– Precisamos pegar logo a estrada! O céu vai mandar uma chuva daquelas! – chamou Matheus.

– Já estou indo – gritou Thiago.

A estrada estava com o tráfego tranquilo. O único problema seria na entrada em São Paulo. Matheus estava bem cansado, mas disse que iria dirigir mesmo assim. Felipe dormia no banco de trás e Thiago ficou de olhos bem abertos em Matheus. Quando o cansaço bate, os olhos simplesmente se fecham, ele pensou.

– Que tal uma música para você não dormir, hein? – disse Thiago.

– Põe aí.

Thiago começou a rodar as rádios mas nada pegava. A única que sintonizou foi a rádio de notícias CBN.

"O planeta se aquietou nos últimos dias. As erupções vulcânicas cessaram sem nenhuma explicação. Os terremotos e maremotos deram lugar à destruição. Os governos já calculam os prejuízos em bilhões de dólares. Muitos empréstimos estão sendo ofertados para a reconstrução dos países."

– O que acha disso? – Matheus perguntou.

– Acho que o planeta vai tomar fôlego! E depois, só Deus sabe.

"As Coreias entraram em guerra hoje. Os dois países, que se aliaram em busca de alimentos e água, se declararam inimigos novamente. Todo e qualquer tipo de acordo amigável estão fora de cogitação, afirmaram os líderes das nações."

– O povo adora uma guerra, não? – disse Thiago.

– É a coisa mais lucrativa que existe – respondeu Matheus.

"Hoje foram presos, sem direito a julgamento, os doze terroristas da rede 'Os Salvadores'. A imprensa não teve acesso a nenhum outro tipo de informação. Nossos correspondentes continuarão no local em busca das notícias."

– Ô vida dura!

– Que nada. Deve ser um barato ser repórter – disse Thiago.

"Uma família inteira foi morta hoje pelo padre da paróquia do bairro. Ele alegou..."

– Chega disso – disse Thiago enojado.

– Tenho uns CD's aí no porta-luvas – apontou Matheus.

– Boa – disse Thiago ligando a luz interna para poder enxergar.

– Esse aí ó... – Matheus mostrou um CD do ACDC.

– Nem... tô afim de algo mais romântico.

– Hum... vai sonhar com a Liz de novo! – gargalhou Matheus.

– Cala a boca! Já disse que não conheço nenhuma Liz.

– Não conhece, mas tá sonhando com ela, hein garanhão! – disse Matheus alisando o peito do amigo.

– Para com isso... sai daqui – empurrou Thiago rindo da palhaçada.

– Bota o CD aí... – pediu Matheus.

– Estou escolhendo... espera aí. Esse! Muito bom!

Thiago colocou um CD do U2 para tocar. Matheus não pôde dizer muita coisa porque também adorava a banda. Thiago fechou os olhos por um momento apenas para entrar no ritmo. Ele não podia dormir com Matheus ao volante. Seus olhos se abriram logo em seguida assustados. Ele olhou para Matheus e o amigo cantava a música junto com o Bono Vox. Thiago fechou os olhos novamente à procura da imagem que havia visto. Mas a linda mulher havia sumido.

Cauê tinha um sorriso lindo. Liz se derretia só na simples menção de ele abrir um sorriso. Ele era o homem da sua vida. Mas algo estava errado. Ela o queria tanto e ao mesmo tempo... ela sentia que o tempo desse amor havia passado.

Ele segurou a sua mão por um momento e um choque percorreu seu braço até a altura da nuca. Ela queria mais. Queria beijá-lo a noite toda. Mas uma voz lhe dizia para não fazer isso. Ele iria se magoar. Iria sofrer por ela.

– Fica comigo? Vamos juntos para Alto Paraíso? Se você não quiser, vou com vocês para o abrigo do Max – Cauê pensava rápido.

Liz tocou o seu rosto. Suas mãos estavam frias. Ele teve medo do que ela iria dizer.

– Eu te amo – por fim ela disse.

– Então vamos ficar juntos.

– Eu não posso te dar essa resposta... não agora.

– Por que não? Não entendo, Liz. Foi tudo resolvido. Eu não tive culpa de nada e ainda assim...

– Ainda assim eu tenho medo de te perder... de te magoar.

– Já está me perdendo... já está me magoando!

– Eu sei! Me deixa pensar? Por favor.

– Até amanhã. Depois disso vou fazer de tudo pra te esquecer, entendeu? Estou cansado de sofrer por você.

– Desculpa.

Liz fez menção de se levantar. Cauê a puxou pelo braço e a encostou em um pilar atrás deles. Ele a beijou como se fosse a última vez. E resolveu provocá-la ao máximo. Era a única arma que tinha disponível. Ele segurou o corpo dela completamente dopado e a jogou em direção à porta de entrada. Ela não tentou lutar. Ele abriu a maçaneta da porta e os dois caíram dentro da sala de estar.

Cauê a puxou para junto de si e, com o pé direito, bateu a porta de entrada. Liz rolou por cima dele e começou a beijá-lo ferozmente. Ele segurou os seus cabelos enquanto ela o olhava de cima.

– Você é linda demais – ele suspirou.

Mil coisas passavam pela cabeça de Liz. Ela não deveria ceder. Precisava pensar no que fazer. Até que chegou um momento em que pensou:

– O mundo vai acabar mesmo, que se dane!

Liz e Cauê se amaram ali mesmo, no chão da sala. Liz decidiu que enquanto o fim do mundo não chegasse, ela iria viver ao máximo tudo o que fosse bom. E Cauê era simplesmente bom demais.

Os dois ficaram por um tempo jogados no tapete da sala. Cauê sorria sempre que se dava conta de que ela estava em seus braços.

– A Mel e a Júlia! Cauê, me esqueci completamente das duas!

– Você não vai embora, vai?

– Eu preciso... elas já devem estar me esperando. E seus pais devem estar pra chegar!

– Vem cá – Cauê puxou Liz para junto dele. Eles se beijaram por muito tempo. Liz foi amolecendo de novo.

– Não... eu não posso ficar – disse ela empurrando Cauê. – E para de sorrir para mim! Você sabe que eu me descontrolo quando você sorri.

– Eu sei – ele sorriu ainda mais.

– Para. Olha, eu preciso ir... amanhã a gente se fala, tá bom?

– Não vai fugir? Promete?

– Não vou fugir... eu prometo – disse ela beijando sua boca macia.

Liz correu para casa e ligou para o celular de Melissa. Ela perguntou se Júlia já tinha chegado no restaurante e disse que estaria a caminho depois de um banho.

– Você perdeu a hora? Onde você estava, mocinha? – perguntou Melissa aos risos.

– Quer saber? Eu estava na casa do Cauê.

– Ah, sabia que não era boa coisa! – Melissa ria que se matava.

– Para com isso, Mel.

– Vocês fizeram as pazes?

– Fizemos...

– Uau! Então a tarde foi boa demais!

– Mel... tchau! – Liz desligou o telefone rindo da amiga maluca.

Cerca de 40 minutos depois, Liz chegou toda linda e com os olhos mais brilhantes do que nunca ao restaurante.

– Amiga, isso sim é que é tratamento de pele! – disse Melissa deixando Liz com as bochechas rosadas.

– Para, Mel. Eu fico com vergonha!

– Eu sei... e eu acho o máximo.

– Besta! – Liz riu com a amiga. – E a Júlia?

– Ela não vem, Liz.

– O que aconteceu?

– Seus pais estão querendo voltar para o Japão.

– Mentira!

– Verdade. Ela está lá tentando convencê-los a deixá-la ficar.

– Ela resolveu vir com a gente?

– Resolveu sim.

– Que bom, Mel. E o irmão dela?

– Os pais não vão deixar. Se ela conseguir algo... é só pra ela.

– Eles acreditam no fim do mundo?

– Sim... tanto é que querem estar com toda a família lá no Japão.

– Então eles não vão deixar que ela fique?

– Não sei. Vamos esperar.

Liz e Melissa pediram uma batida de coco com vodka que era o máximo. Bem leve e doce. Liz queria dizer o quanto estava feliz por Mel ter aceitado ir para o abrigo com ela.

– Que bom, amiga, que você aceitou...

– Você não ia desistir fácil, não é?

– Não mesmo.

– Depois que você e a Bia foram embora, conversei bastante com os meus pais. Entendi o ponto deles e resolvi respeitar.

– Muito corajoso da sua parte.

– Não é uma questão de coragem. É mais uma questão de alívio. Na verdade estou sendo bem egoísta.

– Como assim?

– Liz, se eles realmente morrerem, vou saber que estão bem. Eu acredito em vida após a morte.

– Não quer que eles sofram o depois, é isso?

– Exatamente.

– E se acha egoísta por isso?

– Totalmente e absolutamente.

– Acho que você é humana... só isso.

O celular de Melissa começou a tocar. Júlia do outro lado da linha chorava copiosamente. Mel já sabia o porquê.

– Eles não deixaram você ficar?

– Não.

– E quando vocês vão?

– Em agosto.

– Você está bem, Júlia?

– Na medida do possível.

– Vem pra cá, então. Eu e a Liz vamos ficar te esperando.

Meia hora depois Júlia adentrava a porta. O restaurante estava bem tranquilo e elas poderiam conversar mais à vontade.

– Oi gente – disse Júlia abatida.

– Oi Júlia. Senta aí... vamos beber a nossa separação – disse Mel levantando o copo de batida.

– É muito triste ter que deixar todo o mundo que eu conheço. Principalmente os meus amigos – desabafou Júlia.

– Para onde vocês vão?

– Monte Fuji... boa parte da minha família já está trabalhando nisso.

– Vão ficar todos juntos? Que bonito, Júlia – disse Liz.

– Minha família é muito unida, apesar das distâncias. Alguns moram aqui no Brasil, outros nos Estados Unidos, outros ainda pela Europa... mas boa parte ainda ficou no Japão.

– Sua família conhecia a data... o dia do fim do mundo?

– Há muito tempo... e eles se prepararam muito bem para isso.

– Nunca te falaram nada?

– Eu soube disso por vocês. Quando cheguei em casa com essa história, eles me contaram tudo.

– Você acha que estarão seguros no... onde mesmo? – Mel perguntou.

– Monte Fuji... acho que sim, vamos ficar bem. Os preparativos começaram ainda nos anos noventa.

– Sério? Caramba! – disse Liz.

– Também achei loucura.

– Quantos metros de altura tem esse Monte Fuji? – perguntou Mel.

– Mais de três mil metros. Mas vamos ficar na altura de dois mil metros.

– Será que já é o suficiente? Eu li que aquela região vai ser bem castigada com tsunamis.

– Meu pai disse que sim. Eles fizeram vários estudos e simulações. Minha família é cheia de cientistas, sabem?

– Vamos pensar em você, amiga. Sempre– disse Liz.

– Como eu disse, minha única tristeza é a de deixar os meus amigos. Mas só de saber que vocês têm um abrigo... isso me deixa muito tranquila.

– Será que um dia vamos nos reencontrar? – Liz perguntou.

– Aí eu já não sei. Vamos estar tão longe e sem tecnologia nenhuma... acho que vai ser bem difícil – ponderou Júlia.

– Eu não tinha pensado nisso! Não vamos ter barcos, ou navios ou aviões – disse Mel.

– Não vamos ter nada, Mel! Vamos voltar para a época das cavernas.

– Sinistro! Será que o Cauê vai ter que bater na sua cabeça para te levar para a caverna? – Melissa riu do próprio comentário.

– Você é hilária! Rá, rá, rá... – respondeu Liz de forma cínica.

– Você e o Cauê? Que história é essa? – Júlia perguntou. Ela sabia pouca coisa sobre a história dos dois.

– Bem... nós ficamos juntos esta tarde – Liz respondeu.

– Verdade? E por que sinto que você não está assim... tão feliz?

– Não é que eu não esteja feliz. É que sinto algo estranho sobre isso.

– E o que é?

– Não sei. Tem uma voz aqui dentro dizendo que eu não devia.

– Cala a boca dessa voz, hein! – disse Mel.

– Estou tentando, mas ela não me deixa em paz.

– Diz pra ela ficar quieta e vá ser feliz, está bem?

– Tudo bem, amiga. Está tarde, vamos?

As três dividiram a conta e cada uma pegou um rumo. Liz era a que estava mais perto de casa. Como tinha bebido duas batidas, coisa rara, ela resolveu maneirar ao volante. O trânsito estava carregado, mas fluía bem. Liz ligou o rádio do carro e uma música que ela adorava tinha acabado de começar a tocar: "With or Without You" da banda U2.

Quando a música chegou ao seu ápice, Liz se sentiu conectada com algo. Ela não sabia o quê, mas uma paz invadiu todo o seu ser. Se ela fosse vidente, provavelmente estaria vendo luzes se materializando de dentro do seu corpo. Era assim que ela se sentia.

Liz chegou em casa e notou que o carro de Beatriz não estava na garagem. Ela se assustou com o avançado da hora e entrou correndo pela escuridão.

– O que foi, filha?

– Eu não vi o carro aí fora... e já é tarde pra caramba.

– Esqueceu que deixei o carro para arrumar a batida?

– Ai, mãe... é mesmo, eu tinha esquecido.

– Pois é... e você vai ficar a pé amanhã, lembra? Vou precisar do seu carro.

– Hum... é verdade.

– Tinha algum compromisso?

– Não. Vou ficar aqui amanhã dando um jeito nas minhas coisas. Já quero deixar separado o imprescindível para eu viver!

– Ótima ideia... sabe do que eu lembrei?

– Do quê?

– Lâminas... eu odiaria ficar sem depilar a perna.

– Putz. É mesmo. Nem me passou pela cabeça.

– Muita coisa não vai passar pela nossa cabeça. Vamos anotando o que lembrarmos, está bem?

– Ah, mãe! A Júlia não vem conosco.

– Verdade? E para onde ela vai? Vão tentar escapar, não é?

– Vão para o Monte Fuji... amanhã eu te conto tudo.

– Está bem, filha. Boa noite.

Liz parou no topo da escada e, lembrando-se do que Júlia disse a respeito de sua família, perguntou para Beatriz:

– Mãe? E os parentes do papai em Londres?

– O que tem?

– Não vai avisá-los?

– Eu não havia pensado sobre isso. Como não temos parentes, nem me lembrei.

– Podemos fazer alguma coisa?

– Posso pedir ao Henry para ir até a casa da sua tia.

–Você contou ao Henry sobre o fim do mundo?

– Contei. E mandei um e-mail com alguns trabalhos do seu pai.

– E ele, acreditou?

– Acreditou sim. Já estão construindo um abrigo lá no recanto.

– Que bom! Será que a tia Jenn vai acreditar nele?

– Aí já é uma outra história.

– Posso mandar um e-mail para ela.

– Boa ideia. Já é tarde, filha... vá dormir.

– Boa noite, mãe – Liz disse subindo as escadas.

Thiago entrou em casa tarde da noite. Seus pais já estavam dormindo. Ele queria muito fechar os olhos e dormir, mas tinha de esperar. Ele fez Matheus prometer que ligaria assim que chegasse em casa.

Como Felipe morava na mesma rua que Matheus, ele deveria ligar em no máximo trinta minutos. O sono podia esperar. Thiago resolveu dar uma olhada no blog e se assustou ao ver que as mensagens estavam bombando. Ele riu ao pensar que tudo começou como uma brincadeira.

As pessoas se mostravam cada vez mais interessadas no fim dos tempos. Elas escreviam pedindo fontes de pesquisa, livros, filmes, sites... Thiago tentava responder a todos o mais rápido possível, contudo o seu rápido não era mais tão rápido assim. As mensagens e e-mails se acumulavam e ele precisava de ajuda para colocar o blog em dia. Matheus e Felipe teriam que ajudar.

O celular de Thiago começou a tocar e pelo número ele viu que era Matheus. Ufa! O cara chegou bem, ele pensou.

– Tô vivo. Vou desmaiar agora. Se eu acordar amanhã, te ligo. Tchau – disse Matheus sem esperar ouvir a voz do amigo.

– Então tchau – disse Thiago para o nada.

Ele resolveu deixar o computador ligado. As mensagens chegavam a todo o momento. Ele desligou o monitor e caiu na cama completamente quebrado.

A voz de Liz se fez ouvir. Thiago procurou por todos os cantos, mas não a encontrou.

– Onde você está?

– Não consegue me ver? Estou bem aqui!

– Não consigo te ver.

– Pelo menos consegue me ouvir.

– Liz, o que acha que estamos fazendo aqui?

– Não sei... acho que todas as experiências da vida são para aprendermos algo.

– Bom, estamos aqui presos sem saída... qual a lição disso?

– Relaxar e acreditar que algum dia vamos sair?

– Relaxar é um pouco difícil... acreditar na saída é uma boa lição.

– Notou como não há barulho lá fora?

– Notei. Não consigo escutar as ondas do mar.

– Não gosto dessa calmaria.

– Nem eu...

– Está com medo?

– Não. Estou irritado com essa situação. E você?

– Tenho medo. Medo de não escapar daqui.

– Eu quase quebrei minha mão no outro dia e a parede não se mexeu. Não vamos conseguir sair por conta própria. Vamos precisar de ajuda externa.

– É uma boa lição essa: esperar pela ajuda.

– Não gosto de esperar. Prefiro agir.

Thiago se levantou sentindo o corpo descansado. Mas a mente parecia um turbilhão. Tantas decisões a tomar, tantas coisas a fazer, o blog lotado de trabalho... ele resolveu que não iria para a faculdade, de novo.

A primeira coisa que fez foi ligar o monitor do computador. O número de e-mails e mensagens ultrapassavam os 623. Thiago abriu a boca e ficou ali, olhando o número subir: 624... ele se sentou e ficou olhando a tela: 625...

– Isso é palhaçada! – disse ele para si mesmo.

O pai de Thiago entrou no quarto e perguntou:

– O que é uma palhaçada?

– Meu blog, pai. Tá bombando.

– Aquele sobre o fim do mundo? Está brincando!

– Pois é... acho que as pessoas começaram a acreditar... já não era sem tempo.

Liz acordou com Beatriz invadindo o quarto. Ela abriu as cortinas para deixar o sol entrar. Seu rosto brilhava de alegria.

– O Cauê está aí embaixo, filha. Ele me disse que vocês dois se entenderam... é verdade? – Bia não conseguia esconder sua felicidade.

– É verdade... a gente ficou junto ontem à tarde.

– Por que não me disse nada?

– Eu estava cansada... ia te contar hoje.

Beatriz sentou-se na cama de Liz. Ela conhecia bem a filha. Seus olhos e sua pouca animação a deixaram preocupada.

– Porque me parece que você não está feliz?

– Porque algo me diz que as coisas não deveriam ser assim.

–Você está se boicotando! Não fuja da felicidade, dona Liz!

– Não vou fugir... só estou dizendo que sinto que algo está errado... só isso.

–Você está obcecada com o fim do mundo e está se esquecendo de viver... de ser feliz... é isso o que eu vejo.

– Não é nada disso. Olha, deixa eu me vestir, tá bom, mãe?

– Tudo bem... vou descer e fazer uns bolinhos de chuva para o café da manhã.

–Você sabe que ele adora...

– Por isso mesmo farei. Não demore, está bem?

– Pode deixar.

Liz desceu deslumbrante mesmo vestida com jeans e blusinha básica. Cauê adorava seu jeito moleca de se vestir. Ela não precisava de nada para ficar linda.

Cauê se levantou e seus olhos brilharam ao vê-la. Ela baixou os olhos timidamente e ele sorriu ao ver suas bochechas vermelhas.

– Te deixei envergonhada? – ele perguntou.

– O jeito que você me olha... às vezes... me deixa envergonhada sim.

Ele chegou mais perto dela, tirou o cabelo do seu rosto e sussurrou no seu ouvido:

– Você não ficou envergonhada ontem à tarde.

– Para! – ela bateu no braço dele apontando para Bia que estava na cozinha.

– Ela me ama...

– Convencido!

Os dois foram para a cozinha seguindo o cheiro dos bolinhos de chuva. Esses bolinhos já eram incríveis, mas os da Bia eram fenomenais.

– Já disse que estou feliz de ver vocês dois juntos? – Bia perguntou.

– Já, mãe!

– Pra mim ainda não! – respondeu Cauê completamente à vontade.

– O que vocês vão fazer hoje?

– Eu vou para a faculdade... apesar de tudo a vida continua, não é?

– E você, Liz?

– Esqueceu que vai sequestrar o meu carro?

– Ai... é mesmo. Vai ficar por aqui, então?

– Vou organizar minhas coisas.

– Eu volto lá pelas 15 horas... te faço companhia – disse Cauê para Liz.

– Ótimo Cauê... e peçam uma pizza porque hoje vou demorar. Meu último paciente é às 19 horas.

– Quem marcou esse horário horroroso?

– O profeta...

– Hum... vão profetizar juntos?

– Estou adorando as sessões com ele. Não sei quem de nós gosta mais.

– Que bom pra vocês.

– Bom, preciso ir. Tchau Bia, adorei esses bolinhos!

– Tchau querido.

– Eu te levo lá fora – disse Liz levantando-se.

Liz o levou até a porta. Ele a olhou por um momento e notou que algo não ia bem.

– O que você tem?

– Não sei.

– Eu não deveria ter vindo?

– Não é isso.

– O que é, então?

– Acho que nos precipitamos... ontem.

Cauê suspirou fundo. Ele não acreditava no que estava ouvindo. Depois da tarde de amor que tiveram, ela ainda tinha dúvidas.

– Não consigo acreditar.

– Cauê... adorei a tarde de ontem. Há muito tempo eu não era tão feliz. Mas, tem algo errado.

– Quer terminar o que nem começamos?

– Quero ir devagar.

– Deixou de me amar e só percebeu isso ontem?

– De jeito nenhum. Aí é que está o problema! Eu não deixei de te amar... mas esse amor... ele... mudou.

– O amor mudou?

– Eu te amo muito, com a mesma intensidade de antes só que... de uma outra forma que eu não sei explicar.

– Eu estou atrasado. Eu vou te dar um tempo pra pensar, está bem? – ele disse contrariado.

– Eu sei que está sofrendo...

– Não sabe de nada.

– Não fique assim – Liz disse segurando a sua camisa pela gola.

– Olha... se você quiser conversar, estarei em casa depois das três – disse ele segurando as mãos dela.

– Tá bom – disse ela tentando sorrir.

– Tchau – ele disse enquanto se virava para disfarçar a lágrima que escorria pelo rosto.

Liz se sentiu um monstro. Cauê saiu com o carro a toda velocidade sem olhar para trás. Ela não conseguia entender o que havia de errado. O amor era tão forte quanto antes. O sexo então era melhor ainda. O que havia mudado? Liz não entendia e resolveu não ficar remoendo isso, por ora.

– Aonde você vai?

– Colocar um tênis e dar uma caminhada no parque. Estou precisando espairecer.

– Vocês brigaram?

– Não – disse ela subindo as escadas correndo.

Liz se trocou, colocou um tênis confortável, pegou o seu iPod devidamente carregado e saiu a caminho do parque.

Enquanto as músicas rolavam, ela decidiu não deixar nenhum pensamento invadir aquele momento. Ela iria prestar atenção nas árvores, nas flores, nas pessoas, nos cachorros... sua intenção era deixar a mente vazia de problemas.

O parque era grande e bem arborizado. Liz caminhava com o iPod na cintura e a música tocava bem baixinho. Ela gostava de ouvir outros sons além da trilha sonora do aparelho.

Do lugar onde estava ela pôde ouvir crianças brincando no parquinho ao lado. Ouviu também dois cachorrões brigando pelo território do lado de fora da pista de caminhada.

Ela andou por cerca de 40 minutos. Suar lhe fazia muito bem. Depois de uma caminhada como essa ela voltava para casa energizada. O grande problema era se animar para caminhar.

Liz alongou as pernas e os braços antes de sair do parque. Tomou um pouco de água no bebedouro e resolveu ir para casa tomar um banho e voltar para os seus problemas.

No segundo quarteirão um cara mal-encarado começou a segui-la. Ela percebeu, mas não quis fazer nenhum movimento brusco. Ela continuou olhando para a frente e acelerou um pouco o passo. Liz tentou buscar alguma possibilidade de fuga. Mas antes de qualquer coisa o cara a pegou por trás e a jogou de cara no muro. Ela tentou girar, porém não conseguiu. Ele a prendeu por um instante enquanto fuçava em seu bolso traseiro à procura de uma carteira, talvez.

– Passa o aparelho. E o tênis também. É só isso que você tem?

– Desculpe. Não saí de casa preparada.

– Mas devia, sua vagabunda!

O cara fez um movimento estranho e de repente ele havia sumido. Ela estava apavorada demais para olhar, logo depois uma pessoa lhe perguntou:

–Você está bem, Liz? Está machucada?

Liz se virou e deu de cara com um homem vestido de terno. Ela sabia que o conhecia de algum lugar.

– Como sabe o meu nome?

– Liz... – ela o cortou antes dele terminar a frase.

– O que fez com o cara?

– Meu irmão já deu um jeito nele.

O irmão do cara surgiu de trás do muro arrumando a lapela do terno. Ela pressentiu o pior.

– Perguntei como sabe o meu nome?

– Nós somos seus amigos, Liz.

– Eu me lembro de vocês... da batida na marginal! Eram vocês no Mercedes, não eram? – ela se lembrou dos detalhes daquela noite.

– Éramos nós sim. Aliás, éramos nós também em Londres. E em Paris.

– O roubo da minha bolsa? E o fretamento do avião?

– Pois é.

– Estou confusa – disse Liz sentando-se na calçada.

– Nós podemos explicar. Já fomos autorizados a isso.

– Autorizados? Por quem?

– Vamos sair daqui... para um lugar tranquilo.

– Minha casa está tranquila... podemos ir para lá.

– Vai confiar em nós?

– Me salvaram por quatro vezes... se eu não confiar... vou confiar em quem?

– Nosso carro está ali... vamos?

– Vamos... mas me diz uma coisa? O que fizeram com o maluco que tentou me assaltar? Vocês não o matar...

– Não! De jeito nenhum. Apesar de que ele vai morrer mesmo... – o loiro fez o moreno se calar.

– Vocês são irmãos mesmo ou...?

– Modo de dizer.

– Ah, bom... são muito diferentes!

O porteiro estranhou o Mercedes embicado na entrada do condomínio. Ele perguntou para onde iam os rapazes.

Liz surgiu no banco traseiro e disse que estava tudo bem, eram amigos seus. O porteiro olhou bem e notou que os rapazes estavam bem vestidos. O carro também era uma beleza.

– Gostou do carro? – o moreno perguntou.

– Muito bonito – respondeu o porteiro.

– É um dos únicos no Brasil. O dia que você quiser, te levo para dar uma volta – ele convidou.

– Seria ótimo! – o porteiro sorriu abrindo a cancela.

– Você é convincente – disse Liz batendo no ombro do moreno.

– Nem imagina o quanto – disse o loiro sorrindo.

Liz acenou para o porteiro quando o carro passou. Eles pararam na porta da casa de Liz sem ela precisar guiá-los.

– Como sabiam onde era minha casa?

– Nosso trabalho é protegê-la... temos que saber o mínimo sobre você – disse o loiro.

– Hum... então vamos entrando – ela chamou.

Os dois caras de terno entraram na casa e Liz os chamou para se sentarem na sala de estar.

– Bebem alguma coisa?

– Depois que conversarmos – disse o loiro.

– Tudo bem... e então? Quem são vocês e o que querem comigo?

– Vamos por partes: Meu nome é Gabriel – disse o loiro.

Gabriel era um loiro alto, de porte atlético, cabelos encaracolados e dono de um sorriso branco como a neve.

– E o meu é Lucas, disse o moreno.

Lucas era um homem alto, moreno de pele e cabelos e tinha os olhos verdes mais brilhantes que Liz já tinha visto.

– O meu nome vocês já sabem... – levantou as sobrancelhas Liz.

– Liz... um nome inspirado, diga-se de passagem. Lembra-me algo como Luz – disse Lucas.

– Eu gosto do meu nome – disse Liz.

– Liz, nós dois, assim como muitos do nosso planeta, estamos aqui para ajudar os terráqueos.

– De que planeta vocês são? – Liz perguntou incrédula.

– Somos de um planeta de uma outra dimensão. Mas estamos tão próximos da Terra que vocês poderiam até nos ver se vibrassem na mesma dimensão.

– De que dimensão vocês são?

– Da sexta.

– Hum... e o que isso quer dizer?

– Quer dizer que somos seres muito sutis. Não precisamos ter corpos físicos como o seu, por exemplo. Não temos necessidades fisiológicas. Vivemos quase completamente no espírito.

– São tipo... fantasmas? – Liz perguntou temendo parecer boba.

– É quase isso – respondeu Gabriel sorrindo.

– Qual o nome do planeta de vocês? – Liz perguntou.

– É impronunciável aqui na Terra. Quer dizer algo como a Luz do Futuro.

– E como ele é?

– Um planeta puramente espiritual. Não precisamos de meios de transporte já que tudo é feito por meio do pensamento. Não precisamos de comida ou água já que não temos necessidades fisiológicas. Não são necessárias casas ou roupas já que não sentimos frio.

– E o que vocês fazem lá?

– Estudamos. Tentamos transcender o espírito. Mas isso você ainda não é capaz de entender. Um dia chegará lá – explicou Lucas.

– E como vocês vieram parar aqui? – ela perguntou.

– Nos alistamos... assim como vocês o fazem no exército. Essa é uma grande oportunidade de crescermos espiritualmente, abrir mão de tudo por um amor incondicional aos seres humanos. Isso faz parte dos nossos ensinamentos.

– E como vieram parar nesses corpos? – Liz temeu novamente parecer boba.

– Nós nascemos neles. Encarnamos aqui com o propósito de entender a vida humana. Os anseios, as tristezas, o ego, a alegria, o vazio interno. Só nascendo humano é possível entender tudo isso.

– Nunca foram humanos antes, tipo assim, na sua evolução?

– Não. Mas já vivemos em planetas tão densos quanto esse. Mas nunca tão cheio de dualidades.

– Tipo o bem e o mal?

– Exato. Nunca vimos um planeta como esse em que os espíritos sombrios vivem tão próximos de espíritos de luz. É um abismo tão grande! É por isso que o planeta sofre e precisa urgentemente de uma transformação.

– Bom, vocês nasceram aqui. E aí? Vocês trazem toda a sua evolução?

– Não. O corpo denso em que vivem não iria aguentar. Somos o que podemos ser.

– E vocês já sabiam desde pequenos da sua missão? – Liz perguntou realmente curiosa.

– Não. Descobrimos por volta dos 10 anos. E começamos a ser preparados para nossas missões.

– E os pais de vocês?

– São seres ou do nosso planeta ou de outros planetas. Eles também foram "acordados" por volta dos 10 anos.

– Existem seres de outros planetas?

– Sim. Muitos. Inclusive os antepassados dos seres atuais... os atlantes.

– Da cidade perdida?

– Sim. Após o dilúvio que fez desaparecer a Atlântida, os seres ali viventes se separaram em grupos e conquistaram outras terras. Mas nenhum desses seres era natural da Terra, eles vieram de Órion. E o povo que você conhece como Maias acabou retornando para lá. Os outros conhecidos como Astecas e Egípcios ficaram por aqui.

– Então foi por isso que os Maias sumiram do dia para a noite? Eles voltaram para casa?

– Isso mesmo. E eles estão dando todo o apoio necessário para a retirada de seres humanos da Terra. Alguns irão para o planeta Hercólubus, outros irão para outros lugares do sistema solar e até mesmo para fora dele – explicou Gabriel.

– É muita informação de uma vez só.

– Nós sabemos. Quer parar um pouco? – perguntou Lucas.

– Não. Conte mais sobre a missão de vocês.

– Já tivemos várias missões. A última delas é você. Precisamos proteger sua vida e integridade física até sua mudança definitiva para Ribeirão Preto. Lá você não correrá perigo nenhum.

– Por que precisam me proteger?

– Porque você precisa sobreviver.

– Para quê?

– Para a reconstrução do planeta. Para iniciar a sexta civilização. Antes de você nascer, essa foi a missão que recebeu. E a aceitou de livre e espontânea vontade – explicou Lucas.

– Então, lá no mundo espiritual as pessoas recebem missões?

– Sim e não. Algumas recebem missões, outras resolvem quais missões devem assumir. Todos os espíritos sabem do que precisam para evoluir. Não é necessário que alguém chegue e lhe imponha missões. Mas no seu caso foi diferente. A missão lhe foi ofertada... e você a aceitou.

– A sua missão foi ofertada pelo plano espiritual... mas você não é daq... – Gabriel foi cortado por Lucas no exato momento de uma possível revelação.

– O que foi? O que ele iria dizer que não posso saber? – Liz estreitou os olhos para Lucas.

– Tem coisas que não podem ser ditas antes do momento certo. Acredite em mim, Liz, é para o seu próprio bem.

– Isso tudo está muito doido para mim. Não sei se acredito... – disse Liz desviando os olhos para o chão.

– Por que os seres humanos não são capazes de acreditar no que não veem? Vocês tornam a vida tão difícil com isso – comentou Lucas.

– Eu sei... somos humanos, sabe?

– Entendo. Nasci humano – soltou Gabriel.

– Bom, deixa eu ver se entendi: recebi uma missão e agora são meus guardiões, é isso?

– Exato.

– Se eu recebi uma missão, porque coisas ruins quase aconteceram comigo? A vida não deveria me ajudar?

– Excelente pergunta. A vida a ajudou nos trazendo para cá. Seus guardiões. Mas as experiências de quase morte lhe ensinaram algumas coisas importantes. Só você sabe o que foi e quando essas experiências lhe serão úteis. O que posso dizer é que você passou a ter fé. Isso já é uma lição e tanto – disse Lucas.

– Lembrei de algo. Por que deixaram o bilhete lá em Londres?

– Simples. Não poderíamos nos apresentar ainda, mas precisávamos que entendesse e aceitasse que estava sendo protegida. Era importante que soubesse disso. Senão você não teria arriscado a ir para a França, por exemplo. As coisas ficariam complicadas se você resolvesse ficar em Londres.

– Eu fui para a França porque acreditava estar sendo protegida?

– Seu inconsciente acreditava nisso sim. Aliás, acredita desde então. O seu consciente passou a acreditar nisso apenas hoje cedo, após o parque – disse Gabriel.

– Interessante. Alguém quer uma água? Preciso recuperar o meu bom-senso.

– Obrigado, Liz. E bom-senso você tem de sobra – disse Gabriel.

Liz foi até a cozinha e pegou um copo com água. Ela ofereceu para Gabriel e Lucas e voltou a sentar-se na poltrona preferida de Max.

– Quem lhes deu essa missão? – ela enfim perguntou.

– O plano espiritual humano. Somos voluntários e respondemos a eles.

– E a minha missão vai ser cumprida?

– Certamente. Estamos aqui para garantir isso.

– Eu vou fazer a diferença?

– Liz, você é a diferença. Mas não podemos lhe dizer mais do que isso.

– E minha mãe, a Mel, a Júlia?

– Sua mãe e sua amiga Melissa vão sobreviver. Quanto a Júlia, nós não sabemos. Ela não estará com vocês e não sabemos qual será o seu destino.

– E o Cauê?

– O Cauê fará a diferença em um outro lugar. Aqui no Brasil, mesmo.

– Como você sabe?

–Vocês são vizinhos e conhecemos os guardiões dele.

– Ele tem guardiões?

– Até se mudar com sua família e estar seguro no abrigo para onde vai.

–Vamos nos separar, então?

–Você já intuiu isso... não é?

– Por isso me sinto estranha com relação a ele.

– Liz, vocês são almas afins. Mas não são almas gêmeas. Dentro de um mês entraremos na quarta dimensão. E quando isso acontecer, casamentos serão dissolvidos, namoros terminarão, amizades serão quebradas e pactos não mais existirão.

– Mas eu o amo!

– É claro que você o ama. Vocês viveram tantas encarnações juntos. Como amigos, namorados, irmãos... assim como você viveu também com Melissa... e com Beatriz... e com seu pai. São almas afins. Vocês vibram na mesma intensidade. São almas que se sentem à vontade juntas. Consegue captar o que eu digo? – Lucas perguntou.

– Acho que sim. Mas por que eu o amo tanto e ao mesmo tempo sinto que não devo ficar com ele?

– Como já disse, são almas afins. Já viveram o amor no passado. Viveram também a dor..., enfim aprenderam juntas. Mas cada um de vocês possui uma alma gêmea. Aquela forjada na mesma fôrma e depois, separada em duas partes. A sua outra metade está por aí, a sua espera. E finalmente, depois de milhares de anos, vocês vão se reencontrar.

– Nunca pensei em amar ninguém mais do que eu amo o Cauê.

– O que sente pelo Cauê é um amor incondicional. E isso aconteceu só a pouco. O seu amor de mulher se transformou... e agora ele é incondicional. Esse é o amor da nova era. O mundo da quinta dimensão terá como base esse amor e você já é capaz de senti-lo. Ele não é incrível? – perguntou Gabriel.

– Mas eu o estou magoando.

– Isso porque ele ainda não sente esse amor incondicional. Mas ele vai chegar lá... assim que a quarta dimensão se instaurar. Não se preocupe.

– O que o futuro me reserva? E para ele?

– Vocês dois encontrarão suas almas gêmeas. E iniciarão a Nova Era do planeta Terra.

– Incrível. Não estou com ciúme – riu Liz.

– Claro que não, Liz. Ciúme é coisa do ego. E você o está destruindo a cada dia. Assim que a quarta dimensão chegar, você o terá calado quase por completo.

– Ego? Minha mãe é psiquiatra e fala muito sobre isso.

– Ele é o principal complicador na evolução de vocês. É uma luta diária que vocês precisam travar. Mas com a tecnologia das televisões e computadores, vocês nunca conseguem ficar com a mente vazia para lutar contra esse vilão. E aí a evolução espiritual não acontece. Ela estagna e vocês perdem tanto com isso – disse Lucas pesaroso.

– Mas, como disseram, as coisas vão mudar.

– Vão. E muito, Liz. A nova era será um mundo maravilhoso. A harmonia com a natureza, o amor incondicional, a busca pela evolução espiritual... tudo isso será rotina nesse mundo que muitos acreditam ser utópico. Mas ele é perfeitamente possível e estamos a poucos passos de alcançá-lo.

– Como vamos sobreviver o depois?

– O depois. Esse é um assunto que não podemos tratar com você. Na hora certa, as respostas virão. Não temos permissão de contar mais nada além do que dissemos.

– Quem permite ou nega algo a vocês? O plano espiritual? – Liz perguntou.

– Sim. E um desses espíritos é alguém que foi muito próximo a você. Uma alma afim que vai olhar por você pelo tempo que ele permanecer no mundo espiritual.

– Meu pai? – Liz perguntou ansiosa.

– Sim. Por isso ele desencarnou. Tinha a missão de cuidar de você lá do outro lado porque aqui a missão dele estava concluída.

– Ele me vê? Cuida de mim?

– Sempre – Gabriel respondeu com um sorriso nos lábios.

– Vocês falam com ele?

– Recebemos mensagens telepáticas. Às vezes imagens, mas não o conhecemos diretamente.

– Entendo. Se eu falar com ele...

– Ele vai te ouvir – Lucas finalizou a frase de Liz.

– Obrigada por me contarem isso – disse Liz com lágrimas nos olhos.

– Liz, ainda nos veremos mais uma vez antes de se mudarem para o abrigo. Isso quer dizer que vai correr perigo.

– Que tipo de perigo?

– Não podemos adiantar isso... mas lembre-se de confiar, está bem?

– Está me assustando, Lucas.

– Estou é querendo que fique calma... tenha fé. Nós estaremos ao seu lado.

– Eu ainda tenho tantas perguntas.

– Infelizmente nosso tempo acabou, Liz. Aliás, você foi a única sobrevivente a quem foi permitido saber sobre nós e sobre a sua salvação até o momento. Os outros estão totalmente ignorantes a esse respeito.

– Por que isso?

– A vida e o destino são diferentes para todos. As experiências devem ser vividas por completo. No seu caso, esse nosso encontro já estava marcado. Fazia parte das suas experiências a serem vividas.

– Vamos poder conversar mais sobre isso?

– Não. Essa foi nossa primeira e última conversa – Lucas notou que Gabriel apontava para o relógio de pulso. – Liz, precisamos ir. O Cauê chega em 20 minutos e não é bom que nos encontre aqui. Ele fará perguntas e você não pode lhe dizer nada, está bem?

– Pode deixar, mas o que devo fazer com relação a ele? Não quero magoá-lo e ele espera uma resposta.

– Faça o que sua intuição mandar. Aliás, a partir de hoje, só confie na sua intuição e mais nada – disse Lucas abrindo a porta da frente.

Os dois entraram no Mercedes e foram embora. Mas antes lançaram um último sorriso para Liz. Ela correspondeu e fechou a porta sabendo que Cauê chegaria a qualquer momento. Ela queria tempo para digerir tudo o que acabava de ouvir e ter que encará-lo agora estava fora de cogitação.

Cauê embicou o carro na garagem às 15 horas em ponto. Ele lançou um olhar triste para a casa de Liz e seguiu em frente. Não iria procurá-la até amanhã.

Liz escutou o carro de Cauê chegando. Ela respirou fundo e continuou a arrumar suas coisas. Liz fez uma lista de itens indispensáveis como pinça, remédio para dor de cabeça, fotos da família e uma lista de livros importantes que iria providenciar.

Liz pensou em vários cenários e decidiu comprar livros básicos de como gerar energia pela ação do vento, como criar uma composteira, guia básico de jardinagem... entre outros títulos de imenso valor quando nada restasse.

Ela acessou o blog "Salve-se enquanto puder" em busca de novos e interessantes itens para sua lista. Além das bobagens de praxe ela também encontrou sugestões de livros bem legais: *A Bíblia Sagrada*,

I Ching, *Guia Básico de Sobrevivência*, *100 Maneiras de Passar o Tempo*... entre outros bem interessantes e ela anotou o nome de alguns. No caso da *Bíblia*, ela já possuía o livro em casa. Aliás, quem não o tinha? O restante iria comprar em um sebo perto dali.

– Pai? – Liz olhou para o teto do seu quarto. – Estava tomando coragem para falar com você. Não sei se acredito completamente no que aqueles malucos me contaram, mas estou me sentindo mais confortável para fazer esse chamado. Eu queria dizer que o amo muito e que entendo o que você quis fazer. Entendo suas motivações e os seus medos por mim e pela mamãe. Não vou decepcioná-lo. Nunca!

Liz então retomou os seus afazeres. Uma lágrima escorreu pelo seu rosto e ela sentiu-se bem com isso. A imagem do pai surgiu em sua mente. Seu sorriso era contagiante e Liz sorriu também. Foi então que caiu na real e se lembrou de Cauê. Já era noite lá fora e ele deveria estar esperando por ela. *Mais uma vez eu devo tê-lo magoado*, ela pensou. Mais do que depressa, Liz tomou uma ducha e correu para se atirar na cova dos leões ou assim ela sentia que seria o encontro com Cauê.

Ele desceu as escadas aparentemente abatido e Liz notou que ele havia chorado porque seus olhos estavam inchados e vermelhos.

– Podemos conversar?

– Claro. Pensei que tinha se esquecido.

– Não. Vamos lá fora?

– Tudo bem – disse Cauê conduzindo Liz para a varanda.

Os pais de Cauê observavam tudo ao longe. Eles cumprimentaram Liz e fingiram estar entretidos com a televisão, mas eles não eram bobos. Logo perceberam que algo não ia bem.

– Estava tão feliz por eles. O que será que aconteceu, hein, João?

– Não sei, Sara. Mas pela cara deles... acho que pode desistir de convidá-las para ir conosco a Alto Paraíso.

– Não é porque não vão ficar juntos que não vou convidá-las. Eu adoro a Liz e a Bia... gostaria muito que viessem com a gente.

– Eu também gosto muito delas. O que o Edu disse sobre isso?

– Ainda há 23 lugares. Ele me disse para confirmar até o final da outra semana. Depois disso, corremos o risco do abrigo já estar cheio.

– Entendo. Vamos esperar o que eles terão a nos dizer, está bem, querida?

–Vamos esperar, então – suspirou Sara.

Os dois se acomodaram na varanda um de frente para o outro. Liz sentou-se em uma cadeira enquanto Cauê sentava-se na mureta logo a sua frente.

– E então? Você pensou?

– Pensei sim.

– Estou esperando – ele pediu.

– Não podemos ficar juntos.

– Não me ama mais? Foi a essa conclusão que chegou?

– Já disse que o problema não é falta de amor.

– E o que é então? Explique, por favor. Você está me deixando louco com isso! – bradou ele.

– Cauê, escute tudo o que tenho a dizer. Depois você fala.

Cauê concordou com a cabeça, mas não convenceu muito. Ela tomou fôlego e mediu bem as palavras que iria pronunciar.

– Eu te amo. Mais do que a mim mesma. Eu daria a minha vida por você. Mas esse amor... não é o mesmo amor de antes. É um amor tão profundo, tão entranhado que não tenho como escapar dele. É um sentimento tão nobre que não tenho nem palavras para expressá-lo. Não é mais um amor de adolescente. Não é mais um amor de casais. É algo maior do que isso, é um amor que vai durar toda a eternidade.

– E qual o problema de ficar comigo e me dar um pouco desse amor?

– Aí é que está. Não é um amor para se dar, mas um amor para se sentir. Eu jamais conseguiria transmitir isso para você e sei que um dia você vai me entender. Estamos conectados pelo resto de nossa existência, e esse amor vai nos seguir para sempre.

–Você está terminando comigo em grande estilo. Mas eu não caio nessa. Você deixou de me amar e percebeu isso quando?

– Eu não deixei de te amar. Eu te amo mais do que antes, e esse sentimento é tão forte... que eu não consigo explicar! Antes, eu só sentia raiva de você. Cheguei até mesmo a ensaiar algum desprezo. Mas alguma coisa mudou dentro de mim nestes últimos dias e não sei dizer como nem por quê, só sei que mudou e que é algo tão grande que não me sinto mais sozinha... é assim que eu consigo descrever esse amor... incondicional.

– Incondicional? Achei que um amor incondicional não via barreiras! Não vê o bem e o mal, nem o certo nem o errado. Isso sim é um amor incondicional.

– Mas é assim que eu sinto, Cauê.

– E porque não quer ficar comigo?

– Por que eu não posso e você em breve vai entender. E vai sentir o que estou sentindo... meu Deus... em outros tempos nós talvez ficássemos juntos sim. Mas pelo que sei... agora... Deus tem outros planos para nós.

– Deus? Você falando de Deus? Liz, você deixou de acreditar em Deus há muito tempo.

– Eu resgatei a minha fé e sei que Ele tem planos, sei que Ele olha por nós ou olham, por Ele.

–Você me deixou mais confuso do que antes. E sabe o que é mais estranho? Uma voz aqui dentro me diz que você está certa.

–Você, ouvindo sua intuição? Ora, mas esse não é o Cauê que eu conheço! – Liz brincou com ele.

– Eu não estou escutando... só estou comentando o que ela diz.

– Aí você a descarta?

–Tem coisa melhor para fazer?

–Tem sim. Ouça essa voz. Ela é sábia e é a luz dos nossos caminhos.

–Você me parece outra pessoa – disse ele.

– Mas eu não sou. Olhe no fundo dos meus olhos e vai saber disso.

Cauê suspirou fundo e olhou bem no fundo dos olhos azuis de Liz. Eles brilhavam como ele nunca antes havia visto. Cauê soube que ela dizia a verdade. Ele sentiu vontade de tocá-la e ela, percebendo o seu recuo, pegou suas mãos e as levou para perto de si.

–Vamos estar sempre em sintonia. Onde quer que estejamos.

– Eu sei. Algo me diz que isso é uma verdade absoluta.

– Eu te amo. Nunca se esqueça disso.

– Eu também te amo. Com uma força absurda – Cauê tinha os olhos embargados pelas lágrimas.

Ela libertou as mãos dele. Ele tocou suas pernas e subiu até a cintura e ela prendeu a respiração por alguns segundos. Só o toque de sua pele a fazia arrepiar-se. Cauê deixou uma das mãos na cintura e subiu a outra até sua nuca. Ele a olhou por um longo tempo. Seu coração saltava no peito enquanto a respiração ficava ofegante. Liz tomou a iniciativa e o beijou tentando demonstrar todo o amor que sentia. Ele retribuiu sentindo o sabor amargo das lágrimas que escorriam dos olhos de ambos. A separação era iminente e ele não sabia como iria conseguir viver sem Liz.

Beatriz ouvia os relatos de Ariel, pensativa. Ele via as imagens e ouvia as mensagens em sua cabeça. Numa noite ele teve um sonho que resolveu compartilhar com Beatriz:

– No sonho eu era uma grande onda. Entrei pelos litorais do mundo todo destruindo tudo o que o fogo não foi capaz de fazer. Eu corri atrás dos seres humanos e os encontrei em todos os lugares. Alguns se escondiam dentro de armários ou atrás de portas. Mas eu os peguei. E continuei minha jornada crescendo a cada minuto. Derrubei o que restou de prédios, casas, escolas, hospitais. Levei comigo os corpos que estavam estirados nas ruas. Carreguei árvores, flores, animais, objetos, até que, por fim, retornei ao mar e lá enterrei toda uma civilização. Toda a nossa história havia, por fim, desaparecido da face da Terra.

– Que sonho premonitório, Ariel. Não tenho palavras para expressar o que estou sentindo ouvindo isso.

– Imagine eu, vivenciando... foi horrível, Bia. Mas eu sabia que isso era o certo a fazer.

– Você era uma onda pensante?

– Exatamente. Eu chorava ao carregar corpos vivos e mortos. Chorava ao ver os animais e as plantas completamente sem vida. Mas eu não podia parar. Tinha de limpar o planeta para a retomada da vida. Uma Nova Era seria iniciada a partir de então.

– Será que o planeta sente? Será que ele sabe o que vai acontecer? – Bia perguntava a si mesma.

– Bia, uma vez li algo a respeito disso. Um médium afirmava que o planeta Terra era habitado por um espírito. Assim como nossos corpos são habitados por um espírito também.

– Verdade? Nunca pensei nisso. É uma boa teoria.

– Segundo ele, não é uma teoria. Ele recebeu algumas canalizações sobre isso. Quando o mundo "acabar", esse espírito dará lugar a um outro.

– Ele morre para outro nascer, é isso?

– Exatamente. Por isso é necessária essa limpeza toda no planeta. A Terra morre e renasce totalmente renovada.

– Interessante. O ciclo da vida se cumpre.

– Pois é. Nascemos, crescemos, multiplicamos, envelhecemos e morremos. O ciclo da vida.

– Deixa eu te fazer uma pergunta: por que a Terra amansou?

– Está tomando fôlego. Ela apenas limpou a garganta para começar a gritar.

– Você profetizou algo assim?

– Não é preciso profetizar. Antes da tempestade... a calmaria.

– Eu cheguei a pensar que tudo poderia ficar como era antes.

– Infelizmente não será assim.

– Mas é bom pensar que sim... que as coisas são imutáveis.

– Nada é imutável em nosso Universo. A única constante é a mudança.

– Fico pensando nas crianças... tão pequenas e tendo que passar por provações tão duras.

– As crianças são superprotegidas. Provavelmente já terão desencarnado caso seu corpo físico sofra.

– Não entendo.

– Por exemplo: imagine uma pessoa pegando fogo. Imagine quão horrível seria essa morte. Quão dolorida e brutal. No caso de uma criança ou de uma pessoa que não precise sofrer dessa forma, os espíritos preparam o seu desencarne para antes... a tiram do seu corpo físico antes de tamanho sofrimento. Dá para entender?

– Até dá. Mas não sei se acredito nisso.

– Acredite. Ninguém sofrerá o que não necessita.

– Você é um iluminado, Ariel.

– Não... eu sou apenas um instrumento de Deus. E sabe que o meu site está entre os primeiros em números de visitações? O que antes era chacota agora é visto como um dos sites mais completos e sérios da internet brasileira sobre o assunto.

– Fico feliz com isso. É bom saber que as pessoas estão despertando.

– Fico feliz em fazer esse trabalho. E então, estouramos o tempo hoje de novo? – Ariel perguntou olhando para o relógio de pulso.

– Estouramos em mais de uma hora – sorriu Beatriz.

– Vou te pagar hora extra! – brincou Ariel.

– Amigo, eu é que devia lhe pagar pela sessão – riu Beatriz.

Thiago notou que a luz da caverna era mais intensa. Ele não conseguia identificar de onde ela vinha.

Liz estava sentada próxima ao lago. Dessa vez havia peixes multicoloridos que nadavam de um lado para o outro.

Ele se aproximou e pela primeira vez pôde ver o seu rosto. Era lindo como o de um anjo, ele pensou. Seus olhos azuis penetrantes o fizeram arrepiar na base da espinha. Um frio na barriga mexeu com os seus sentidos. Aquela era a mulher mais linda que ele já tinha visto na vida.

Liz ficou em pé assim que notou a presença de Thiago. Ele era alto, atlético, tinha a pele clara e os cabelos escuros. Seus olhos eram de um verde indefinível e havia uma profundidade naquele olhar que Liz sentiu-se engolida.

– Finalmente nos conhecemos de verdade – disse Thiago depois de alguns segundos.

– Pois é. Finalmente – disse ela entre sorrisos.

– Você é muito mais bonita do que eu esperava.

– Você também não fica atrás – disse ela desviando o olhar.

– Eu queria muito me lembrar de você quando acordasse.

– Já se decidiu de que isso é um sonho?

– Só pode ser. Não deve existir no mundo alguém tão linda quanto você... só no céu ou nos sonhos.

Liz sorriu com o galanteio de Thiago. Ela não conseguia encará-lo por muito tempo. Seu corpo todo tremia quando ela o fazia.

– Devo estar corada, não?

– Você é tímida? – ele perguntou em tom de brincadeira.

– Nem tanto... mas você conseguiu isso.

– Desculpe... eu não queria te constranger.

– Não foi constrangedor... foi só exagerado demais.

– Não acho que exagero seja a palavra. Eu só disse a verdade.

Liz sorriu novamente e sentiu o rosto ficar quente. Ela devia estar como um pimentão vermelho.

Thiago notou que ela havia corado e se aproximou mais. Ele tocou sua face por um breve momento e sentiu que estava quente. Um choque percorreu todo o corpo e ele notou que algo também tinha se passado com ela.

– O que foi isso? – ele perguntou.

– Eu senti um choque.

– Eu também... mas não doeu.

– Não.

Liz resolveu desviar o assunto para algo mais real. Ela olhou em volta da caverna e comentou sobre a luminosidade que havia aumentado.

– Pode ser que agora tenha uma saída – disse ela.

– Podemos procurar, se quiser.

–Você não quer sair daqui?

– Pra quê, se estou no céu? – disse ele com o sorriso mais contagiante do mundo. Liz se derreteu quando ele a encarou novamente.

– Pare com isso. Precisamos sair – disse ela voltando à realidade.

–Você é quem manda – disse ele em tom brincalhão.

Liz e Thiago procuraram, em vão, por uma saída da caverna. Não conseguiram identificar nada que pudesse libertá-los daquele lugar. A luz entrava por várias frestas mas eram mínimas.

– O sol está brilhando como nunca... pena que não posso vê-lo – disse ela.

– A luz está queimando, veja – Thiago lhe mostrou sua mão embaixo da luz do sol. Ela começou a queimar e liberar fumaça.

– Tire daí! Vai se machucar! – Liz pegou a mão dele e a examinou. Estava chamuscada.

– Não se preocupe. Eu não senti nada.

–Você se queimou.

– Não é nada... não se preocupe.

Liz abriu os olhos sentindo-se maravilhosa. Ela não se lembrava do sonho que havia tido, mas, com certeza, tinha sido muito bom. Há tempos ela não se sentia tão renovada.

Bia já preparava o café da manhã. Torradas e ovos quentes. Liz sentiu o cheirinho de pão torrando e o apetite a fez salivar um pouco mais.

– Hum... estou morrendo de fome – disse ela.

– Senta aí que já vou servir – disse Bia puxando uma cadeira.

– Como foi ontem com o profeta? Nós nem conversamos.

– Foi fantástico como sempre. O cara tem um dom, Liz. Não acredito que cheguei a duvidar dele.

– Ele disse algo sobre o Brasil?

– Disse. O Brasil será dividido em dois por um grande terremoto. Nós ficaremos em uma ilha juntamente com os Estados do Paraná, Santa Catarina e parte do Rio Grande do Sul. Ele não tem certeza, mas também notou que uma parte pequena de Minas Gerais vai ficar do lado de cá.

– Nossa. Imagino o tamanho do terremoto para causar essa separação.

– Foi o que pensei.

– Ele previu algo para nós?

– Não. Mas ele sente que iremos sobreviver.

– Eu também sinto isso – disse Liz não querendo revelar mais do que isso.

– Nós vamos conseguir – Bia acariciou os cabelos de Liz.

– Preciso ligar para a Mel. Parece que faz um século que não falo com ela.

– Faça isso. O dia da mudança está chegando.

–Vou fazer.

– O Henry falou com a sua tia.

– E então?

– Ela não acreditou nele.

– Ele mostrou o que tinha?

– Deixou com ela vários DVD's e livros, mas ela não quis saber. Disse que iria tudo para o lixo.

– Mãe, temos que fazer alguma coisa.

– Eu vou ligar para ela mais tarde.

– O abrigo do Henry já está pronto?

– Quase. Ele me disse que falta colocar filtros nos dutos de ar. E também comprar casacos e equipamentos para neve. Segundo os estudos do seu pai, todos os países situados no norte serão castigados pelo frio e pela neve.

– Como ele sabia tanto?
– Não faço ideia.

Julho já se anunciava nas agendas e calendários. O ano passava tão rápido que as pessoas perdiam a noção dos dias e das horas.

Nesse ínterim, a família de Liz em Londres não quis mais atender os telefonemas dela e de Beatriz. Na última conversa, a tia de Liz deixou claro que não queria mais ouvir falar no assunto.

Cauê e Liz viviam uma amizade civilizada, mas ele havia se afastado dela o quanto pôde. Beatriz explicou para os pais dele o porquê de não os acompanharem a Alto Paraíso. Contou sobre o abrigo que Max havia construído e sobre sua mudança para Ribeirão Preto.

A casa já estava praticamente vendida e Beatriz se sentia mal com isso. Ela sabia que as construções não iriam suportar a destruição do planeta. Para tirar qualquer peso de sua consciência e alertar os futuros moradores, ela preparou uma carta contendo tudo sobre 21 de dezembro de 2012.Também deixou referências de sites e filmes sobre o assunto. Ela torcia para que os compradores não desprezassem tais informações.

Melissa e Liz já estavam de malas prontas. Faltava apenas uma semana para a mudança. Mas Melissa havia decidido de última hora ficar mais um tempo com seus pais. Ela prometeu a Liz que assim que, estivesse pronta, iria encontrá-las no abrigo. Liz concordou discordando, contudo nada podia fazer a respeito. Se estivesse na situação da amiga, faria a mesma coisa.

Júlia contou que sua mudança também estava chegando. Eles iriam para o Japão no início de agosto e ficariam na casa de parentes até a mudança final para o Monte Fuji.

Cauê e família também se mudariam em agosto. Eles preferiram não vender a casa já que possuíam recursos financeiros o suficiente para se manter até o mês de dezembro.

Thiago, Matheus e Felipe já estavam prontos para a mudança. O barco estava completo e só aguardava a chegada dos futuros moradores. Thiago sonhava com Liz quase todas as noites. Mas os sonhos agora se repetiam. Ela estava enjaulada em um lado da caverna e ele do outro. Os dois podiam se ver, mas não conseguiam falar. Lá fora o mundo estava quieto. A luminosidade quase os cegava. E assim o sonho terminava. Na manhã seguinte nenhum dos dois se lembrava de muita coisa sobre a noite na caverna.

Henry havia terminado o abrigo. Ele disse a Beatriz que iria para lá no dia 20 de dezembro. A senhora Brown já havia terminado de encher a dispensa com mantimentos para no mínimo um ano.

Ariel e Beatriz haviam se despedido na última sessão. Eles combinaram manter contato por e-mail e telefone. Beatriz havia convidado Ariel para ficar com elas no abrigo. Ele agradeceu e disse a ela que preferia morrer a ter que enfrentar o que viria depois. Ela entendeu e não insistiu e ficou muito triste em saber que perderia um grande amigo. Ele lhe explicou que a vida é eterna e que sua amizade também seria eterna. Um dia eles viriam a se encontrar novamente e prometeu que olharia por ela e Liz lá de onde estivesse.

O mundo estava muito quieto nos últimos dias. As guerras haviam se acalmado juntamente com os desastres naturais. Nem os pássaros ousavam cantar mais alto.

Liz estava pronta. Ela já havia se despedido dos pais de Cauê, de alguns amigos do condomínio e do colégio onde estudou. Ela falou com Júlia pelo telefone e as duas choraram pela separação. Mas combinaram que, se fosse possível, iriam tentar um reencontro depois do fim.

Cauê havia ficado para o final. Eles poderiam não se ver mais nessa vida. Liz sentiu uma tristeza muito grande por isso, mas, no fundo, ela sabia que eles seriam amigos eternos.

– Não acredito que vamos nos separar para sempre – disse ele.

– Não será para sempre. Talvez por uma vida apenas – ela respondeu, sensata.

– Liz, não sei como estou conseguindo viver sem você. E olha que eu te vejo todos os dias. Tenho medo de como será quando você não estiver mais ao meu alcance.

– Pode me ligar. Mandar e-mails. Eu tenho uma webcam. Podemos nos ver assim...

– Eu queria poder tocar a sua pele... – ele disse tocando em seu rosto.

– Não faça isso – disse ela desviando os olhos para baixo e depois os fechando.

– É bom saber que eu mexo com você – disse ele.

– Eu nunca escondi isso de você – disse ela o encarando.

– Me liga quando chegar?

– Ligo.

– Eu queria poder te sequestrar.

– Eu queria poder parar no tempo – disse ela chegando mais perto.

– Eu te amo, Liz.

– Também te amo, Cauê.

O beijo de despedida foi algo incrivelmente mágico. Seus corpos vibravam numa intensidade nunca sentida por nenhum dos dois. Liz se assustou com o que estava sentindo e empurrou Cauê por um instante. Ela o olhou pasma.

– Você tem uma cor azulada em volta do seu corpo. Que lindo, Cauê.

– E você brilha num tom de rosa maravilhoso... parece um cristal de quartzo – ele a tocou enquanto falava.

– Nunca tinha visto nada tão lindo na minha vida.

– É realmente incrível, Liz – Cauê tinha os olhos embargados.

Liz tocou o rosto dele novamente. Ele brilhava tanto que quase a cegou. Ela notou que quando o tocava seu brilho aumentava de intensidade. Ele logo notou a mesma coisa. Sua luz ficava mais intensa à medida que ele encostava nela ou dizia algo que a fazia sentir-se feliz. Eles ficaram ali, brincando com as auras e descobrindo mais um sobre o outro.

– Será que entramos na quarta dimensão? – Liz perguntou.

– Acho que sim. Olhe as auras daqueles caras ali.

Liz olhou para trás e viu as auras de dois garotos que brincavam na rua. Um deles brilhava em um tom azulado parecido com o de Cauê. O outro brilhava num verde bem clarinho...

– Quarta dimensão, definitivamente – disse ela.

– Só pode ser – ele concordou.

– Isso é mágico!

– É incrível. Pena que não sei decifrar essas cores.

– Use sua intuição. Acho que agora é a hora dela – disse Liz seguindo a sua.

Eles ficaram se olhando por mais alguns minutos. Mais um beijo e um abraço que durou uma eternidade. A ideia da separação fez suas auras brilharem com menor intensidade. A de Liz quase sumiu por completo.

– Agora consigo saber que está realmente triste – disse ele notando que a aura dela já não brilhava tanto.

– Viu só? Precisou ver para crer?

– Meu erro! Eu assumo.

– Vai para a faculdade agora?

– Vou. Não quero estar aqui quando vocês forem embora. Não sei se posso aguentar.

– Eu entendo, Cauê. Prometo te ligar assim que chegar.

– Vou esperar.

Cauê entrou no carro com uma aura acinzentada. Ele estava sofrendo e demonstrava isso por meio das cores que exalava. Liz sentia-se da mesma forma e ele pôde ver isso claramente. Um último aceno e ele havia partido... talvez para sempre.

Beatriz esperava por Liz para que elas terminassem de fechar as caixas que iriam no caminhão de mudanças. Liz contou a Bia sobre a despedida e contou que a aura de sua mãe brilhava em tons de amarelo e violeta.

– Por que não consigo ver isso também?

– Não sei. Eu e o Cauê começamos a ver ao mesmo tempo.

– Que interessante. Auras... nunca pensei que fossem reais – soltou Bia.

– Não é demais? Estou adorando!

– Finalmente então a quarta dimensão. Mas o que mais ela irá trazer? – Bia pensava alto.

– Só coisas boas. Eu espero – Liz finalizou num sussurro. Ela não queria deixar transparecer seus medos e anseios.

– Filha, preciso ir até a casa da Lorena me despedir. Você termina isso?

– Pode deixar. A que horas chega o caminhão?

– Nós marcamos às 11 horas.

– Não acha que a Melissa deveria ir com a gente?

– Filha, ela quer passar o tempo que tiver disponível com a família... ela irá assim que sentir que já é a hora.

– Tenho medo de algo acontecer e ela não conseguir chegar até nós.

– Nada vai acontecer.

Beatriz saiu deixando Liz completamente sozinha. Essa era a hora perfeita, pensou Vitória. Um amigo em comum havia lhe contado sobre a mudança de Liz e sua mãe. E Vitória não deixaria a amiga ir embora sem se despedir. Não mesmo.

Desde o último encontro, Vitória havia ficado entalada com as coisas que ouviu de Liz. Ela se sentiu agredida no mais fundo do seu ser. Ela queria vingança. Queria que a outra sentisse o que ela estava sentindo. Queria machucá-la. Queria ouvi-la implorar por sua vida.

Ela pensou em fazer isso com o Cauê. Machucá-lo na frente de Liz. Mas não seria a mesma coisa. Ela queria ver Liz lutando pela vida. Sangrando o próprio sangue. Implorando à Vitória pelo seu perdão.

Ela carregava no bolso, além da faca, as chaves da casa de Liz. Antes de entrar, olhou bem para todos os lados. Apenas dois garotos brincavam no fim da rua. Antes de colocar a chave no bocal, ela girou a maçaneta. Para sua surpresa, a porta estava aberta.

Vitória avistou Liz na varanda fechando uma caixa de papelão. Era esse o momento. Ela se esgueirou nas pontas dos pés e chegou atrás de Liz sem que essa notasse a sua presença.

Com a faca bem posicionada na mão direita, ela ensaiou um movimento certeiro nas costas de Liz. Mas antes que pudesse fazê-lo a faca voou para longe.

Liz se assustou com o objeto que caiu de pé em cima de uma caixa já fechada. Ela olhou para trás e viu Vitória presa nos braços fortes de Gabriel. Lucas tinha a palma da mão direita aberta em cima da cabeça de Vitória enquanto ela se debatia no alto com Gabriel a segurando. O brilho de sua aura ia do preto ao vermelho intenso.

– O que é isso? O que aconteceu? – Liz estava desesperada com a situação.

Lucas continuou o que estava fazendo. Gabriel piscou para Liz querendo que ela soubesse que tudo ficaria bem. De repente Lucas começou a dizer algumas palavras em voz alta:

– Vitória. A partir do momento que sair dessa casa irá apagar da sua memória qualquer ligação com Liz e Cauê. Não se lembrará quem são. Não se lembrará da amizade que tiveram e nem da traição que cometeu. Não irá fugir do fim do mundo. Você ficará e o enfrentará de frente. Irá sentir muito medo. Um medo que não irá matá-la. Seu corpo precisa sofrer e o medo o fará acontecer. Agora volte por onde veio e viva o resto dos seus dias de forma digna.

Vitória parou de se debater e Gabriel finalmente a soltou. Ela tinha o olhar parado como quem está sob o efeito de hipnose. Ela virou-se e foi embora sem olhar para trás. Liz ficou ali, parada, boquiaberta. Vitória bateu a porta da frente e sumiu.

– O que aconteceu? Como chegaram aqui? Ela ia me matar? – Liz perguntava nervosamente.

– Ela tinha a intenção de te machucar. Mas não queria realmente matá-la – disse Lucas.

– Como sabiam? Como chegaram a tempo?

– Somos seus guardiões até você chegar a Ribeirão Preto, lembra-se? Sabemos de tudo. Inclusive que agora você vibra numa outra dimensão – disse Gabriel sorrindo.

– Pois é... isso eu adivinhei. A propósito, suas auras são lindas – ela disse.

As auras dos guardiões eram prateadas. Se assemelhavam a diamantes lapidados.

– Obrigado. As auras são o cartão de visitas de uma pessoa. Por ela você descobre seu estado de humor, suas doenças e suas virtudes – explicou Lucas.

– Eu não vou mais vê-los, não é?

– Não. Esse será o nosso último encontro.

– O que acontecerá com vocês agora?

– Voltaremos para o nosso planeta.

– Como?

– O corpo físico morrerá e nós voltaremos direto para os nossos corpos sutis.

– Sem passar por outro lugar antes?

– Não há necessidade. Sabemos o caminho – sorriu Gabriel.

– Não sei como lhes agradecer.

– Fique viva. Não desista nunca. Tenha fé, sempre. Esse será o maior dos agradecimentos.

– Obrigada – disse Liz abraçando Lucas e Gabriel.

Segundo semestre de 2012

Liz não havia contado nada a respeito do ataque de Vitória para Beatriz. Ela achou que não seria prudente nem necessário.

A mudança transcorreu bem e a chegada a Ribeirão Preto foi um marco na vida das duas. Apesar de morarem perto da cidade, a vida numa chácara era muito diferente da vida na capital. Os galos cantavam ao nascer do sol, os pássaros brincavam na fonte do jardim, as flores exalavam o seu doce perfume e as frutas caíam maduras dos pés. A comida tinha um sabor delicioso. Tudo fresquinho, direto da horta. Liz não se lembrava de quando havia comido frutas, verduras e legumes tão saborosos. Ela passou a adorar saladas e pratos crus. Sucos naturais também faziam parte da nova dieta na chácara.

– Sempre imaginei que um mundo perfeito seria assim – disse Bia apontando para a mesa de saladas.

– Assim como? – Liz estava distraída.

– Natural. Ecológico. Harmônico.

– Do que está falando, mãe?

– Olhe essa mesa. Não cozinhamos nada. Está tudo como Deus nos enviou. Verdadeiros pedaços de vida.

– Acha que cozinhar não é coisa de Deus? – riu Liz sem muito entender.

– Não é isso. Mas, quando cozinhamos, matamos o alimento. E também gastamos energia do planeta para isso.

– Mãe, acho que a quarta dimensão mexeu com a sua cabeça – disse Liz balançando a cabeça.

– Você acha? – perguntou Bia, sonhadora.

Liz falava com Melissa, Júlia e Cauê todos os dias. Com a webcam ela matava as saudades dos amigos e podia ver por suas auras como estavam realmente se sentindo. Melissa já não aguentava mais isso. Ela dizia estar tudo bem e Liz sempre descobria que ela estava mentindo.

Numa tarde, Cauê ligou para Liz e os dois conversaram por horas. Ele contou que algo havia mudado dentro dele e que começou a entender o que Liz sentia. O amor incondicional havia transformado a sua vida. Liz ficou feliz por ele finalmente ter entendido e sentir o mesmo que ela.

– É um amor tão grande, Liz. Agora eu entendo o que você dizia. Me desculpe por não ter compreendido.

– Não se preocupe com isso. Eu sabia que você um dia iria entender.

– Como está a sua vida aí?

– Parada. Mas estou gostando.

– Que bom. Já estamos de malas prontas.

– Quando vocês vão?

– Na semana que vem.

– E você vai ter acesso à internet, não é?

– Vou... acha que vou conseguir ficar sem te ver por muito tempo? – ele brincou.

– Seu bobo – ela respondeu.

Liz contou a Cauê seus planos para o próximo mês. Ela iria fazer aulas de violão, jardinagem e um curso básico de germinação de sementes. Ela o incentivou a fazer o mesmo assim que chegasse a Alto Paraíso.

– Violão? Prefiro guitarra!

– É? E como você vai tocar se não haverá mais eletricidade?

– Putz! Não tinha pensado nisso – disse ele.

– Você está com medo?

– Ainda não. Resolvi viver um dia de cada vez.

– Ótima ideia, mas difícil de colocar em prática.

– Estou ficando bom nisso – brincou ele.

– Mande um beijo para os seus pais.

– E você mande um grande para a Bia, e um maior ainda pra você.

Liz pensava em como a sua vida havia mudado. Ela deveria estar em Londres, estudando astronomia como o seu pai e vivendo para cima e para baixo atrás das melhores baladas da cidade. *O destino é cruel*, ela pensou.

Liz jogou-se na rede que ficava entre duas grandes árvores do pomar. Ela fitou as frutas, os frutos, o caule... a perfeição da natureza era realmente incrível.

Liz encarou o céu tentando decifrar o que estaria acontecendo na nossa galáxia naquele momento. Onde estaria a Terra com relação ao centro? Onde estaria o nosso sol? Por que ele brilhava tanto a cada dia? E o calor que ela sentia? Como podia ser já que estavam em pleno inverno brasileiro?

Liz fechou os olhos por um momento, contemplando a criação do Universo. Como poderia ter surgido algo do nada? Será que o nada seria branco ou preto? Quem teria criado o nada? Ou o nada não era uma criação?

Perguntas e mais perguntas surgiam em sua cabeça. Até que ela se entregou e dormiu profundamente debaixo das macieiras.

Algo na caverna havia mudado. As jaulas estavam abertas. Mas não havia ninguém na jaula de Thiago. Ela saiu pela portinhola e deu de cara com uma saída daquele lugar. O brilho do sol era tão intenso que ela não conseguiu chegar nem perto da saída. Liz caminhou em direção à jaula de Thiago. A única coisa que encontrou foi uma estaca de madeira afiada jogada bem no centro de onde ele deveria estar.

Liz acordou com uma imagem estranha na cabeça. Uma estaca de madeira afiada. O que seria isso? Estranho. Liz logo se levantou e esqueceu-se da estaca, por ora.

Júlia já estava no avião rumo ao Japão. Seus pais e seu irmão dormiam enquanto ela jogava videogame. O sono não vinha, pois ela temia que seus piores pesadelos pudessem se transformar em realidade.

Cauê e a família já estavam de malas prontas para a mudança. Uma última olhada na casa que um dia foi de Liz e muitas lembranças do tempo que passaram juntos. Cauê segurava uma foto dos dois. Eles sorriam para a câmera num desses incríveis momentos de felicidade plena.

Melissa assistia ao noticiário ao lado dos pais. O âncora do jornal pela primeira vez falou sobre o dia 21 de dezembro de 2012. Mel se ajeitou no sofá para ver e ouvir melhor.

"No dia 21 de dezembro de 2012, o sol entrará no solstício e chegará muito próximo do centro da galáxia. Um alinhamento planetário será o auge desse fenômeno astronômico. Muitos afirmam ser esse o dia do juízo final. Mas, pelo que averiguamos, o sol brilhará mais forte nesse dia, apenas isso" – disse um cientista entrevistado.

– Que mentira! Eles vão segurar a informação até o último minuto! – bradou Mel.

– É a única forma que possuem de controle da população – disse Thomas.

– Isso é revoltante – grunhiu Mel.

– Filha, imagina como seria o mundo aí fora se todos soubessem do fim dos tempos? Não poderíamos nem sair de casa. O fim acabaria chegando antes...

– Eu sei... mas é direito de todos saber a verdade.

– Concordo. Mas, no final das contas, é melhor que seja assim – concluiu Helena.

Liz e Beatriz assistiam ao mesmo noticiário. Liz disse a Beatriz que a aura do cientista entrevistado lhe demonstrava que ele estava mentindo.

– Como você sabe? – Bia perguntou.

– Intuição. A aura dele cintilava entre preto e cinza.

– Hum. E você consegue detectar o que isso significa só ouvindo sua intuição?

– É o que parece.

– Será que um dia vou ver essas coisas também?

– Espero que sim... você vai adorar – sorriu Liz.

Não havia mais nenhum preparativo a se fazer no abrigo. Tudo estava no seu devido lugar. Liz e Beatriz passavam algumas horas do dia estudando os manuais de uso de tudo o que Max havia criado. Até um tipo de periscópio estava fixado no teto do lado direito. Por meio dele poderiam ver o que acontecia na superfície. Liz achou o máximo e sorriu ao imaginar Max criando tal artifício.

Beatriz lia sobre uma possível tsunami na região. Se algo do tipo acontecesse, Max sugeria que fechassem os dutos de ar e abrissem o oxigênio reserva. Quando esse acabasse, elas ainda teriam as máscaras de ar. Quando terminado o oxigênio das máscaras, seria necessário colocarem as roupas de mergulho e sair dali imediatamente. Ao ler isso, Beatriz sugeriu a Liz um curso básico de mergulho.

– Aqui em Ribeirão? – Liz perguntou.

– Eu vi uma escola dessas no Boulevard – disse Bia.

– Então é pra ontem! – concordou Liz.

Além do curso de mergulho, Beatriz sugeriu um curso de primeiros socorros. Liz concordou na mesma hora. Qualquer machucado poderia ser fatal em dias como os que viriam.

– Nossa farmácia está completa?

– Seu pai já havia pensado nisso. Até penicilina encontrei lá – disse Bia.

– Como ele conseguiu pensar em tudo, hein?

– Não sei, filha. Ele era incrível, não era? – disse Bia com um sorriso nos lábios.

Agosto chegou e com ele um sol mais brilhante do que nunca. O inverno ainda não havia dado as caras e o verão era uma unanimidade no mundo todo.

As geleiras estavam cada vez menores e o nível do mar havia subido de forma absurda. Várias cidades costeiras pelo mundo já haviam sido invadidas pela água. As mais populosas haviam decretado estado de emergência.

Os vulcões continuavam no estado semiacordados. Eles expeliam fumaça como um carro acelerando com o freio de mão puxado. Assim que esse freio fosse liberado, o carro sairia fritando os pneus. Foi assim que um vulcanólogo explicou no noticiário.

As guerras voltaram a eclodir em todos os continentes. A falta de água já era a principal causa de morte em países subdesenvolvidos. A fome era a segunda causa de morte. As pestes e doenças mutantes eram a terceira causa e os terremotos voltaram a gerar pânico em todo o globo. Tufões e tempestades tropicais arrasavam cidades e matavam seus habitantes.

Os Estados Unidos haviam rompido relações com o Brasil. Quando o presidente brasileiro fechou as fronteiras para os americanos, a Casa Branca sentiu-se diretamente atacada com a ação. A verdade em toda essa história é a de que americanos entravam em solo brasileiro por meio de barcos ou aviões, roubavam a água disponível em lugares de difícil acesso e a revendiam a preços exorbitantes em seu país de origem.

Thiago assistia a todas essas notícias perplexo. Ele não conseguia acreditar a que ponto chegava o ser humano.

– Filho, acho que vocês terão que partir antes do previsto.

– Já pensei nisso, também.

– Onde está o barco?

– Ancorado no porto. Liguei para lá hoje.

– O mar está subindo a cada dia. Pode ser que cheguem lá e não consigam encontrá-lo mais, filho. Tudo pode acontecer a partir de agora.

– Vou agilizar isso, pai. E vocês, vão ficar aqui?

– Vamos para Campos do Jordão. Eu e sua mãe nos conhecemos lá e gostaríamos de... ficar por lá.

– Morrer lá... é isso o que você iria dizer?

– Não faça isso comigo. Não vou entrar nesse assunto de novo.

– Desculpe, pai. Vou respeitar sua decisão... – concluiu Thiago.

Cauê encontrou vários de seus familiares em Alto Paraíso. Nem nas reuniões de Natal isso era possível. Ele ficou feliz em saber que seu irmão havia sido eleito o chefe da Tribo da Salvação, como eles se intitularam.

Ele sentia saudades de Liz. Sempre que possível, Cauê entrava em contato com ela pelo Skype. Quase sempre ela estava on-line já que saía pouco da chácara em que morava.

– A Mel vem na próxima semana. Ordens do pai dela. As coisas estão ficando feias de novo, Cauê.

– Eu li no jornal. Parece que São Paulo está um caos. Quase não se encontra nada para comprar nos supermercados e o que encontram custa uma fortuna!

– Aqui também não está diferente.

– Vocês estão com um bom estoque de água e mantimentos?

– Sim. E vocês?

– Também.

– Bom Cauê, preciso ir agora. Nosso professor de jardinagem acabou de chegar.

– Já até imagino você, toda suja de terra...

– Vamos parar por aqui, ok? – ela pediu levemente corada.

Thiago reuniu Matheus e Felipe. Eles partiriam no sábado pela manhã. Seriam os únicos de suas famílias a tentar sobreviver ao fim dos tempos. E dedicariam a vitória a eles, caso conseguissem.

A proeza teria que ser grande. Já haviam calculado todos os perigos iminentes e todas as suas chances reais. 13% de chance de sobrevivência não era um número muito bom. Mas mesmo assim, eles iriam tentar.

– 13%? Tem certeza disso?

– Não.

– Pode ser mais, então? – perguntou Felipe esperançoso.

– Na realidade, acho que pode ser menos – disse Thiago tenso.

– Quer saber? Danem-se os números! – bradou Felipe.

– Muito bem garoto! – cumprimentou Matheus. – Agora você está pensando direito!

A chegada ao Japão foi tumultuada. A família de Júlia ficou presa no aeroporto até que parentes viessem resgatá-los. O pai de Júlia chegou a apanhar dos policiais de plantão. Ela e sua mãe choravam enquanto o irmão pequeno gritava. Foram as horas mais terríveis da vida deles. Júlia considerou a situação pior do que a o dia dos atentados em Londres.

Com dinheiro no bolso tudo era possível. Um dos tios de Júlia chegou ao aeroporto no dia seguinte e começou a tratar dos pormenores. Após quase duas horas de negociação e vários aumentos no valor do suborno, a família de Júlia finalmente foi liberada. Sua próxima parada seria na casa de parentes no centro da capital. O tio de Júlia explicou que a viagem ao Monte Fuji seria antecipada. Com a crise japonesa, todos achavam melhor partir o quanto antes.

Em Alto Paraíso os preparativos chegavam ao fim. Todos estavam devidamente instalados no grande abrigo e a vida simples do campo deixou Cauê mais receptivo às suas vozes internas.

A cada dia sua intuição ficava mais apurada. Ele já podia ver além das auras. Sua visão humana também detectava seres elementais. Mas quando tentava focá-los, eles desapareciam. Cauê sabia que com o tempo iria aperfeiçoar cada vez mais a sua nova visão e tinha esperanças de poder ver as fadas que só enxergava através da visão periférica.

No Guarujá, Thiago já havia instalado a nova vela com a ajuda dos marinheiros do porto. Todos precisavam de dinheiro e ele pagava bem pelo serviço. A antiga vela ficaria guardada juntamente com outra por via das dúvidas.

– Se essa rasgar por algum motivo, teremos duas reposições – ele explicou para Matheus.

A checagem dos equipamentos já havia sido feita e o momento da partida chegaria em breve.

– Temos que ficar o mais longe possível da costa – disse Matheus.

– Acho que temos algum tempo ainda – respondeu Thiago.

– Concordo. Vamos ficando enquanto der – concluiu Felipe.

Em Ribeirão Preto, Liz tentava ligar para a tia novamente. Dessa vez, para sua surpresa, ela atendeu. Em um inglês bem carregado, a tia foi curta e grossa:

– Só estou atendendo para lhe dizer que vou cortar essa linha. Não quero mais ouvir falar em fim do mundo. Não adianta mais ligarem para cá – assim que terminou de bradar, a tia bateu o telefone na cara de Liz.

– Não acredito! Que mulher estúpida! – gritou Liz.

– Eu disse para você não ligar mais – Bia disse brava.

– Eu tinha que tentar de novo – disse Liz.

– Filha, olhe só: temos oito lugares no nosso abrigo e mesmo assim ninguém quer ocupar esses lugares. Seremos só você, eu e a Melissa por livre e espontânea pressão – soltou Bia.

– Acho isso incrível. Desistir da vida dessa forma é como cometer suicídio!

– Nós pensamos assim. Respeite a decisão dos outros – disse Bia mordendo um pedaço de maçã colhida na hora.

Os dias estavam tão curtos que quando Liz se deu conta já era tarde da noite. Ela havia ficado por quase duas horas navegando no blog

"Salve-se enquanto puder." Ela adorava as sacadas fenomenais do administrador da página. Em sua última matéria, intitulada "Mac Gyver é o cara", ele conta como as invenções malucas dele podem salvar nossas vidas no pós-apocalipse. Uma matéria realmente elucidativa e muito divertida. Liz soltava gargalhadas a todo o momento.

No rodapé da página, Liz notou que o administrador havia deixado uma mensagem para os internautas:

"Estarei administrando o blog, a partir de agora, de um barco aportado no Guarujá. Eu e mais dois amigos vamos tentar sobreviver ao fim do mundo em pleno mar. Pode parecer loucura, mas acredito que poderemos nos salvar. Caso a internet não exista mais depois de 21 de dezembro de 2012, quero deixar aqui registrado o quanto adorei fazer este trabalho e, principalmente, adorei receber o retorno de vocês. Namastê, Amém, que assim seja... e Salve-se enquanto puder!

Liz logo imaginou os três caras em um barco. Uma onda absurda vindo na direção deles. Será que poderiam sobreviver a isso? Que loucura. Apesar de que, um abrigo subterrâneo, poderia deixar a desejar. E se essa onda chegasse a Ribeirão Preto? E se tivessem que sair do abrigo com roupas de mergulho? Liz afastou rapidamente essa ideia da cabeça. Seria algo realmente apavorante.

Melissa confirmou sua mudança em definitivo para a outra semana. Ela queria ficar até o último segundo ao lado dos pais.

Helena e Thomas a levariam de carro para lá e ficariam hospedados na chácara por alguns dias. Liz e Beatriz já faziam os preparativos para recebê-los.

– Será que não conseguimos convencê-los a ficar?

– Nós vamos tentar, certo? – disse Bia piscando para Liz.

– Certo! – concordou Liz abrindo um baita sorriso.

Thiago validava as mensagens em seu blog. As pessoas perguntavam como deveriam proceder caso quisessem também fugir pelo mar. Ele deu algumas dicas e contou um pouco da experiência na montagem do seu refúgio.

Matheus estava em um estado depressivo. Ele chorava pela família e pelo fim iminente. Felipe e Thiago tentavam segurar a barra. Os dois também se sentiam acabados por dentro, porém precisavam ser fortes por Matheus.

– Olhe isso aqui! – Felipe lia o jornal do dia.

– O que é? – Thiago perguntou.

Uma notícia bombástica tomava toda a primeira página do jornal de maior circulação no país:

"O G12 afirma que a Amazônia não pertence mais aos brasileiros. A Floresta Amazônica é de patrimônio mundial e, se for o caso, lutarão por ela."

– Pode parar por aí – disse Thiago irritado.

– Dá pra acreditar? Vão declarar guerra ao povo mais desencanado do mundo – disse Felipe.

– Essa floresta é nossa e no máximo de toda a América do Sul. Mais ninguém tem direitos a ela! – Thiago sentia-se revoltado.

– Por isso é que o mundo precisa acabar! – disse Matheus ainda sonolento.

– Te acordamos, cara? Desculpa – pediu Felipe.

– Não... eu já estava meio cá... meio lá... entendem? – Matheus falava mole.

Thiago continuava a validar as mensagens do blog quando deu de cara com algo bem interessante.

– Escutem isso: "Quando a Terra parar por completo, o efeito nas pessoas será imediato. Umas cometerão suicídio, outras ficarão loucas e outras ainda matarão quem estiver pela frente. Um verdadeiro circo dos horrores. Para sobreviver a esse momento, as pessoas devem se preparar praticando a meditação e a ioga".

– Alguém quer vender curso de meditação e ioga, é isso? – perguntou Matheus já desperto.

– Fala sério! – riu Felipe.

– Tem sentido isso. Vejam bem: se você conseguir manter o controle da sua mente por meio da meditação e pela prática da ioga, é possível escapar desses efeitos quando a Terra parar de girar – disse Thiago.

– Hum... – soltou Felipe ainda incrédulo.

– É... faz algum sentido pra mim – concluiu Matheus.

– Será que isso tem alguma coisa a ver com fontes eletromagnéticas? – Thiago pensou alto.

– Tá falando grego ou é português mesmo? – perguntou Matheus abrindo um saco de amendoins.

– Deixa pra lá. Pensei alto.

Matheus ligou a televisão e as imagens eram de horror em algum lugar da Europa. Um furacão havia devastado várias cidades e deixado seu rastro de destruição e morte.

– Desliga isso! Olha a lei da atração... – lembrou Thiago.

– Não vamos ter como fugir disso. E se a tal lei da atração funcionasse comigo, eu provavelmente estaria em um iate, cheio de mulheres lindas e nuas tomando uma caipirinha e comendo os maiores camarões da face da Terra – respondeu Matheus virando os olhos.

Thiago e Felipe caíram na risada. O velho e bom humor do amigo finalmente dava sinais de vida.

– Preciso confessar uma coisa – disse Felipe.

– O que é? – perguntou Thiago preocupado com o tom do amigo.

– Estou com muito medo. Às vezes acordo todo suado e tremendo como se estivesse com frio. Eu escuto vozes me dando instruções, mas não consigo entendê-las. Vejo objetos flutuando no ar e, quando me dou conta, estou naquele estado entre dormir e acordar. Vejo bichos de todas as formas e tamanhos também. Vejo a galáxia do alto... e o movimento dos planetas, o nosso sol e suas erupções.

– Desde quando está tendo isso?

– Cerca de um mês. Por quê?

– Pelo que li em um artigo, passamos a vibrar numa quarta dimensão. E muitas coisas estranhas vão começar a acontecer conosco. Vamos ouvir vozes, ter sonhos premonitórios, muitos vão começar a ver auras, ver os elementais, falar com os mortos... uma infinidade de coisas estranhas – Thiago explicou.

– Punk – disse Matheus com a boca cheia de amendoins.

– Acha que é isso o que está acontecendo comigo? – Felipe perguntou ansioso.

– Acho sim. Você não está ficando louco... se é isso que temia – Thiago o tranquilizou.

– Que bom.

A noite novamente havia chegado. Liz não notou o dia passar. O calor estava infernal. Ela ligou o ar-condicionado e fez um coque no cabelo. O suor escorria pela testa e pela nuca.

Antes de dormir resolveu conferir as novidades do blog que estava acompanhando. Ela leu algo assustador sobre os efeitos do movimento da Terra na sanidade mental das pessoas. Aquilo era realmente sinistro. Liz então anotou em sua agenda o próximo curso que iriam fazer: meditação e ioga.

– Thiago?

– Estou aqui.

– Você havia sumido! Fiquei desesperada...

– Eu não sei aonde posso ter ido.

– Você viu a saída?

– Não consigo nem chegar perto – disse ele tentando novamente.

– O que vamos fazer?

– Não faço a menor ideia.

Melissa chegou para ficar. Liz correu ao encontro da amiga, morta de saudades. Mel a abraçou tão forte que a levantou do chão. Helena e Thomas acharam tudo muito bonito. O pomar, a horta, as árvores e a casa pareciam saídos de um conto de fadas.

– Também achamos isso quando a conhecemos. Max teve muito bom gosto – disse Bia.

Helena havia trazido sua especialidade: bolo de fubá com queijo cremoso. Liz, ao saber disso, ficou com água na boca só de lembrar do sabor dessa iguaria.

Thomas levou mais mantimentos e água. Ele queria contribuir de qualquer forma que fosse. Também levou cerca de 20 mil reais em dinheiro e uma caixinha de joias cheias de ouro.

– Para que isso? – Bia se assustou.

– Não sei o que vão passar. Quero que estejam preparadas – ele disse.

– Amigo, não é necessário.

– Bia, por favor, aceite. É minha humilde contribuição por salvarem a vida do meu bem mais precioso.

Melissa ao ouvir isso começou a chorar. Ela andava muito sensível nos últimos tempos. Liz a abraçou e disse à amiga que tudo ficaria bem.

As auras dos pais de Mel afirmavam o que ela já sentia. Eles estavam em paz. O brilho e as cores eram sutis, quase brancas. Liz contou isso para Melissa.

– Eu também estou vendo as auras. Mas ainda não consigo saber o que significam – disse Mel.

–Você não me disse nada! – bradou Liz.

– É que eu demorei um pouco para entender. Achei que estava com alguma disfunção na visão. Dá pra acreditar?

– Só você mesma! – sorriu Liz.

– A sua aura não está lá essas coisas – disse Liz. –Você está muito triste, amiga.

– Não consigo me sentir de outra forma. Eu tento, mas é mais forte do que eu.

– Entendo. E saiba que vou estar sempre ao seu lado, está bem?

– Eu sei disso – disse Mel abraçando Liz.

O dia novamente passou voando. Já era noite quando Mel pegou o violão de Max e começou a tentar se lembrar das notas.

– Faz tanto tempo – ela disse.

– Tempo é o que mais teremos quando a porta se fechar – lembrou Liz – E eu comprei algumas partituras para você treinar... e me ensinar também!

– Maravilha.Vai ser um ótimo passatempo.

– Baralho! Eu tinha me esquecido! – lembrou Liz anotando em uma lista.

– Ei... acha que eu iria esquecer? Foi uma das primeiras coisas que coloquei na minha mala – disse Mel.

–Você é uma viciada! – brincou Liz.

– Jogatina é comigo mesma! – ela respondeu.

– Comprei três diários para nós. Acho que seria legal escrevermos sobre nossa rotina no abrigo – disse Liz.

– Como fez Anne Frank?

– Isso. Só que nossos inimigos não são alemães.

– São só um planeta inteiro! – bradou Mel.

Elas continuaram conversando por mais um tempo quando o Skype começou a tocar. Cauê podia ver Liz e Mel pela webcam.

– Mel, que bom que chegou. Seus pais mudaram de ideia?

– Não. Dá pra acreditar?

– Deve estar sendo difícil pra você.

– Muito. Mas vamos deixar a vida fluir, não é?

– Isso aí. Liz, como você está?

– Estou bem. E as coisas por aí?

Cauê contou sobre suas novas visões. Ele via fadas e gnomos pela visão periférica. Via seres em árvores e plantas. Chegou a ver um portal de luz em um vale a dois quilômetros de onde estavam.

– Tudo isso é a quarta dimensão? – Liz perguntou.

– Pelo que me disseram, é isso mesmo. A quarta dimensão possui essa nova visão: seres elementais, aura, espíritos, sonhos, premonições... estou adorando meu novo eu.

– Fico tão feliz! Queria poder estar com você, sabia? – disse Liz.

– Também queria poder estar ao seu lado. Mas agora nós sabemos que não era para acontecer. Não nessa vida.

Melissa ouvia o diálogo dos dois incrédula. Gnomos? Fadas? Querer ficar junto e não poder? O que estava acontecendo com seus amigos afinal?

– Você só vê auras por enquanto... mas vai aprender a identificar as cores e formas como eu. E logo novos poderes surgirão... para mim e para você. No caso do Cauê acho que ele está em um lugar perfeito para desenvolver isso. Dizem que Alto Paraíso possui uma energia fantástica – explicou Liz para a boquiaberta Melissa.

– Para mim tudo isso era coisa de maluco! – soltou ela.

– Já vimos que não é. Não vejo a hora de sentir e ver as coisas de que Cauê falou.

– Você é doidinha de pedra! – riu Melissa.

A viagem ao Monte Fuji havia sido adiada novamente. O tempo não ajudava e os helicópteros não tinham permissão para partir. A família de Júlia teve de voltar para trás e esperar um dia melhor.

– Não podemos mais adiar. Temos que dar um outro jeito se não conseguirmos ir de helicóptero – Júlia ouviu alguém dizer.

Ela passava os dias calada. Não tinha vontade de dizer palavra. Seu olhar tornou-se catatônico à medida que os dias passavam. Júlia estava cansada de esperar pelo fim.

Em Ribeirão Preto, o dia da partida dos pais de Melissa havia chegado. Ela jurou que não iria tentar dissuadi-los, mas não conseguiu cumprir a promessa. Ela se agarrou às roupas do pai e implorou para que eles ficassem com ela.

– Filha, não faça isso. Nós te amamos tanto, não queremos que sofra – disse Thomas.

– Então fiquem!

– Não podemos. Eu e seu pai temos que desencarnar – disse Helena finalmente.

– Como assim? – Beatriz se intrometeu.

– Bem, eu e o Thomaz tivemos um sonho há algum tempo atrás. Nesse sonho nós deixávamos Melissa aqui, com vocês, e voltávamos para São Paulo – Helena começou.

– Antes do fim dos tempos um terremoto no oceano vai gerar uma grande onda no mar. Um tsunami – continuou Thomas.

– E nós, moradores da capital, seremos sugados por ela – finalizou Helena.

–Vocês estão me dizendo abertamente que vão morrer e eu tenho que ficar calma? É isso? Tenho que aceitar? – Mel estava aos berros.

– É o nosso destino. Assim como o seu destino é sobreviver, minha filha – disse Thomas.

Liz notou que, durante toda a discussão, as auras de Helena e Thomas ficaram intocadas. Eles continuavam em paz.

– Como você sabe que o meu destino é sobreviver? – bradou ela.

– Recebemos a visita de um anjo – Helena disse serenamente.

– E esse anjo nos disse que você iria sobreviver e dar continuidade à raça humana.

– Mentira! Estão inventando – Mel gritava mais alto.

Liz se intrometeu entre Melissa e seus pais. Ela olhou fundo nos olhos da amiga segurando os seus ombros.

– Olhe para eles. Olhe suas auras. Se estivessem mentindo elas brilhariam em tons de preto – disse Liz, trazendo Melissa a uma nova visão da situação.

– Não estamos mentindo. É a mais pura verdade – disse Helena quebrando o silêncio.

– Eu sei que é – disse Mel finalmente. – Mas não quero aceitar isso. Não quero que sofram! – ela começou a chorar.

– Não vamos sofrer, filha – disse Thomas. – O anjo nos disse que seremos retirados de nossos corpos antes que a água nos mate.

– Como sabem que ele falava a verdade?

– Nós sabemos.

Liz e Beatriz se encaravam sem saber ao certo como ajudar. Elas haviam entendido a missão dos pais de Melissa. Agora bastava ela entender isso e deixar que os pais seguissem adiante.

A aura de Melissa parou de se agitar. Os tons fortes davam lugar a tons pastel. De repente, ela também ficou em paz.

Liz olhava abismada para tal acontecimento. Ela nunca tinha visto uma mudança tão repentina. Logo pôde notar que até o semblante de Melissa estava sereno. Melissa havia finalmente entendido e aceitado o destino dos pais.

Uma notícia gritava em todos os meios de comunicação. No telejornal das 20 horas, o âncora anunciou:

"Um homem de 40 anos apresentou hoje para a imprensa o fruto do seu trabalho de 25 anos: a Arca do Léo. Leonardo Pacheco passou 25 anos da sua vida construindo uma arca, em menores proporções, idêntica à Arca de Noé."

O outro âncora continuou:

"A história desse homem, suas motivações e as imagens da arca você confere no próximo bloco."

Liz, Melissa e Beatriz se olhavam babaquisadas. Mel foi a primeira a falar alguma coisa:

– Gente... que doidera! – ela soltou.

– Que máximo – disse Beatriz.

Liz ficou parada, sorrindo. Pensava em como o cara tinha tido essa ideia. O jornal recomeçou e as três esperavam ansiosas pela Arca do Léo.

Uma imagem aérea da arca foi mostrada e um narrador explicava as dimensões e o tipo de construção aplicado. A imagem fechou para o rosto de um homem com uma barba que caía até o peito. O homem barbado então começou:

– Foi um anjo que me mandou fazer a arca. Ele pediu que ela fosse construída em segredo até o dia de hoje.

– O anjo lhe deu o manual da construção? – um repórter perguntou.

Algumas pessoas riram da pergunta, porém Leonardo permaneceu calmo e simpático:

– De certa forma foi isso o que aconteceu. Meu pai me cedeu essa fazenda e me ajudou a construir a arca. Eu tinha o manual em questão na minha cabeça o tempo todo – Leonardo respondeu.

– Seu pai não o achou louco? – um outro repórter perguntou.

– Ele também viu o anjo. E o anjo lhe disse que sua missão seria a de arrebanhar o maior número de animais possíveis – Leonardo respondeu – Já a minha mãe seria responsável por catalogar e trazer para cá o maior número de plantas, flores e ervas que conseguisse. Mas tudo aqui da região, sabe? Parece que outras arcas como essa foram construídas ao redor do mundo. Cada uma vai levar animais e vegetação de sua própria região.

Um burburinho crescia com as últimas palavras de Leonardo. Ele desceu do púlpito de onde falava e convidou os jornalistas a conhecerem o interior da arca. A imagem cortou para os âncoras novamente e eles chamaram os comerciais.

– Minha nossa – soltou Mel.

– Inacreditável. Nunca pensei em algo assim. Uma arca? Como não tivemos essa ideia? – Bia não estava brincando.

– Psiu! – pediu Liz quando o telejornal retornou.

A imagem agora era da parte interna da arca. Algo incrivelmente bem construído e arquitetado. Leonardo explicava detalhes técnicos da construção e do tipo de material empregado. As três não conseguiam tirar os olhos da tela.

– Quando os animais e plantas serão carregados? – alguém perguntou.

– No dia 19 de dezembro de 2012 – Leonardo respondeu firmemente.

A notícia da Arca do Léo foi primeira página dos jornais do dia seguinte. Beatriz lia a matéria na *Folha de S. Paulo*.

– Eles explicam melhor aí? – Mel perguntou.

– Explicam minuciosamente o processo de construção. Muito interessante. Eles usaram cerca de 80 trabalhadores por dia, e ninguém nunca abriu a boca para falar sobre isso fora da fazenda.

– Caramba! – disse Mel.

– O cara já é o rei da internet. Sabe qual é o símbolo do Google hoje? – Liz perguntou.

– Uma arca – Bia e Mel responderam em uníssono.

– Incrível, não?

O tempo havia melhorado e a família de Júlia estava tentando embarcar nos seis helicópteros da frota Voe Melhor. Os outros membros de sua família já haviam chegado ao Monte Fuji por diversos meios. Era o último sábado de outubro.

Finalmente a permissão foi concedida e, mediante um pagamento astronômico, todo o restante da família embarcou nos seis helicópteros à disposição. A viagem foi tranquila e Júlia ficou o tempo todo abraçada com o irmão caçula. Ela sentia que precisava protegê-lo e ele sentia-se protegido por seus braços.

Ela olhava pela janela e pensava em Liz e Melissa. Não teve como se despedir das amigas já que os telefones, celulares e a internet não funcionavam há oito dias. Um verdadeiro caos em um país que respira tecnologia.

Júlia pôde ver o Monte Fuji se aproximando. O tempo piorava a cada minuto. O piloto disse que seria difícil descer naquela encosta. Os outros cinco helicópteros já haviam aterrissado. Até que o impossível aconteceu. Júlia viu o Monte se despedaçando em sua frente. Só um terremoto em escalas absurdas poderia causar o que ela via agora, pela janela. Seu irmão a segurava com toda a força enquanto os pais e o piloto acompanhavam a tudo, pasmos. Uma pedra gigante atingiu o helicóptero em que estavam. Júlia sentiu algo perfurar sua perna e ouviu os gritos de Miguel pedindo por socorro. Ela olhou para ele e de repente tudo havia sumido. O helicóptero, seus pais e o piloto haviam simplesmente desaparecido. Só restavam ela e Miguel.

Miguel olhou para a frente e Júlia notou que seus olhos se assustaram. Ela seguiu o curso com um movimento de cabeça enquanto alguém se aproximava.

Uma mulher alta, magra, forte e com a pele morena se aproximava pedindo a eles para não temerem. Júlia sentia fortes dores na perna e achou por bem ficar quieta enquanto trazia Miguel para si.

A mulher tinha uma face pontuda, mas muito bonita. Era diferente de qualquer mulher que Júlia já havia visto. A mulher se agachou e pediu permissão para tocar no ferimento de Júlia. Instantaneamente ela recuou.

– Não tema. Eu vou ajudá-la.

Júlia então relaxou e permitiu que a mulher examinasse o ferimento. O sangue jorrava enquanto o objeto queimava dentro da perna de Júlia.

Um homem se aproximou deles também pedindo para não temerem por nada. Eles só estavam ali para ajudar. O homem abriu as duas palmas das mãos e as colocou sobre a cabeça da mulher. Ela fez a mesma manobra só que as mãos permaneciam acima da perna machucada de Júlia.

Tanto Miguel quanto Júlia notaram que uma luz saía das mãos da mulher. E quando essa luz tocou a pele de Júlia, ela sentiu um grande alívio. Sua perna estava praticamente anestesiada. O homem então pegou a ponta do objeto que saía cerca de cinquenta centímetros do corpo de Júlia e o puxou para fora. Júlia sentiu apenas o puxão. Imediatamente ele assumiu sua posição com as mãos abertas em cima da cabeça da mulher. Miguel se assustou ao ver a ferida se fechando. Júlia olhava da mulher para o ferimento, incrédula. Em menos de dois minutos, Júlia já estava de pé a bordo da nave Duathor.

Thiago e Matheus achavam que já era a hora de zarpar. Felipe ainda tinha dúvidas.

– Escutem: o racionamento de água e comida está perigoso. Podem querer invadir o Lisa Marine para nos roubar! – dizia Thiago.

– Você acha? – Felipe queria ficar mais algum tempo.

– É agora ou nunca, cara – disse Matheus.

– Não podemos correr riscos. Temos que preservar nossa comida e nossa água – disse Thiago.

– Tudo bem. Eu concordo, vai – entregou os pontos Felipe.

– Ótimo. Vamos sair nas primeiras horas da manhã – falou Thiago.

Matheus inseria uma nova notícia no blog "Salve-se enquanto puder". Felipe ficou responsável em fazer o jantar do dia: espaguete com abobrinhas. Essa poderia ser a última comida com ingredientes frescos pelos próximos meses.

Thiago lia o jornal do dia e comentou com Matheus:

– Sou fã desse cara da arca!

– O cara é demais, não é? Os repórteres rindo dele e ele ali... firme, forte e simpático – disse Matheus.

– O que você acha de mudarmos o nome do Lisa Marine? Poderia se chamar Arca da Galera! – riu Thiago.

– Quanta bobagem – riu Matheus.

– Semana que vem já é novembro, hein! – lembrou Thiago.

– Estou tentando não pensar nisso.

– E está conseguindo?

– É claro que não – grunhiu Matheus.

O jantar de Felipe estava delicioso. Os amigos comeram e beberam enquanto conversavam sobre futilidades. Essa era a melhor saída para se esquecer do fim dos tempos e do que ainda iriam enfrentar.

Matheus ficou encarregado da arrumação da cozinha e Thiago decidiu tirar um cochilo. *O dia seguinte seria puxado*, ele pensou.

Era noite na caverna. Mas ele podia enxergar a saída iluminada pela luz da lua. Liz o encarava do outro lado do salão.

– Acho que agora é a hora – ela disse.

– Vamos?

– Vamos.

Os dois correram para a saída. Lá fora o céu estava estrelado e a lua cintilava nas águas do mar. Eles estavam descalços e Liz sentiu a areia da praia em seus pés.

– Estamos sozinhos? Onde estamos?

– Não faço ideia. Mas sinto um alívio tão grande. Não aguentava mais aquela caverna.

– Para onde vamos, Liz?

– Para onde você me levar – ela disse.

O dia despontava claro no horizonte. Thiago já sabia que o calor seria insuportável novamente. Ele desceu no píer para assinar a saída do Lisa Marine do porto e se deu conta de que seria a última vez, talvez em meses, que pisaria em terra firme.

A Duathor lhe pareceu uma nave saída dos filmes de ficção científica. Suas paredes arredondadas tinham um tom de cinza-chumbo e o chão reluzia em um branco quase transparente.

Júlia e Miguel foram levados até duas cadeiras que ficavam na parte central da nave. Miguel, ainda agarrado às pernas da irmã, olhava curioso para os ocupantes da nave.

– O que aconteceu aos meus pais?

– Eles se foram – a mulher respondeu.

– Sentiram alguma dor?

– Não. Foi tudo muito rápido.

– E os meus parentes?

– Ninguém sobreviveu.

Ao ouvir as últimas palavras, Júlia se deu conta de que só haviam restado ela e Miguel. Sua mão direita acariciou os cabelos negros e lisos do irmão de apenas 4 anos.

– O que vai acontecer conosco?

– Serão deixados em um local seguro.

– Onde?

– Você verá. Sua perna dói? – a mulher perguntou interessada.

– Não. Como fez aquilo?

– Da mesma forma que você respira. É natural – a mulher respondeu.

– Por que nos salvaram? Por que ninguém mais da minha família veio conosco?

– Vocês foram os escolhidos.

– E quem escolheu?

– Vocês mesmos.

Júlia sustentou o olhar da mulher por algum tempo. Ela queria entender o que estava acontecendo.

– Quem são vocês?

– Meu nome é Yunet. Aquele é Nimlot – assim que Yunet apresentou Nimlot, ele fez uma reverência para Júlia e Miguel.

– E o nosso comandante se chama Mekhu. Ele está lá na frente. Talvez não o conheçam. Ele está em estado... como direi... meditativo.

– Vocês são extraterrestres?

– Sim e não. Já vivemos na Terra algum tempo atrás.

– E estão ajudando a resgatar pessoas?

– É a nossa missão para com os terráqueos.

– Hum. Vocês vão nos deixar em algum lugar e vão embora?

– Isso. Mas não ficarão sozinhos. Consegui conexão com um dos terráqueos do lugar. Ele estará esperando por vocês.

– É um abrigo?

– Sim. Um grande abrigo. Você e seu irmão passarão bons momentos por lá.

– Obrigada – Júlia ensaiou um sorriso. Mas sua tristeza pela morte dos pais não lhe permitiu mais do que um meio-sorriso.

Yunet deixou os dois sentados nas cadeiras centrais e saiu em direção ao comandante. Ela mexeu em algumas coisas por lá e depois voltou dizendo:

– Preparem-se. Vão se materializar na superfície... agora. Boa sorte – ela se despediu.

Júlia e Miguel não tiveram tempo de se despedir. Assim que se deram conta, estavam sentados em uma grande pedra num lugar que mais parecia um bosque. Uma voz vinha de longe e se aproximava a cada minuto. Era uma voz de homem e ele chamava por ela e por Miguel.

– Júlia, Miguel? Estão me ouvindo?

Miguel agarrou-se à Júlia novamente. Ele não entendia aquela situação. Sentia medo e queria o colo de sua mãe.

– Júlia? Miguel? – a voz estava bem atrás deles.

Júlia se virou para ver quem a procurava. Seu coração bateu mais forte assim que seus olhos se encontraram. Ela sorriu praticamente sem querer. Miguel se levantou e seu medo foi embora. Ele se sentiu seguro.

– Vocês estão bem?

– Estamos.

– Soube que foi ferida.

– Já estou bem. Fui curada... na nave.

– Não sente mais nada?

– Nada.

– Sinto muito por sua família.

– Obrigada.

– Sinta-se parte da nossa família agora.

Júlia sorriu novamente. Miguel se aproximou do rapaz e lhe deu a mão. O rapaz passou a mão pela sua cabeça e estendeu a outra mão para Júlia.

– Vamos? – ele chamou.

– Vamos – disse ela.

Thiago havia traçado a rota para o sul. Quanto mais longe do continente estivessem, mais chances teriam de sobreviver.

– Estou contando com a sua intuição! – soltou Matheus.

– Eu também – ele respondeu.

Thiago notava algo de diferente em Matheus. Ele podia ver cores em volta do corpo do amigo, mas resolveu não dizer nada agora.

– Isso aqui é um ser pensante – disse Matheus apontando para os controles do barco. – Ele faz tudo sozinho!

– É incrível, não?

– Foi feito sob medida para preguiçosos como eu.

Thiago riu do comentário de Matheus. E notou que, conforme o amigo ria, as cores que via mudavam de tonalidade. *Devo estar muito cansado*, ele pensou.

Felipe entrou na cabine e perguntou sobre o notebook. Ele queria aproveitar para mandar um e-mail de despedida para algumas pessoas. Thiago viu que em torno do seu corpo tons de violeta brincavam entre si. Estaria ele ficando maluco?

Em menos de duas horas a embarcação já estava em mar aberto. Thiago verificava os mostradores de tempos em tempos. Apesar de confiar nos equipamentos ele sabia que em breve seriam passíveis de erro.

Se não estivessem em fuga pela sobrevivência, aquele bem que poderia ser um passeio de férias. Felipe curtia um sol enquanto disparava e-mails para todos os seus conhecidos. Matheus agora tirava um cochilo depois de um saco de batatinhas fritas que ainda faziam crec em seu colo. Thiago olhava para o horizonte tentando se convencer de que sobreviveriam. O que essas águas calmas estariam escondendo?

Ele olhou para o céu e seus olhos se fecharam por reflexo. O sol era grande e brilhante demais. Thiago lembrou-se de uma vez em que ele e seu pai acompanharam um eclipse. O sol brilhava forte no céu e a única maneira de conseguirem enxergar foi utilizando uma chapa de raio X como lente.

Thiago correu para dentro do barco tentando encontrar algo com que pudesse olhar o sol sem ferir suas retinas. Por uma incrível coincidência ele encontrou dois envelopes em uma gaveta. Os dois continham folhas de raio X. Eram exames de rotina que seus pais haviam feito no Guarujá quando passaram mais de dois meses no mar.

– Não acredito que encontrei isso – ele disse para si mesmo sorrindo.

Voando escada acima, Thiago pegou uma das folhas e colocou no alto, acima da cabeça. Para garantir: óculos de sol. O que ele viu o fez cambalear para o lado. Thiago olhou para o chão em busca de forças. Ele então olhou novamente pelo raio X.

– Inacreditável! Minha nossa! Isso é demais! – ele gritava.

Matheus e Felipe vinham em sua direção. Eles tentavam olhar para onde Thiago apontava, mas era impossível. A claridade do sol não permitia que ficassem com os olhos abertos nem por um segundo.

– O que foi? O que está vendo? – Felipe perguntou ansioso.

– Não vão acreditar! Olhem isso! – Thiago passou uma chapa para Matheus e outra para Felipe. Os dois colocaram os óculos de sol e olharam através da chapa.

– Putz! – soltou Matheus. – Não acredito!

– Ai caramba! O que é isso! – gritou Felipe.

– A coisa mais bonita que já vi – disse Thiago.

– Que loucura.

– É maravilhoso. Nunca pensei que veria nada assim na vida.

– Dois sóis. É demais, não é? – Thiago perguntou balançando a cabeça positivamente.

– O outro é Alcion? – perguntou Matheus. – O sol do centro da galáxia?

– Só pode ser.

– Estamos chegando muito perto – disse Matheus.

– Estamos é chegando no fim do mundo – gemeu Felipe.

Júlia foi apresentada a todos os moradores do grande abrigo. Miguel já estava enturmado com um bando de crianças que variavam entre 3 e 9 anos.

O cheirinho de arroz fresquinho e vegetais cozidos no vapor fizeram sua barriga roncar. Ela não comia desde a noite anterior e, pela posição do sol, poderia jurar que já passava do meio-dia.

O rapaz que mexeu com o coração de Júlia acenava ao longe. Ela caminhou em direção a ele enquanto dava uma última espiada em Miguel.

–Você foi o único que não se apresentou – ela lhe disse.

–Verdade? Não acredito que cometi uma gafe dessas! – disse ele sorrindo.

Júlia sentiu um arrepio subindo pela base da espinha. Um frio na barriga denunciou o que ela já havia percebido: amor à primeira vista.

– Muito bem então. Prazer... o meu nome é Cauê – disse ele apertando a mão dela.

– Cauê? – Júlia ficou pensativa por um minuto.

– O que foi? – ele perguntou.

– Hã? Não é nada... eu acho. O seu nome é muito bonito – disse ela.

– Obrigado. Venha, vou lhe mostrar o centro de controle – chamou ele.

Júlia o seguiu, mas não conseguia tirar da cabeça o Cauê de Liz. Seria muita coincidência, ela pensou. Ele lhe mostrou tudo o que havia no centro de controle e logo passou para os outros cômodos.

O lugar estava entranhado dentro de uma montanha. O abrigo na realidade era uma grande caverna que havia sido melhorada e fortificada por seres humanos que tentavam escapar a algo parecido com o que eles iriam viver dali alguns dias. Cauê explicou que o local foi encontrado há apenas dois anos. Uma mensagem extraterrestre divulgou o local do abrigo e o mapa para chegarem até lá. O irmão de Cauê foi o canalizador de tal mensagem.

– Estão aqui desde quando?

– Agosto – ele disse. – Venha, vou lhe mostrar o centro de convívio.

Uma grande sala com uns cem metros quadrados se abria dentro da montanha. O teto deveria estar a uns 40 metros ou mais. Júlia tocou as paredes e notou que eram calcárias.

– Fique tranquila. Estaremos seguros aqui – Cauê disse.

– Esse lugar é imenso!

– Não viu nada ainda. Lá embaixo nós temos várias galerias. Uma delas será o seu dormitório e o de Miguel.

– Dá pra enxergar alguma coisa lá embaixo? – Júlia perguntou.

– Usamos a mesma técnica das pirâmides do Egito. Está vendo aqueles espelhos ali?

– Sim.

– Eles trazem a luz do sol para dentro do abrigo. Se devidamente colocados, claro.

– Vi isso em um filme – ela lembrou.

– Venha, temos muito o que conhecer – chamou Cauê.

Uma rampa inclinada os levava para a parte de baixo do abrigo. Cauê disse que eles haviam descoberto algo em torno de 52 galerias. Outras poderiam ainda ser descobertas.

Após o caverna tour, Cauê levou Júlia de volta para a superfície. O almoço estava sendo servido. Miguel chegou correndo e abraçou as pernas de Júlia. Ela retribuiu abrindo um grande sorriso.

– São todos meus amigos – apontou Miguel.

– Já fez amigos? Que legal! – disse ela.

– Estou com fome.

– Eu também. Senta lá que já levo o seu prato – ela apontou para uma mesa de madeira imensa com dois bancos também imensos nas laterais.

Júlia olhou Cauê de relance e, quando percebeu que ele também a olhava, desviou o rosto em direção à grande panela de feijão. Ela sentiu-se uma boba, mas não tinha coragem de olhar de novo.

Cauê, desde que colocou os olhos em cima de Júlia, sentiu que algo havia mudado dentro dele. Ele teve uma vontade imensa de abraçá-la e dizer que sentiu saudades. Provavelmente pareceria um louco, já que nenhum dos dois se conhecia realmente.

Ele ficou ali, olhando enquanto ela alimentava Miguel. Ela se movia de maneira delicada e, a cada garfada, Miguel a abraçava. Ela sorria para ele e dizia alguma coisa para ele abrir a boca novamente. Cauê ficou ali observando, imaginando quão excelente mãe ela seria.

Eduardo chegou correndo e disse a Cauê que dois aviões se chocaram no ar próximo ao Rio de Janeiro. Outros dois haviam caído nos Estados Unidos. Um outro ainda estava desaparecido.

– E por que isso? Qual a explicação? – perguntou Cauê.

– Têm algo a ver com a energia eletromagnética da Terra, eu acho – disse Eduardo.

– Já está começando? A Terra está desacelerando?

– É o que parece – seu irmão respondeu tomando fôlego.

Liz e Melissa passavam o dia fazendo cursos. Beatriz fazia o básico e deixava os outros por conta delas.

Beatriz, num dos cursos de meditação, despertou para a existência das auras. Ela se assustou ao ver as auras de todos os alunos da sala. O professor de ioga deu uma breve explicação sobre as cores e as formas das auras. Também explicou que essas cores variam dependendo do estado de espírito ou mesmo do estado físico da pessoa.

– Que legal, mãe!

– Estou um pouco assustada com isso.

– Não fique. Estou achando isso tudo um barato! – disse Melissa.

Na volta para a chácara, Liz notou pequenos seres andando no meio das árvores. Ela se aproximou devagar e conseguiu identificá-los como os elementais de que tanto Cauê falava. *Essa é a quarta dimensão*, ela pensou.

– Você consegue ver? – Liz perguntou para Melissa.

– Só um borrão – ela respondeu.

– Eu não vejo nada – suspirou Bia.

– O que mais será que existe na quarta dimensão? – Mel perguntou.

– Temos só um mês e meio para descobrir.

– Como o ano passou rápido, não é? – afirmou Bia.

– Eu estou totalmente perdida. Não sei nem que dia é hoje – resmungou Mel.

– Também estou assim. Só sei que é dia porque o sol está a pino – disse Liz.

– Vou assistir ao telejornal. Alguém me acompanha? – Bia perguntou.

– Eu vou dar uma ligada para os meus pais – disse Mel.

– E eu vou dar uma ligada para o Cauê – disse Liz batendo no braço da amiga quando ela começou a rir.

– Não entendo isso, viu! – Mel dizia enquanto discava o número dos pais em São Paulo.

Cauê atendeu o Skype assim que Eduardo o avisou. Ao ver Liz ele se sentiu muito feliz.

– Que bom que ligou. Eu queria te contar uma coisa muito estranha.

– O que é?

– Hoje tive meu primeiro contato telepático.

– Sério? Com quem?

– Com uma extraterrestre.

– Mentira?

– Verdade! Foi incrível, Liz. Parecia que ela falava ao meu ouvido.

– E o que ela queria?

– Que eu abrigasse duas pessoas que foram resgatadas.

– Caramba! Isso quer dizer que vocês estarão seguros, não é?

– É o que parece.

– Que bom!

– E vocês, muitos cursos?

– Bastante. Hoje a mamãe começou a ver auras... foi muito engraçado.

– Imagino. Ela entrou em pânico?

– Total!

– Mande um beijo para ela. Estou com saudades.

Liz fechou a tela do Skype sentindo que algo havia mudado em Cauê. Ele agiu como um grande amigo e não mais como um grande amor. De certa forma Liz sentiu alívio em saber que ele havia superado o sofrimento da separação. Mas uma pulga coçava atrás de sua orelha.

Melissa trouxe notícias de São Paulo. O tumulto era generalizado. O abastecimento de água e eletricidade sofria rodízios há mais de quatro meses. Agora o corte já era iminente. As pessoas estavam desesperadas.

Os pais de Mel contaram que não havia mais produtos nas prateleiras dos supermercados. A água também era escassa. A cidade estava em ponto de ebulição. Os crimes eram mais frequentes e as pessoas passaram a se acostumar a desviar de cadáveres nas ruas.

– Isso precisa acabar logo – comentou Mel.

– Vai acabar... em breve.

– Meus pais disseram que o dia da grande onda está chegando.

– Você está bem?

– Estou. Eu me despedi deles como se nunca mais fosse ouvir suas vozes. Mas sinto que ainda tenho algum tempo.

Júlia acompanhou Miguel até a galeria que faria as vezes de quarto para os dois. Miguel pulou no colchão que estava no chão e escolheu o que seria o seu. Júlia cedeu e ficou com o outro, mais fininho.

Cauê entrou sem avisar fazendo Júlia pular de susto. Ele sorriu ao ver que ela ficou sem graça com a situação.

– Desculpe. Não queria te assustar.

– Tudo bem... eu me assusto à toa.

– Estão bem instalados? Precisam de alguma coisa?

– Não, obrigada. Está tudo fantástico – disse ela desviando o olhar.

Cauê notou que Júlia ficava sem graça na presença dele. Sua timidez era algo tão lindo, que ele impunha sua presença frequentemente só para vê-la corar.

– Vamos começar a meditação, você quer nos acompanhar? – ele chamou.

– E o Miguel?

– Duas pessoas já foram designadas para cuidar dos pequenos lá no centro de convívio. Pode ficar tranquila.

– Tudo bem. Eu vou com você – disse ela em um meio-sorriso.

Os dois saíram do abrigo e Cauê se postou atrás do grupo que já entrava em estado de meditação. Ele fez movimento de silêncio para Júlia e ela o acompanhou na ponta dos pés.

– Livre sua mente de todos os pensamentos – ele sussurrou.

– Como eu faço isso?

– Não tente fazer. Deixe acontecer.

Os dois fecharam os olhos e começaram a relaxar. Cauê entrou em profundo estado meditativo em menos de dois minutos. Júlia já não conseguia se impor à sua mente. As imagens apareciam a cada minuto tirando a sua concentração. O passado e o futuro dançavam em sua cabeça até que ela desistiu e abriu os olhos.

Júlia olhou para Cauê ao lado e contemplou toda a sua beleza. Ele inspirava e expirava de forma tão silenciosa que ela chegou mais perto para averiguar se ele estava realmente respirando. Cauê notou a presença de Júlia bem próximo de si. Ela havia entrado em seu campo de energia. Ele abriu os olhos e encarou os dela de forma profunda. Ela quis sair dali, mas lutou e enfrentou o seu olhar.

Ele deu um meio-sorriso e começou a se levantar. Júlia o acompanhou. Eles caminharam até o bosque onde ela e Miguel foram encontrados.

– Não conseguiu meditar?

– Nunca tinha tentado nada tão difícil antes.

– Nem eu – ele disse sorrindo.

Júlia baixou os olhos e a cabeça, pensativa. Ele notou que ela estava ficando triste de repente.

– O que foi?

– Não sei.

– Eu posso te ajudar?

– Não é nada. Não se preocupe.

Cauê não insistiu, porém sabia que Júlia continuava triste. Sua aura a denunciava. Eles caminharam por mais um tempo até que ela perguntou:

–Você conhece alguém chamada Liz?

– Liz? Esse não é um nome muito comum – brincou ele.

– O seu também não é... por isso estou perguntando por Liz.

– Liz é uma pessoa que amo muito. Nós éramos vizinhos em São Paulo, mas agora estamos separados por motivos apocalípticos.

Júlia não esperava tal resposta. Ela imaginou que ele diria que não conhecia nenhuma Liz.

– Por que a pergunta? Você conhece a Liz?

– Eu conheci uma Liz em Londres. E ela tinha namorado um cara chamado Cauê... e da última vez que eu soube, eles haviam voltado.

– Nunca voltamos definitivamente – ele respondeu.

– Mas vocês se amam? Ela dizia que sim.

– Nós nos amamos muito.

Júlia engoliu em seco. Como ela podia ter se metido em tal situação. Tinha de tirar Cauê da cabeça já.

– Júlia, eu amo a Liz de uma forma inacreditável. Mas não vamos ficar juntos... não nessa vida.

– Não entendo. O que quer dizer com isso?

– Que eu e ela estamos livres para encontrarmos nossas almas gêmeas.

– Nunca ouvi falar disso.

– Dizem que as almas gêmeas foram forjadas no mesmo momento e no mesmo molde. Depois foram separadas em duas partes... duas almas feitas do mesmo molde.

– Que coisa linda.

– Pois é...

– Então você e Liz não são almas gêmeas?

– Não... somos almas afins. Muito parecidos... quase almas gêmeas... por isso acho que nos amamos tanto.

– Como pode amar a Liz e outra pessoa ao mesmo tempo?

– O amor é um só. E podemos amar milhões de pessoas ao mesmo tempo.

Júlia sentiu uma ponta de alívio em seu coração. Ela não podia pensar na possibilidade de se apaixonar pelo namorado de uma grande amiga. Tentando mudar de assunto, Júlia perguntou:

– Como sabe tanto sobre tudo? – ela perguntou.

– Tive uma conversa franca com os meus guardiões.

– Com quem?

Thiago sentiu o mar se agitar. Ele olhou para os lados sem perceber nada estranho. O céu continuava claro e o sol queimava as suas retinas.

Ele resolveu continuar a ler as mensagens que chegavam ao blog. Afinal, não sabia quando o sinal de internet iria cair pra valer.

Matheus se aproximou dele com cara de total pânico. O amigo olhava para o longe apavorado.

– O que foi? – Thiago perguntou resolvendo seguir a visão do amigo.

A boca de Thiago se abriu enquanto o notebook se espatifava no chão. Ele deu dois passos para trás segurando o braço de Matheus.

– Estamos ferrados – disse Matheus.

– Nós vamos passar por ela. Vamos conseguir – ele tremia ao dizer isso.

Os dois ficaram ali parados olhando. A onda aumentava a cada segundo. De repente, o barco começou a escalar até o topo. Thiago e Matheus foram arremessados para trás. Sem se darem conta, foram arremessados para a frente enquanto o barco acelerava.

Felipe surgiu do convés gritando e querendo saber o que estava acontecendo. Quando ele se deu conta da imensa onda que seguia para o litoral brasileiro, ele soltou um grito de pavor.

Helena e Thomas haviam acabado de falar com a filha. Mas não disseram nada sobre o que estaria para acontecer naquele dia.

– A onda deve estar chegando, querida. Prepare-se – pediu Thomas.

– Estou pronta. Te encontro do outro lado – ela disse beijando-lhe a boca.

Os dois ficaram em pé se fitando. A qualquer momento a grande onda quebraria os vidros do apartamento no décimo primeiro andar e os levaria a uma outra dimensão.

Quanto mais próxima do litoral ficava, mais altura a onda adquiria. As pessoas gritavam apavoradas enquanto ela sugava tudo o que via pela frente.

Helena e Thomas fecharam os olhos quando os vidros do apartamento explodiram. Antes da água os atingir, Helena e Thomas já olhavam tudo de fora do corpo. Dois espíritos os aguardavam. Eles foram pegos pelas mãos e levados em direção à luz.

Enquanto isso, Vitória buzinava desesperada na avenida Paulista. Ela queria a qualquer custo passar por cima dos carros que não andavam.

– Andem logo, seus molengas! – ela gritava.

– Ah, cala a boca! – alguém gritou.

– Passa por cima, bonitona! – outro disse.

– Que inferno! – ela disse para si mesma.

Vitória não teve nem tempo de sair do carro. A onda engolia toda a avenida Paulista e abria a boca na direção de Vitória.

Ela ficou petrificada com o pavor que sentiu. Não haveria escapatória dessa vez. Ela levantou a cabeça e respirou fundo. A onda carregava o seu carro de maneira brutal. Ela foi jogada para todos os lados e a água entrava com toda a força. Ela ainda não havia morrido.

De repente sentiu a água entrando em seus pulmões. Seus olhos continuaram abertos quando ela deixou o seu corpo físico.

Uma luz muito intensa brilhou em cima de sua cabeça. Ela viu a imagem de sua avó a chamando para perto de si. Vitória tinha boas lembranças da vida quando sua avó era viva.

– Venha, minha criança – a avó chamava.

Vitória a acompanhou. A caminhada foi curta e logo estavam em um campo florido e cheio de pessoas.

– Onde estou, vovó? Eu morri?

– Sim, querida. Morreu no seu corpo físico.

– Onde estamos?

– Na transição.

– Transição para onde?

– Em outras épocas essa seria a transição para o mundo espiritual. Mas você não irá para lá agora.

– E para onde vou?

– Vai reencarnar imediatamente.

– Na Terra?

– Oh, não na Terra. Ela não é mais o seu planeta.

– Como assim?

– O seu novo lar se chama Hercólubus.

– Por que vou trocar de planeta?

– Você não usou com sabedoria sua última encarnação.

– Eu fiz muitas coisas erradas, não foi?

– Luxúria, difamação, preconceito, ódio, vingança... e por aí vai.

– E Hercólubus é minha punição?

– Não veja dessa forma. Ninguém vai ser punido. Hercólubus será um planeta de grande aprendizagem para você. Um planeta parecido com a Terra que hoje você deixou.

– Se fiz coisas ruins como diz, como posso não ser punida?

– Você mesma irá se punir. Vai escolher como quer reencarnar. Vai determinar como poderá se redimir e crescer espiritualmente. Aliás, é a única coisa que importa na vida.

– Crescer espiritualmente?

– Exato.

– O que devo fazer?

– Deve escolher. Em que condições quer nascer? Como acha que poderá sanar suas dívidas com você mesma?

– Nascendo feia? Pobre? Negra?

– Feia e pobre pode até ser... mas negra não. Os negros em Hercólubus são os donos do pedaço. São os brancos do planeta Terra.

– Mentira?

– Verdade. Bem, o que acha que deve aprender na nova encarnação?

– A ser sincera... ser amiga... ser amável... respeitar os outros... seria isso?

– É um bom começo. Venha, acho que temos a família perfeita para você – chamou a avó.

Vitória a seguiu sentindo-se mais leve. Ela pensava com mais clareza e se lembrava de um dia ter estado ali, na transição.

– Vitória, veja – a avó mostrou.

Hercólubus aparecia como em um holograma. Se não soubesse, pensaria ser o planeta Terra. Ela viu a imagem de um homem e uma mulher. Eles faziam amor e Vitória já sabia que seriam os seus pais.

– Eles foram resgatados da Terra. Já vivem em Hercólubus há três meses. E hoje foi a primeira vez que fizeram amor. Você será o fruto desse amor. Eles possuem todas as características de que você necessita para crescer e evoluir espiritualmente.

– Eu os conheço? Sinto que os conheço.

– Foram seu irmão e sua tia na sua penúltima encarnação.

– Eles viviam na Terra e não morreram para renascer ali?

– Exatamente. Aceitaram a missão de bom grado. Ficaram felizes em saber que não morreriam. Algo tão simples como a morte... não me lembro de ter me sentido assim – disse a avó.

– Quando eu vou?

– Agora.

– Mas eu não estou pronta!

– Você está mais do que pronta. Venha.

Vitória seguiu a avó até o planeta Hercólubus. Lá sua futura mãe e pai dormiam um sono profundo. Ela se aproximou dos dois e os olhou por algum tempo.

– Está na hora, filha. Feche os olhos e relaxe.

Vitória fez o que a avó pediu. Fechou os olhos e tentou relaxar. De repente sentiu-se envolta por água de todos os lados e as lembranças começaram a sumir de sua cabeça. Ela regredia a um nível ínfimo, até que, de repente, a luz a fez chorar.

Thiago, Matheus e Felipe discutiam sobre a passagem da grande onda. Os três queriam saber sobre suas famílias. Thiago falou com os pais há dois dias e eles já estavam em Campos do Jordão. A família de Matheus e Felipe estava em São Paulo.

– Nada ainda?

– Não.

– Precisamos saber notícias!

– Estamos sem internet também – disse Matheus jogando o seu iPhone de lado.

– Sem internet, sem telefone, o rádio não responde... – Felipe andava de um lado para o outro.

– Temos que esperar – acalmou Thiago. – Não há outra maneira.

Em Ribeirão Preto, Melissa descansava após várias aulas. Por um momento ela cochilou no sofá da sala.

As flores chegavam até os seus joelhos. Ela se esforçava para andar entre elas. O dia estava lindo e o céu sem nuvens. Helena e Thomas a aguardavam embaixo de uma macieira.

– Estávamos te esperando. Viemos nos despedir – começou Helena.

– Para onde vão?

– Para o mundo espiritual – disse Thomas. – Já é chegada a nossa hora.

– Iremos olhar por você de onde estivermos – disse Helena.

– Já aconteceu?

– Sim.

– Vocês sofreram?

– Não. Foi tudo como o anjo nos falou – explicou Thomas.

– Fico feliz por isso, mas estou triste por terem que partir.

– Nossa missão é grandiosa. Precisam de nós nesse momento.

– Eu entendo. E me orgulho muito de vocês dois – Melissa disse pegando as mãos do pai e da mãe entre as suas.

– Nós te amamos muito – disse Thomas.

– Eu também amo muito vocês – disse Melissa.

Helena beijou a sua testa e Thomas beijou o seu rosto. Os dois deram as mãos e caminharam em direção ao horizonte. Melissa viu quando um portal de luz se abriu. Eles entraram e desapareceram.

– Mel? Tudo bem? Você está chorando? – Liz sacudia a amiga desesperada.

– Hum? Ah, oi Liz – disse ela voltando a si.

– Está tudo bem?

– Está. Meus pais vieram se despedir.

– Como assim?

– Em meu sonho. Eles vieram se despedir.

– E eram eles mesmo?

– Tenho certeza disso.

– Meninas... liguem a televisão – ordenou Bia.

As imagens eram de destruição, para variar. No rodapé da página corriam frases que diziam:

"São Paulo e mais dezoito cidades foram completamente engolidas por uma onda gigante. Um maremoto próximo à África foi o responsável pela formação da tsunami. Milhares de pessoas morreram. Veja mais detalhes no jornal das 18 horas."

– Não falei? – disse Mel apontando para a tela.

– Você está bem?

– Estou. Eles estavam tão bonitos... e me pareceram em paz.

– Quem? – Bia perguntou nem se tocando.

– Os pais da Mel, mãe. Eles fizeram contato por meio de sonho.

–Vieram se despedir.

Beatriz olhava de Melissa para Liz sem saber o que dizer. Ela chegou mais perto de Mel e tocou em seus cabelos.

– Não se preocupe comigo, Bia. Estou realmente bem – finalizou ela.

Cauê e Júlia aguardavam ansiosos que Liz ou Melissa atendessem o Skype. Para sua alegria, as duas apareceram na tela.

– Oi lindas – cumprimentou Cauê.

– Oi lindão – soltou Mel.

– Oi – disse Liz sorrindo.

– Não vão adivinhar quem está ao meu lado nesse momento.

– Quem pode ser? – Liz perguntou para a Mel.

– Sei lá eu... o Elvis? – riu Mel.

– Que engraçadinha! – riu Cauê.

– Bom, já que não vão adivinhar... vejam só – Cauê pegou a webcam e filmou o rosto de Júlia.

– Júlia? – as duas gritaram juntas.

– Mentira!

– Como você foi parar aí, mulher? – gritou Melissa.

– Isso é uma longa história... como vocês estão?

– Por aqui tudo certo – disse Liz.

– Hoje é um dia de despedidas para mim – contou Mel. – Meus pais se foram.

– Caramba, Mel – disse Cauê –Você está bem?

– Estou bem sim... me despedi deles agora hà pouco.

– Em sonho... – completou Liz.

– Que incrível... a Júlia também perdeu a família – disse Cauê pesaroso.

– Como assim? O que aconteceu?

– Minha família e eu estávamos em um helicóptero subindo ao Monte Fuji. Algo aconteceu e houve um desabamento. Minha família toda morreu, porém meu irmão e eu fomos salvos por uma nave extraterrestre.

– Gente, em outros tempos eu mandava te internar – soltou Melissa.

– Inacreditável, não é?

– E então a nave levou vocês dois até o Cauê?

– Isso mesmo. Disseram que era um local seguro.

– Que coincidência! – disse Mel.

– Isso não existe – falou Liz. – Não acredito em coincidências, tudo já estava escrito.

– Concordo – disse Júlia.

– Falou e disse – Cauê concordou.

– O tempo está chegando ao fim – lembrou Liz.

– Temos pouco tempo. Não sei até quando vamos conseguir nos falar – disse Cauê. – Meu irmão acha que a Terra já está desacelerando.

– E quando isso acontecer?

– A Terra irá parar por três dias. O povo vai enlouquecer. Vocês precisam se centrar, meninas... muita meditação. Ajudem uma a outra.

– Pode deixar – disse Mel.

– É impressão minha ou a aura de vocês é da mesma cor? – Liz chegou mais perto do monitor.

– Como? Eu não tinha percebido – disse Cauê.

– Nem eu – disse Júlia.

– É verdade – intrometeu-se Melissa. – É como se fossem gêmeas, não é Liz?

Ao ouvir a palavra gêmeas, Liz, Cauê e Júlia entenderam tudo. Júlia corou na mesma hora. Cauê deu um sorriso e Liz ficou pensativa.

– O que foi? Eu disse algo errado? – Mel perguntou.

– Nada errado, Mel – suspirou Cauê ainda sorrindo.

– Liz? Tudo bem? – chamou Júlia.

– Estou bem. É que eu não esperava. Nem imaginava que podia ser você.

– Do que estão falando? – Mel perguntou.

– Nós ainda nem nos conhecemos direito, Liz. E perguntei por você. Se estivessem juntos eu nun...

– Pode parar, Júlia. Não tem nada a ver uma coisa com a outra. Eu e o Cauê vivemos momentos mágicos. Amamos um ao outro como a nós mesmos, mas sabemos que existe algo mais. Existe a alma perfeita para cada um de nós. E se você for a dele, eu fico muito feliz por isso.

– Verdade? – Júlia perguntou.

– Verdade. Eu também amo você... e quero que sejam muito felizes.

– Gente, eu sou a única sã aqui? Alô? Você está cedendo seu homem para outra? – Melissa dizia isso como uma mulher enlouquecida.

– Depois eu te explico – pediu Liz.

– Liz, você é incrível – disse Cauê.

– Você já sabia? – ela perguntou a ele.

– Eu já suspeitava. Mas quando a Mel falou a palavra mágica... despertei.

– Putz... a culpa é minha então? – Mel perguntou avoada.

– Nós ainda estamos nos conhecendo. Será um processo como outro qualquer – explicou Cauê.

– Sabe que olhando daqui... conhecendo os dois... vocês são perfeitos juntos – disse Liz.

– Ai não. Eu vou me dar um tiro na cabeça – bradou Melissa.

Os três riram da sandice de Melissa. Cauê e Júlia se despediram e Liz abençoou uma futura união dos dois. Mel olhava incrédula para a cena. Liz, então, após desligar o monitor, resolveu explicar toda a situação para Melissa. Quem sabe assim ela parava de querer se matar?

Os vulcões em todo o mundo começavam a despertar. Um a um limpavam a garganta para começar a funcionar.

Pessoas estavam desaparecendo misteriosamente por todo o globo. Homens, mulheres e crianças simplesmente sumiam.

Portais de energia haviam sido detectados em diversos lugares do planeta. As pessoas que chegavam próximas a ele ou sofriam um ataque cardíaco ou passavam para algum lugar e não voltavam mais.

As guerras, a fome, a sede e as pragas assolavam milhões e milhões de pessoas. Já não havia lugar no planeta onde houvesse paz.

A seca e o fogo destruíam tudo ao seu redor. Onde antes havia florestas, hoje, só desolamento e incêndios incontroláveis.

Os mares aumentavam o seu nível dia após dia. Muitas cidades costeiras já não existiam mais. Milhões de vidas perdidas em tsunamis não puderam nem ser registradas. Os serviços não funcionavam mais. O caos estava instaurado.

Hoje, dia 19 de dezembro de 2012 os governos resolveram falar. Foram a público por meio dos meios de comunicação que ainda funcionavam dar a sua palavra frente ao extermínio dos seres humanos e do planeta.

Em um desses pronunciamentos, o governante disse:

"Nós sabíamos a respeito do apocalipse desde os tempos remotos. A Igreja Católica foi a detentora desse segredo por mais de mil anos. Os maçons também conheciam o nosso destino. E nada pudemos fazer para salvar vidas. Tentamos, em vão, construir naves espaciais. Nossas viagens eram caríssimas e não conseguimos sequer dominar a lua. Abrigos foram construídos em todo o mundo, mas a superpopulação nos fez rever essa alternativa. Não haverá lugar para todos. Nesse caso, pedimos que fiquem em suas casas e protejam-se como puderem. O mundo não irá acabar. Ele passará por mudanças em seu clima e na sua rotação. Depois de 21 de dezembro de 2012, o sol voltará a brilhar. Que Deus nos proteja."

– Era melhor não dizer nada – comentou Melissa.

– Filho da mãe! – soltou Liz. – E provavelmente ele vai para o abrigo, não é? – grunhiu ela.

– Amiga... safados não vão escapar!

– Tomara – Liz estava realmente nervosa.

– Lembra-se de que lemos sobre a quinta dimensão? Se as pessoas que sobreviverem ao fim do mundo chegarem na quinta dimensão... só as escolhidas ficarão, não é?

– As outras iriam morrer após sofrer choques elétricos no corpo... eu lembro desse texto – disse Liz.

– Então, não se preocupe. Se ele for safado, já era!

Em alto-mar, Thiago e Felipe tentavam simular rotas para quando os pólos do planeta fossem invertidos.

– Tudo vai ficar diferente no céu? – Matheus perguntou.

– Tudo – disse Thiago.

– Nós lemos que o ângulo da Terra vai girar em torno de quarenta graus. Imagine quão diferente o céu vai ficar a partir de então – disse Felipe.

– E a bússola? Ela aponta na direção correta, não é?

– A bússola vai pirar, amigo. Os polos serão invertidos, lembra? Ela não terá mais nenhuma utilidade – respondeu Thiago.

– Estamos ferrados! – disse Matheus mordendo a última maçã do barco.

Em Alto Paraíso tudo estava pronto para a chegada da Nova Era. Eles se haviam proibido em falar sobre fim do mundo.

Júlia e Cauê estavam atarefados com os preparativos para o enclausuramento. Miguel e as outras crianças ficaram incumbidas da colheita do que vissem pela frente. Bichinhos pequenos também seriam bem vindos ao abrigo.

Júlia olhou para Cauê de relance e seus olhares se cruzaram. Ela enrubesceu pela décima vez no dia. Ele sorriu ao ver suas bochechas rosadas e foi em sua direção.

– Não canso de te envergonhar, não é?

– Não faça mais isso – disse ela sorrindo.

– Adoro quando fica tímida – ele abriu um grande sorriso.

– Para com isso. Vamos trabalhar, está bem?

– Sim, senhora! – Cauê bateu continência.

Dia 20 de dezembro de 2012 chegava trazendo um sol tão brilhante que não era possível sequer olhar para o céu. Eduardo contou que não era o nosso sol que brilhava daquela forma. Havia dois sóis no céu, mas não conseguiam enxergar.

– De onde veio o segundo sol? – Júlia perguntou.

– Do centro da nossa galáxia, ele se chama Alcion.

– Deve ser imenso! – pensou Júlia.

– Milhões de vezes maior do que o nosso sol – Eduardo respondeu.

– Com a chegada dele, as órbitas serão realinhadas – disse Cauê para si mesmo.

– Do que está falando?

– Da música...

– Que música? – Júlia perguntou.

E então, Cauê começou a cantar:

– "Quando o segundo sol chegar, para realinhar as órbitas dos planetas..."

– Cássia Eller! – lembrou Eduardo. – Nunca tinha pensado nessa letra!

– Nem eu! – disse Júlia batendo no ombro de Cauê.

– Nem eu... até hoje – revelou Cauê.

Beatriz já havia organizado tudo na chácara. Apesar de Joaquim já ter terminado o seu contrato, ele ia todos os dias verificar se estava tudo bem por lá. A despedida foi tranquila e Joaquim partiu agradecendo imensamente por tudo o que Max havia feito por ele e sua família.

Bia não conseguiu falar com ninguém. Henry não atendia o telefone, Ben já havia partido para o abrigo e Ariel deveria estar em um plano superior, ela pensou.

Liz e Mel conseguiram conexão, mas a recepção estava péssima. Elas ouviram Cauê dizendo que não iriam esperar pelo dia de amanhã. O abrigo seria lacrado hoje.

Eles conseguiram se despedir e lágrimas escorriam do rosto de Liz e Melissa. Elas não viam Cauê e Júlia, porém imaginavam que eles também estariam sofrendo pela separação e pelo fim da nossa civilização.

A conexão foi cortada e as luzes começaram a piscar desesperadamente. Liz e Melissa se levantaram de imediato. Um frio na barriga trazia o medo à tona. O coração disparava fazendo a respiração ofegar.

– Cadê minha mãe?

– Está lá fora.

– Vamos, Mel.

As duas correram para o lado de fora da chácara. Bia olhava atônita para o céu.

– Vejam – ela apontou.

O que parecia ser uma imensa aurora boreal tomava conta de todo o céu de Ribeirão Preto. As cores do arco-íris dançavam de lá para cá conforme o vento soprava.

– Se esse é o fim do mundo, estou adorando – disse Mel abobalhada.

– É lindo demais! – disse Liz.

– Seu pai disse que um dia iria me levar para ver a aurora boreal... e olhe aí! – disse Bia pesarosa. – Ela veio até mim.

– Mãe, acho que é melhor entrarmos no abrigo. Lá em Alto Paraíso eles vão fechar hoje – Liz contou.

– Vamos fazer isso. Meninas, preparem-se.

Tanto em Alto Paraíso como em Ribeirão Preto tudo estava pronto. As portas seriam lacradas assim que a meia-noite chegasse.

Cauê notou algo estranho no céu. Eram raios multicoloridos que dançavam em vários ângulos. Barulhos de trovão começaram e não pararam mais. Já era a hora de entrarem. Em Alto Paraíso os homens empurraram a pesada porta de chumbo separando o fim do mundo da Nova Era. Eles podiam ouvir o barulho dos trovões bem alto lá no céu. As pessoas desceram até as câmaras mais abaixo da caverna e lá ficaram a esperar. Só as luzes dos lampiões brilhavam na escuridão.

Bia travou a porta que as meninas apelidaram de porta de cofre bancário. Faltavam dois minutos para a meia-noite. De repente ouviram barulho de vidros quebrando, mas não identificaram o que poderia ser. A luz começou a piscar e, por fim, apagou. Liz acendeu o lampião e elas se encolheram juntas em um canto do abrigo.

Thiago, Felipe e Matheus se aglomeraram no único quarto do barco. Eles esperaram em silêncio o relógio marcar meia-noite. A aurora boreal havia sumido e dado lugar a raios e trovões.

– Chuva elétrica – lembrou Thiago.

– Vai acabar com tudo o que é elétrico no planeta – disse Felipe.

– Vamos voltar à idade da pedra – concluiu Matheus.

O barulho de vidro se quebrando vinha das lâmpadas que queimavam com a passagem da chuva elétrica. O barco ficou na penumbra. Só a luz dos raios e da lua iluminavam o lugar.

– É meia-noite. Seja o que Deus quiser – disse Matheus quando, por fim, seu relógio parou de funcionar.

21 de dezembro de 2012

Onde o sol deveria estar, só havia escuridão. Os garotos sabiam que a luz da manhã já deveria ter invadido o quarto do barco.

– Sinto um formigamento na pele – disse Felipe.

– Deve ser efeito da parada do planeta – comentou Matheus.

– Se os cálculos Maias estiverem certos, teremos três dias de escuridão – lembrou Thiago.

– Eu sempre fui baladeiro... mas nunca pensei que sentiria tanta falta do sol – disse Matheus ligeiramente abalado.

– Não vamos entrar em pânico – pediu Thiago.

– Imaginem três dias sem ver a luz do sol... – imaginou Felipe.

– Nós vamos superar isso – tranquilizou Thiago.

– O que acontece agora? – Felipe perguntou.

– Os vulcões entram em erupção por todo o mundo. Vulcões que nem existem no mapa passam a existir a partir de agora – Thiago contou.

– Com os vulcões vêm os terremotos – lembrou Matheus.

– E depois os tsunamis? – arriscou Felipe.

– Antes dos tsunamis o mundo será consumido pelo fogo.

– Hum... e depois dos tsunamis?

– O mundo volta a girar. Em sentido contrário.

– E...? – Felipe não conseguia alcançar o poder disso.

– E então o planeta começa a acelerar novamente para outro sentido. Vai se inclinar cerca de 40 graus. Os furacões serão fichinha perto do que vai acontecer.

– Por causa da aceleração? – Felipe perguntou.

– Exato. A coisa vai ficar feia. E então os continentes serão como papéis flutuando em um mar revolto.

– Vão sair dos seus lugares?

– Eles nunca foram fixos – Matheus explicou.

– E nós nessa história toda? – Felipe tinha os olhos arregalados.

– Precisaremos de toda a ajuda dos céus – finalizou Thiago.

Em Ribeirão Preto, Liz subiu o periscópio inventado por Max e olhou o que acontecia na superfície. Ela não conseguia ver nada por causa da escuridão.

– Três dias de escuridão – lembrou Mel.

– Estão sentindo um formigamento no corpo? – Bia perguntou.

– Estou – disse Mel.

– Eu também – disse Liz – Por que será?

– Que horas serão? – Mel perguntou.

– Acho que já deveria ser meio-dia, não? – disse Bia.

– Pela minha fome já passamos do meio-dia – Liz colocou a mão sobre o estômago.

Em Alto Paraíso, Júlia e Cauê trocavam ideias sobre o início da Nova Era. Eles tinham a mesma intuição sobre o futuro. Sabiam de alguma forma que tudo ficaria bem.

A escuridão lá fora não mais os incomodava. Eles passaram horas conversando e se conhecendo melhor.

Um formigamento no corpo deixou todo mundo um pouco desconfortável. Eduardo explicou que se tratava dos sintomas da parada do núcleo da Terra e, assim que ela voltasse a girar, os sintomas desapareceriam. A única coisa que as pessoas não deveriam deixar de comunicar seriam: dor de cabeça, náuseas, alucinações, irritação, instabilidade e tonturas.

– Sinto tudo isso na minha TPM – Júlia comentou com Cauê.

– Vou ficar bem longe de você nesses dias, ok? – riu ele.

O segundo dia de escuridão surgia sem alardes. Thiago abria uma lata de pêssegos em calda e uma outra de creme de leite. Matheus, o comilão da turma, já levantava o potinho com cara de cachorro perdido.

– Um dia você acaba explodindo – riu Thiago para ele.

As luzes dos lampiões tremeluziam fantasmagoricamente. O mar estava calmo e o céu cheinho de estrelas. Era como se nada estivesse acontecendo. Felipe não aguentava mais essa espera. O que estaria acontecendo no continente?

– Precisamos ter calma. Não adianta navegarmos agora. Vamos esperar – dizia Thiago.

– Eu quero que isso acabe logo – dizia Felipe em tom urgente.

– Se acalme. Enquanto tivermos o que comer, eu fico sossegado – comentou Matheus garfando um suculento pêssego.

Em Ribeirão Preto, Liz, Melissa e Beatriz levaram um grande susto quando o abrigo começou a tremer. Os mantimentos despencavam das prateleiras enquanto elas tentavam manter o equilíbrio.

– Um terremoto em Ribeirão Preto? – gritou Mel.

– Vamos rezar, meninas – chamou Beatriz.

As três se reuniram no centro do abrigo e, enquanto pediam proteção, seguravam umas nas outras para não caírem no chão.

Liz podia ver e sentir o medo de Beatriz e de Melissa. Ela imaginava o quanto sua aura também deveria estar pulsando com o medo.

– Temos que nos manter firmes. Precisamos ter fé – pediu Liz.

– É fácil falar, amiga – disse Mel transpirando medo.

– Vamos ser fortes. Vamos acreditar num poder maior – chamou Bia. – Continuem orando... pedindo por proteção divina.

O terremoto cessou após as últimas palavras de Beatriz. Elas se olharam com alívio. As três se abraçaram e olharam em volta do abrigo. Estava tudo uma grande bagunça. Liz começou a organizar os mantimentos com a ajuda de Mel enquanto Bia se lançava ao chão para pegar os livros que haviam se amontoado num canto.

Tudo no abrigo tinha o seu devido lugar. Era uma casa sem divisórias. Apenas onde ficava o banheiro, havia uma cortina de separação.

– Será que acabou? – Liz perguntou.

– Espero que sim. Fiquei com tanto medo – disse Mel.

– Meninas, não temos por que ter medo. Se a morte vier, sabemos que existe um outro lado. Se pensarem assim, não haverá sentido para o medo – disse Bia em sábias palavras.

– Nossa mãe... você está cada dia mais espiritualizada – comentou Liz.

– São os novos tempos... – disse Bia arrumando os livros na prateleira.

Liz e Mel se olharam sorridentes. Bia havia mudado muito nos últimos dias. Até o jeito de falar estava mais calmo e muito mais sábio, com certeza.

Em Alto Paraíso, Cauê ainda segurava Júlia quando o terremoto cessou. Os dois se olharam por um longo momento à chama de uma vela.

– Você fica linda na meia-luz – ele de repente soltou.

– Não acredito que está me cantando numa hora dessas – ela disse sorrindo.

Miguel chegou agarrando as pernas dos dois. Cauê saiu do transe e pegou o menino no colo.

– Ficou com medo?

– Não. Eu sou corajoso – respondeu Miguel.

– Você é mais corajoso que eu! Fiquei com muito medo – disse Cauê.

Miguel sorriu acreditando realmente que isso era verdade. Ele disse para Cauê não se preocupar porque ele iria protegê-lo. Cauê sorriu enquanto Miguel corria de volta para a galeria dos brinquedos.

– Ele te adora – disse Júlia.

– E eu a ele. Sempre gostei de crianças, elas são incríveis.

– Você notou a aura dele?

– Sim. O que tem? – Cauê perguntou.

– Parece com um cristal, não é?

– Sim. Notei mais duas crianças com auras parecidas.

– Pois é. Eles são chamados de crianças cristal.

– Por causa das auras?

– Isso. Serão a locomotiva da Nova Era. A verdadeira mudança terá início com eles – Júlia apontou para a galeria em que as crianças brincavam alegremente.

– Como sabe sobre isso? – ele perguntou.

– Eu ando tendo sonhos... e inspirações também.

– Que legal. Já notou como as pessoas andam se desenvolvendo rápido? Sonhos, premonições, visões, inspirações... vai ser um mundo bem interessante, não acha?

– Tem toda a razão – ela concordou.

O terceiro dia de escuridão chegava e as pessoas já não sabiam em que dia se encontravam. Haviam perdido completamente o sentido de tempo e espaço.

– O não tempo – disse Matheus.

– Pois é. Esse é um dos sinais – completou Thiago.

– Do fim dos tempos... – suspirou Felipe.

– Nunca me senti tão deprimido antes. Quando o sol voltar a brilhar, vou fazer continência a ele. Vou agradecer todos os dias por ele existir. Vou adorá-lo como a um deus – falava Matheus.

– Ele é um deus – disse Felipe.

– Será que estamos no segundo ou terceiro dia? – perguntou Matheus.

– Não faço a menor ideia – disse Thiago acendendo outro lampião.

– Se o sol não voltar logo, sinto que vou enlouquecer – soltou Felipe.

– Vamos ficar calmos e vamos nos ajudar, beleza? – disse Thiago.

– Beleza – os dois disseram.

Um novo terremoto acordou Beatriz, que dormia há algum tempo. Ela se agarrou à Liz para conseguir se levantar. Melissa tentava, em vão, segurar os livros que despencavam da prateleira. Foi um terremoto de curta duração.

– Me ajude aqui – pediu Liz que segurava um enorme galão de água prestes a tombar.

– Peguei – gritou Bia.

Mel correu para ajudar, mas não foi preciso. Ela olhou para o chão e desanimou em saber que teriam que colocar todos os mantimentos de volta no lugar. Bia olhou para os livros no chão e sua vontade foi de sentar-se e chorar. Mas logo ela mandou esse sentimento para longe e reuniu forças para refazer a tarefa.

Dessa vez, Cauê caiu por cima de Júlia durante o segundo abalo. Ele havia se desequilibrado já que estava em cima de uma cadeira pendurando um lampião. Ela, que segurava a cadeira, foi para o chão tentando proteger a cabeça.

O terremoto foi rápido e logo eles se olhavam profundamente. Júlia teve a sensação de ter visto a si própria dentro dos olhos de Cauê. Ele teve a mesma sensação. Assim que sentaram, Cauê sustentou o olhar tentando tirar mais alguma coisa dali. Ele viu a si mesmo correndo em direção à Júlia quando levou um tiro. Depois conseguiu verele mesmo lutando em uma arena enquanto acenava para ela, na plateia. Em seguida surgiu a imagem dela indo embora com outro homem.

– O que está vendo? – ela perguntou.

– Acho que cenas de vidas passadas. Vidas em que estivemos juntos.

– Coisas boas?

– Não sei dizer. Só vi cenas... não vi o contexto – ele respondeu.

Júlia teve uma vontade imensa de beijá-lo. Mas apesar de saber que ele poderia ser sua alma gêmea, ela recuou. Não queria atravessar com o carro na frente dos bois.

– Não vai me beijar por isso? – ele perguntou com um meio-sorriso nos lábios.

– Do que está falando? Como sabe que eu queria te beijar?

– Eu acabei de ler os seus pensamentos – ele disse para o pavor dela.

Liz e Melissa jogavam pôquer utilizando amendoins como moeda. O tempo parecia ter parado e elas precisavam se distrair de alguma forma. Bia lia algumas pesquisas de Max tentando descobrir o que viria a seguir. De repente elas notaram que uma luz entrava pelas frestas dos dutos de ar. O sol havia finalmente retornado aos céus.

Liz, Melissa e Beatriz gritaram em comemoração. As cartas voaram para longe enquanto elas se abraçavam e dançavam como num ritual antigo.

– Será que é seguro sair? – Liz perguntou.

– Ainda não. Seu pai diz aqui que depois que o sol retornar, o fogo irá consumir o planeta. Não vamos nos arriscar – Bia dizia enquanto mostrava a página grifada.

– Não importa! Essa luz me satisfaz, por hora – soltou Mel ainda dançando.

Os gritos de viva ecoaram em Alto Paraíso. Duas frestas haviam sido devidamente lacradas e eram abertas de tempos em tempos para a verificação do clima lá fora. Cauê abraçou Júlia levantando-a do chão. Enquanto a girava, ele sentiu que já havia vivido um momento como aquele. Ela também o sentiu como um *déjà-vu*. De repente os dois estavam se beijando. Júlia estava agarrada ao pescoço de Cauê e ele segurava sua cintura o mais próximo que conseguia. Miguel os abraçou assim que percebeu o que acontecia. Cauê agarrou o menino nos braços e o jogou para o alto. Em meio ao caos, uma nova família começava a surgir.

Matheus não parava de gritar e cortejar o sol quando ele apareceu. A única coisa estranha é que ele não nasceu pelo leste e sim, pelo oeste. Thiago também percebeu isso e começou a ficar preocupado.

– Os polos já se inverteram – ele disse – Devemos estar a zilhões de quilômetros de casa.

– Então o planeta já se inclinou? – perguntou Felipe.

– Se o sol nasceu do lado contrário... com certeza – ele afirmou nervoso.

– Como vamos achar o caminho? – Matheus perguntou.

–Vai ser no chute – ele disse.

– Ei, olhem lá no céu! – Felipe apontava para o sol. Ele parecia estar aumentando e diminuindo de tamanho.

– As erupções solares devem estar no auge. Os continentes vão literalmente pegar fogo! – disse Thiago nervoso.

– Tudo está muito seco, não é? Os incêndios serão inevitáveis – concordou Felipe.

– Alguém aqui sabe rezar? – Matheus perguntou.

O barulho do fogo era nítido. O sol deveria estar queimando tudo por onde passasse e Max havia previsto isso:

"Fogo dos céus e fogo das entranhas da Terra após o retorno do sol em outro horizonte". *Só poderiam ser o fogo do sol e o fogo dos vulcões em erupção,* pensou Beatriz.

– Será que teremos que fechar os dutos de ar? – perguntou Mel.

– Só se a fumaça começar a entrar – respondeu Bia, absorta em sua leitura.

Júlia e Cauê já andavam de mãos dadas pelo abrigo. As pessoas já os cumprimentavam por serem o primeiro casal da Nova Era. Eles riam sobre o comentário, mas, no fundo, sabiam ser verdade. A Nova Era havia unido aquelas almas gêmeas para que o futuro pudesse chegar e com ele o amor incondicional.

Thiago, Matheus e Felipe se encheram de filtro solar. O sol queimava a pele à simples exposição. Eles fecharam todas as entradas de luz e ficaram na penumbra novamente. Thiago estava cansado e seus olhos se fechavam sem controle.

– Durma, amigo, qualquer coisa nós te acordamos – disse Felipe.

Thiago dormiu assim que se ajeitou na cama. O cansaço era tanto que ele nem se mexia.

Liz estava à sua espera na beira do mar. O sol brilhava forte e à sua volta eram só cinzas.

– O que aconteceu por aqui?

– O sol queimou tudo o que restou – ela disse.

– Você está bem?

– Estou. Mas tenho medo do que vem agora.

– Não tema, eu vou te proteger.

– Queria tanto que você fosse real – ela disse tocando em sua face.

– Eu sou real.

– Eu nem consigo me lembrar de você quando acordo – ela disse.

– Então isso é realmente um sonho? – ele perguntou.

– Tenho certeza que é.

– Pode não ser um sonho. Podemos estar no céu. Você deve ser um anjo...

– Não sou um anjo! – ela sorriu.

Ele segurou a mão dela que ainda estava em sua face. Eles se olharam por um longo tempo até que o olhar de pavor dela o fizeram olhar para trás.

Uma onda imensa tragava a água da beirada e crescia chegando cada vez mais perto. Liz gritou de pavor quando Thiago de repente sumiu.

– Thiago! – Liz gritou ao acordar.

– Quem é Thiago? – Mel perguntou.

– Filha, tudo bem?

– Hã? Tudo bem... tive um sonho tão ruim. Uma onda gigante ia me engolir.

– E onde entra o tal Thiago nessa história?

– Não sei... ele sumiu – ela respondeu.

Em alto-mar, Matheus tentava acalmar o amigo. Ele estava todo suado e não parava de repetir o nome de Liz.

– Sonhou com essa Liz de novo? – Matheus perguntou incrédulo.

– Eu a vi. Era um anjo, eu acho – disse Thiago.

– Um anjo? Ela foi te salvar?

– Não me lembro. Mas ela era linda. A mulher mais linda que eu já vi na minha vida!

– A falta faz isso com as pessoas – disse Matheus sorrindo.

– É sério, cara! Uma deusa – ele suspirou.

– Será que ela tem uma amiga? – perguntou Matheus.

– Duas? Pode ser? – disse Felipe entrando no quarto com os sanduíches em uma bandeja.

– Parem de me zoar. O sonho foi tão real.

– Não zoar? Como você pode me pedir um absurdo desses! – bradou Matheus.

– E se ela for real? – Felipe perguntou.

– Se ela for real, eu vou encontrá-la – afirmou Thiago.

– Ainda pensando no sonho? – Mel perguntou ao ver Liz distraída.

– Pois é.

– Como era o tal Thiago? Bonitão? – ela perguntou sorrindo.

– Imagine um deus grego...

– Hum... imaginei.

– É melhor!

– Uau! Quero um desses pra mim! – pediu Melissa gargalhando.

– Foi tão real, Mel.

– Você ficou com medo?

– Tive medo quando ele sumiu.

– Já sonhou com ele antes?

– Não sei. Não me lembro – pensava Liz.

– Imagine se ele for real?

– Não deve existir ninguém tão perfeito no mundo – ela respondeu deixando a questão de lado. – Vamos jogar?

– Vamos antes que você decida dormir para encontrar com o seu deus grego! – Melissa brincou.

O fogo não havia invadido o abrigo. Elas escutavam o barulho de coisas queimando, mas não havia nem sinal de fumaça. Por ora, decidiram não fechar os dutos de ar. Beatriz verificava a situação pelo periscópio de tempos em tempos. Ela conseguia ver o fogo, mas a fumaça não entrava no abrigo. *Menos mal*, ela pensou.

Cauê e Júlia eram só amassos. Eles já não conseguiam se desgrudar. Uma força os atirava um contra o outro. Miguel achava tudo nojento demais. Ele preferia ficar brincando a ver os beijos apaixonados.

– Meu peito parece que vai explodir – explicou Cauê.

– O meu também – Júlia concordou.

– Parece que falta espaço para o que estou sentindo por você.

– É como se o amor fosse demais para esse corpo, não é? – Júlia perguntou afirmando.

– É isso mesmo.

– Acha que Liz vai ficar triste... sei lá?

– Não. Ela já ultrapassou esses conceitos humanos – Cauê explicou. – Aliás, tenho sentido uma conexão tão forte com ela... não sei explicar.

– Não seriam os canais de comunicação?

– Como assim? – ele perguntou.

– Me veio isso agora. Pode ser a telepatia se abrindo para vocês. Você já consegue ler parte da minha mente... pode ser um telepata finalmente! – ela sorriu.

– Como posso saber?

– Tente!

– Como?

– Não sei... pense nela e a chame.

– Não sei se posso – Cauê estava receoso.

– Feche os olhos. Eu vou te guiar.

– Você já fez isso antes?

– Nunca! Mas, vamos lá – disse ela. – Concentre-se. Feche os olhos. Pense em Liz e chame o seu nome.

– Liz? – Cauê chamou em sua cabeça.

– Liz?

– Liz, consegue me ouvir?

– Cauê? – ela gritou virando-se para trás.

– Gente! A mulher tá pirando! – soltou Mel. – Era Thiago... agora é Cauê?

– Você não escutou?

– Escutar o quê?

– Filha? – Bia olhava seriamente para Liz.

– Liz?

– De novo! Não escutaram?

– Não! – as duas disseram.

– Cauê?

– Está me ouvindo agora?

– Estou. Estou te ouvindo sim. Mas como?

– Telepatia!

Melissa e Beatriz se olhavam apavoradas. Será que Liz estava surtando devido à grande pressão dos últimos dias?

– Gente, estamos nos comunicando por telepatia! – gritou Liz. – Ele disse que estão bem.

– Hum? – Melissa escutava incrédula.

– Pergunte a ele quem são Duda e Fernando.

– Como é? – Liz não havia entendido.

– Só pergunte.

– Tá bom.

Liz fez a pergunta fechando os olhos. A resposta não demorou a retornar e ela já tinha a resposta:

– Meus guardiões, ele respondeu – falou Liz.

– Não acredito! – Bia surpreendeu-se. – É ele mesmo!

Depois que Cauê contou sobre ele e Júlia e sua nova vida no abrigo em Alto Paraíso, Liz foi conversar com Bia.

– Como você sabia dos guardiões dele?

– Ele me disse por e-mail. Queria me contar que eles estavam agindo por intermédio de seu pai. E me disse os nomes deles, por isso pedi para perguntar.

– Queria ter a certeza de que eu não estava louca?

– Exato!

– Liz, deixa eu te perguntar uma coisa? É sobre o Cauê e a Júlia... você não está possessa da vida? – Mel perguntou preocupada.

– Não... eu sabia que isso iria acontecer.

– Não sente ciúme? – Mel insistia.

– Não... eu sinto uma sensação de perda, mas não chega nem perto da sensação de ciúme. E essa perda de que falo é algo positivo porque sei que eles estão muito felizes.

– Essa sensação de perda não te incomoda?

– Não. É apenas um sentimento que olho de cima e deixo passar... não sei como nem quando aprendi a fazer isso. Mas é muito bom não estar mais presa aos sentimentos mesquinhos de antes: ciúmes, raiva, rancor, inveja... não sinto nada disso. Só o amor é grandioso para me pertencer. O resto eu olho e deixo ir.

– Me ensina?

– Você vai aprender! – Liz bateu no ombro da amiga.

– Estamos evoluindo rápido, não é? – Bia falou.

– Cada coisa incrível está acontecendo... que bom que estamos vivas para ver isso – disse Mel.

– Não vejo a hora de ver o que mais o futuro nos reserva – disse Bia por fim.

Thiago não conseguia tirar Liz de sua cabeça. Seu rosto angelical e sua voz de seda o faziam sentir frio na barriga. Ele queria tanto que ela fosse real.

– Pode ser uma criação da sua mente para te manter vivo – ponderou Felipe.

– Pode ser. Mas sonhar não custa nada – ele falou.

O barulho da vela o tirou de seus devaneios. Ele correu para cima tomando o cuidado de se proteger da luz do sol. O vento voltava a soprar e Thiago sabia exatamente o que viria a seguir.

– Precisamos nos preparar! – ele gritou.

– O que está rolando? – perguntou Matheus.

– A Terra está recomeçando a girar!

– Minha nossa – gemeu Matheus.

– Ferrou! – disse Felipe.

– Precisamos nos manter firmes. A coisa vai pegar para nós agora! Essa será a nossa provação! – Thiago gritava enquanto mexia em algumas caixas.

– Furações? Tsunamis?

– Tudo isso junto, meu amigo.

– Que alguém tenha pena de nós – rezou Matheus.

O vento aumentava segundo a segundo apesar do tempo não existir mais. Thiago havia levado para cima todos os equipamentos que poderiam precisar, inclusive as velas extras. Se acontecesse o que ele estava imaginando, a coisa iria ficar feia. Ventos com velocidades inimagináveis iriam atingi-los sem dó. Ao pensar no barco virando, a imagem de Liz voltou à sua mente. Uma força do além tomou conta do seu ser. Ele precisava sobreviver.

Ondas vinham de todos os lados. O barco passou por elas de forma turbulenta. Os amigos tiveram que segurar onde podiam porque o barco começou a sacudir violentamente.

O mar mostrava toda a sua revolta. Em contrapartida, o sol brilhava no céu. A vela então começou a sentir-se sufocada, tamanho era o vento que a empurrava para trás. Thiago olhou apavorado sabendo que o mastro poderia não aguentar tamanho empuxo.

E então, ele rezou. Pediu para os anjos olharem por eles naquele momento. Pediu proteção divina para conseguirem passar ilesos pelo que viria a seguir.

De repente duas naves alienígenas se materializaram bem próximas ao barco. Uma luz branca saía de dentro de cada uma delas. O barco estava sendo envolvido por essa luz branca formando uma espécie de bolha. Matheus gritou para Thiago olhar para o mar.

O barco estava flutuando sobre o mar. As ondas gigantes passavam por eles como se não houvesse nada no caminho. De repente o barulho do vento cessou. Era como se o modo mudo da televisão tivesse sido acessado. Eles podiam ver os furacões e as ondas, mas o silêncio dentro do barco era total.

Thiago notou que estavam se movendo. Seria essa uma missão de resgate? Matheus e Felipe se juntaram ao amigo. Os três olhavam para as naves e para o mar à sua volta. Um sentimento de paz os invadiu, eles souberam que tudo ficaria bem.

Enquanto a nave os levava para algum lugar seguro (assim eles pressupunham), puderam ver do que a Terra era capaz. Nenhum ser vivo poderia escapar com vida do que presenciavam. Não sem ajuda.

Nimlot perguntou telepaticamente para onde estavam indo. Mekhu respondeu que o litoral brasileiro seria o melhor porto para os que estavam no barco.

– Para onde eles devem ir depois? –Yunet ficou curiosa.

– Para a primeira nave-cidade.

– Quantas serão neste continente? – Nimlot perguntou.

– Serão onze. Ao todo serão 30 por todo o globo – Mekhu finalizou.

A noite começou a cair quando Thiago viu terra firme. O mar, ainda revolto, não permitiu que as naves os deixassem na água. Ainda flutuavam uns 30 metros acima da superfície do mar.

–Vamos ficar aqui até quando? – Matheus perguntou.

– Até ser seguro lá embaixo – respondeu Thiago.

– Acha que nos resgataram? Ou querem nos devorar? – Matheus brincou.

– Não consegue escutar o que dizem?

– Quem? Os caras das naves?

– Quem mais.

–Você os ouve? – Matheus arregalou os olhos.

– Ouço. Na minha cabeça. Eles disseram que amanhã estaremos de volta ao mar e, depois, devemos juntar o que pudermos e seguir para uma cidade-nave que vai descer em breve.

–Você está escutando tipo telepatia? – perguntou Felipe.

– É o que parece.

– E o que são naves-cidade?

– São naves alienígenas do tamanho de cidades. Disseram que cerca de 30 vão descer em nosso planeta.

– São cidades mesmo? – Matheus perguntou.

– Eu as vi. Pense numa cidade toda branca e prata. Com pessoas vestidas com cores claras e tecidos voais. Pense num local extremamente limpo e tranquilo. Pense num local onde só músicas da natureza fazem a trilha sonora, onde as pessoas sorriem o tempo todo e são amáveis com você. Onde as pessoas realmente se importam com você – explicou Thiago enquanto olhava para o céu sonhador.

–Viu tudo isso?

–Vi sim.

– Eu quero! Onde está? – pediu Matheus.

Liz não parava de pensar no rosto de Thiago. Um homem tão lindo daquele jeito deveria ser um deus ou coisa do tipo. Ela tentava se lembrar de detalhes do seu rosto quando Cauê a chamou:

– Liz? Me ouve?

– Que susto, Cauê!

– Desculpe... – ele pediu.

– Como estão as coisas? Como está a Júlia?

– Com a Júlia está tudo bem. Mas os furacões estão cada vez mais fortes. Tenho medo de que a estrutura não aguente.

–Também estamos escutando. Não consegui nem levantar o periscópio por causa da pressão do vendaval.

– Periscópio?

– Coisas do meu pai.

–Acha que o abrigo vai suportar?

– Nós esperamos que sim. Senão... não teremos para onde fugir.

–Tenha fé, Liz. Aprendi que isso é uma coisa poderosa.

– Concordo. Cauê, já entramos na quinta dimensão?

– Meu irmão disse que ainda não. Segundo uma profecia que ele tem em mãos, a quinta dimensão só irá se instaurar quando o vento parar de castigar o planeta.

– Hum... e quando será isso?

– Não sabemos. Liz, nós conseguimos ver uma grande onda consumindo tudo lá na parte baixa. Ela não chegou até aqui... mas Ribeirão Preto não é tão alto e...

– Eu sei. Meu pai previu essa possibilidade. Temos roupas de mergulho caso seja necessário sair do abrigo a nado. E fizemos um curso básico de mergulho, lembra?

– É verdade. Liz, estão precisando de mim no comando. Da próxima vez que eu te chamar, vou tentar não assustar, ok?

– É bom mesmo! Dê um beijo em todos... e um especial para você.

– Eu te amo, Liz.

– Também te amo.

Liz contou para Beatriz e Melissa sobre a conversa com Cauê. Elas resolveram se preparar para o caso de uma fuga de emergência.

– Vamos conferir tudo – pediu Bia.

– Precisamos abrir esse barco. Podemos amarrar mantimentos nele – disse Liz enquanto lia as instruções.

– Será que ficaremos tão pouco nesse abrigo? Eu tinha me preparado para, no mínimo, quatro meses! – lembrou Mel.

– Quer ficar? Por mim... – brincou Liz.

– Não... obrigada!

O ar, a água, o fogo e a terra. Os quatro elementos interagindo entre si para encontrar novamente o equilíbrio. A terra havia sido completamente destruída pelo fogo. A água veio para sepultar os restos mortais e materiais no fundo do mar. O ar terminou o serviço varrendo as impurezas e os resquícios de uma civilização que não respeitou as leis básicas da natureza.

Thiago olhava de dentro do barco para uma terra desolada. O planeta havia finalmente reassumido o controle de si mesmo. Um espírito guerreiro em busca de uma maior harmonia com os seres aqui viventes.

Anos, senão décadas, seriam o mínimo para que o solo voltasse a ser fértil. Para que as plantas e árvores voltassem a nascer, para que as flores desabrochassem em beleza e aroma.

O mínimo para que a raça humana aprendesse a entrar em contato com a natureza. Viver um verdadeiro caso de amor com a mãe Terra. A mãe de todos nós.

Felipe se aproximou de Thiago sem querer chamar a atenção de Matheus, que estava na proa. Ele se inclinou, assim como Thiago, para se apoiar e olhar as águas do mar.

– Não sei o que está acontecendo comigo – ele começou.

– O que foi? – perguntou Thiago receoso.

– Estou vendo coisas.

– Tipo o quê?

– Cores, principalmente.

– Em torno dos nossos corpos?

– Isso.

– Não se preocupe. Não auras.

– Disso eu já sabia. Mas posso ver além delas.

– Como assim?

– Posso ver formas. Acho que podem ser pensamentos.

– Como assim? – Thiago perguntou curioso.

– Não fale nada para o Matheus, senão o cara não vai parar de me zoar – pediu Felipe.

– Tudo bem... – riu Thiago.

– Vejo formas saindo da cabeça de vocês. Vejo bichos, pessoas, plantas...

– E você acha que estão ligados aos pensamentos.

– Tenho quase certeza.

– Que barato, cara! – Thiago bateu no ombro do amigo.

– Não é esquisito?

– Um pouco, mas muito legal.

Felipe sorriu tranquilizado. A única coisa que não queria é que Matheus soubesse disso. O cara não daria paz a ele.

– Eu vi a Liz... o rosto dela saindo da sua cabeça.

– Verdade? E como ela era?

– Cabelos compridos e castanhos, lisos com ondas nas pontas. Seus olhos eram azuis e o rosto parecia de um anjo.

– É ela mesma! – disse Thiago sorrindo feito um bobo.

– Será que ela é real, cara?

– A cada dia que passa eu sinto que é. Sinto que preciso encontrá-la. Sinto que temos algo de muito importante para fazermos juntos.

– Não tem ideia do que seja?

– Não.

Matheus foi chegando abrindo um pacote de frutas secas. Thiago sorriu porque nunca havia visto o amigo chegar perto de frutas algum dia.

– Acabou a batata – ele disse tristemente.

– Acho que nunca mais vai comer uma batata como aquela – lembrou Felipe.

– Não precisa pisar! – pediu ele levando uma maçã seca à boca.

– Matheus, a partir do momento que chegarmos na nave-cidade, só vamos comer alimentos cem por cento naturais. Não haverá nada de origem animal ou produtos industrializados. Já vá se acostumando.

– Que tristeza! Nem um cheesburguer? – ele pediu com olhos tristes.

– Cala a boca! – riu Thiago.

De repente Thiago fechou os olhos e se concentrou. Uma mensagem vinha diretamente para a sua cabeça, seu centro de comunicação.

– Estamos de partida. Já é seguro descerem do barco – Mekhu falou.

– O que devemos fazer? Como vamos achar a nave-cidade?

– Ela ainda não chegou. Mas vocês terão que andar por um mês até a enxergarem. Ela é imensa.

– Por que não podem simplesmente nos levar até o local?

– Faz parte da jornada de vocês três essa caminhada. Vocês irão se libertar de todo o materialismo nesse processo. Irão se purificar. Só assim serão aceitos na nave-cidade.

– Existe algum perigo nessa caminhada?

– Sim. Não terão água e comida. Devem levar consigo. Também não haverá abrigo seguro. E devem tomar todo o cuidado possível com águas contaminadas... nunca, mas nunca bebam das águas que encontrarem.

– Obrigado. Não sei como lhe agradecer.

– Faça sua jornada. Cumpra sua missão. Essa é a forma que pode me agradecer. Adeus – despediu-se Mekhu.

Thiago abriu os olhos e seus olhos se entrecruzaram com outros dois olhos arregalados para ele.

– O que foi?

– Vão nos deixar.

Imediatamente as duas naves começaram a baixar o barco rumo às águas calmas do mar. Eles sentiram novamente o sacolejo quando as naves desapareceram no céu.

– Sinistro! – soltou Matheus.

– Estamos vivos graças a eles – disse Felipe.

– O que vamos fazer?

– Nos disseram para descer. Precisamos de mantimentos e água para um mês. Também precisamos de kit de primeiros socorros e algumas ferramentas, facas e lampiões. As lanternas não funcionam mesmo, certo?

– Já testei. Tudo queimado – disse Felipe.

– Então não se esqueçam de pegar óleo e fósforos – Thiago lembrou.

– Qual o caminho que devemos seguir?

– Ele não disse.

– Como assim?

– Acho que vamos ter que intuir – concluiu Thiago.

O vento havia cessado do lado de fora do abrigo em Ribeirão Preto. Liz subiu o periscópio e deu uma olhada em volta.

– Acabou – ela disse.

– A água não vai chegar aqui? – Mel perguntou.

– Parece que estamos a salvo dela – disse Liz abrindo um sorriso.

– Conseguimos! – Bia gritou abraçando Liz e Melissa.

– E agora? O que faremos?

– Vamos esperar mais um pouco. Depois saímos do abrigo, está bem? – Bia perguntou.

– Está bem – elas concordaram.

Em Alto Paraíso o clima era festivo. Duas pessoas receberam mensagens de que as naves-cidade já estavam a caminho da Terra.

– Uma delas pousará aqui! – Cauê contou para Júlia.

– Estamos salvos? – ela perguntou se jogando nos braços dele.

– Estamos, meu amor! – ele disse beijando-a.

As portas haviam sido abertas. Não havia mais sinais da água do mar. A destruição era completa. Nem uma simples planta havia restado. Apesar da alegria de estarem vivos, o planeta havia morrido para renascer. Era triste saber que nada da civilização que conheceram havia sobrevivido para contar a história. Nada além de algumas pessoas e poucos livros que haviam conseguido salvar.

Júlia abraçou Cauê e juntos ficaram olhando o firmamento. O sol se punha no leste o que deixou os dois e todos os outros sobreviventes boquiabertos.

O mundo havia mudado muito desde que entraram no abrigo. O sol, as estrelas, os planetas. Tudo estava fora de lugar... mas exatamente no seu devido lugar. Era estranho pensar em não ver as três Marias no lugar de sempre, por exemplo. Ou o planeta Vênus. Ou Saturno. Todos os sobreviventes pegaram colchonetes dentro do abrigo e ficaram ali, admirando o novo céu noturno. Havia muito o que se descobrir. Um novo mapa estelar para se desenhar.

Thiago, Matheus e Felipe faziam o mesmo em seu barco. Tudo estava pronto para a partida no dia seguinte. E eles ficaram ali, admirando o novo céu do planeta.

Os olhos de Thiago se fecharam. Uma brisa suave batia em seu rosto querendo carregá-lo para o mundo dos sonhos. Ele se entregou de bom grado.

Thiago estava deitado na areia da praia. Sentiu que Liz chegaria a qualquer instante.

– Oi – ela disse.

– Não via a hora de te encontrar – disse ele sentando-se.

– Estamos salvos – ela disse.

– Estamos.

– Eu não quero acordar desse sonho.

– Nem eu. Mas se você é real, eu preciso te encontrar – ele disse.

– Não sei onde estou. Não me lembro.

– Eu sei que estou em um barco. Mas não sei onde.

– Para onde está indo?

– Não me lembro – ele afirmou.

– O que faremos?

– Eu não sei. Vou pensar em você. Vou chamar o seu nome.

– Eu vou tentar te ouvir – ela disse com os olhos tristes.

– O que foi?

– Não quero te perder. Quero tanto que seja real.

– Eu sou – disse ele enquanto ela desaparecia.

O sol já incomodava os olhos de Thiago. Matheus e Felipe já estavam degustando um bom palmito em vidro no café da manhã.

– O que eu não daria por um pão! – disse Matheus.

Thiago sorriu. Ele olhou profundamente para os amigos sentindo algo que nunca havia sentido antes. Um amor tão incondicional por aqueles dois que tinha até medo de contar. O chamariam de bicha no mínimo. Mas para sua surpresa...

– Eu amo vocês – ele disse.

Os dois o olharam perplexos. Matheus largou o palmito no prato enquanto Felipe tossia para expelir o seu que havia parado na garganta.

– Eu te amo também, meu amigo! – soltou Matheus.

– Eu te amo mais que a um irmão – finalizou Felipe.

Matheus e Felipe também trocaram juras de amor quando Thiago se aproximou e abraçou os dois. Eles se olhavam e batiam uns nos ombros dos outros. Até que Matheus deu a ordem:

–Vamos parar de viadagem porque temos um longo caminho pela frente.

Os três terminaram o café da manhã para lá de esquisito e reuniram em mochilas todo o material de que precisariam. Thiago baixou o bote salva-vidas que também serviria de porta-objetos no caminho para a nave-cidade.

Eles chegaram à praia sãos e nada salvos. Os três haviam se molhado o suficiente para uma boa gripe. Eles se livraram das roupas molhadas e vestiram outras secas e leves. O dia prometia ser quente.

O bote salva-vidas era pesado, então eles resolveram dar uma de Mac Gyver instalando quatro rodinhas em baixo do bote. As rodinhas foram ideia de Felipe, que as retirou de uma mesa do barco que servia de aparador.

– Para onde?

– Ainda não sei – disse Thiago.

– Onde será que estamos?

– Não faço a menor ideia. Que tal irmos andando sem rumo? Fomos ajudados e protegidos até agora... vamos entregar nas mãos de Deus?

– Eu topo! – concordou Matheus.

– Estou dentro – disse Felipe.

Os amigos andaram o dia todo. A noite caiu trazendo com ela uma brisa fresca e muito bem-vinda. Os três colocaram blusas de manga comprida e acenderam dois lampiões. Cada um entrou em seu saco de dormir e literalmente apagaram após quase um dia todo de caminhada. Só faltavam 29 dias.

Liz estava sentada debaixo de uma árvore. Thiago se aproximou e sentou-se próximo a ela.

– Eu sei onde estamos – ela disse. – Eu me lembro.

– Onde é?

– Ribeirão Preto, interior de São Paulo.

– Eu vou te achar! Eu vou!

– Onde você está?

– Eu não sei. Fomos deixados em uma praia mas não reconheço nada. Sei que estamos no Brasil, mas é só.

– Quem está com você?

– Dois amigos. Aliás, dois irmãos.

– Estou com minha mãe e uma amiga que também é minha irmã – ela disse.

– O que mais se lembra?

– Estou em um abrigo que meu pai construiu para nós. Vamos sair amanhã.

– Vão para onde?

– Não sei. Enquanto tivermos comida e água, vamos ficar por aqui.

– Podemos marcar um encontro – ele disse.

– Como se nem sabe onde está?

– Sei que estou indo para uma nave-cidade.

– O que é uma nave-cidade?

– É uma nave extraterrestre do tamanho de uma cidade. Vai abrigar a todos os sobreviventes. Serão 30 dela em todo o mundo.

– Como posso encontrá-la?

– Não sei. Só sei que chegarei até ela daqui um mês.

– Precisa descobrir onde está. Só assim poderemos nos encontrar.

– Eu vou descobrir – disse ele aflito.

Beatriz finalmente abriu as duas portas que as separavam do mundo exterior. A porta de vidro blindado e a porta de cofre bancário. Não havia restado nada da casa da chácara. A imagem que viram foi de chocar. Não havia restado nada em lugar algum daquela planície. Era possível ver as montanhas ao longe. Não havia nada para bloquear a visão.

– Minha nossa! Não tiveram chance – disse Bia pesarosa.

– E o Joaquim e a família dele? Será que conseguiram? – lembrou Liz.

– Tomara.

Foi bom sair do abrigo e respirar o ar externo. Apesar de que perceberam ser um ar bem poluído. Não conseguiam entender o porquê, mas é como se várias pessoas estivessem fumando bem ao seu lado.

– Pelo menos o sol está bacana – disse Mel.

– Meninas, acho melhor voltarmos para dentro. Pelo menos lá o nosso ar é filtrado – chamou Bia.

Liz se lembrou do sonho que teve com Thiago. Se lembrou do que ele havia dito sobre naves-cidade. Ela queria falar com Cauê, mas não sabia como proceder. Liz fechou os olhos e imaginou Cauê na sua frente. Ela o chamou sem utilizar a voz. Só o chamou dentro da mente.

Melissa e Beatriz aguardavam ansiosas. Quando Liz disse que iria tentar, elas ficaram em polvorosa.

– Cauê?

– Cauê?

Liz não conseguia conexão. Ela respirou fundo e resolveu tentar mais uma vez.

– Cauê?

– Cauê! – ela gritou em sua mente.

– Oi... que susto! – ele disse.

– Não acredito que consegui!

– Caramba, Liz... parecia que você estava literalmente gritando no meu ouvido!

– Desculpa. Mas é que eu não estava conseguindo.

– Sabe o que é? Somos novatos nisso. E se não houver um silêncio interior de ambas as partes, a coisa não acontece. Ou se acontece, fica igual a uma linha cruzada, sabe?

– Entendi. Cauê, o que sabe sobre naves-cidade?

– Como soube? Eu ia te contar mais tarde!

– Tive um sonho.

– Hum... bom, as naves-cidade estão chegando. Elas vão pousar em vários lugares do mundo. Nós, os sobreviventes, viveremos nela até o planeta estar apto a nos receber de volta.

– Entendi. E como posso encontrar uma delas?

– Não sei. Acho que seremos chamados... o que sei é que uma delas irá pousar aqui em Alto Paraíso.

– Que fantástico!

– Pois é. Eu soube que teremos uma população de 925 pessoas. De onde elas vêm, eu não sei.

– Como estão você e a Júlia? Já se entenderam?

– Estamos bem. Como é fácil amar alguém igual a nós, não é? Feito da mesma fôrma. É natural. Não existem artifícios. Não dá para esconder nada. É puro, transparente, verdadeiro.

– Que lindo, Cauê!

– E pensar que as pessoas acreditavam que os opostos se atraem... balela! Por isso os índices de separação eram tão absurdos em nossa época.

– Também acho.

– Liz... tem algo a me contar? Está precisando de alguma ajuda?

– Não... por que pergunta?

– Sinto você ansiosa. O que é?

– Não é nada. Quero encontrar a tal nave. O ar aqui está totalmente poluído. Não podemos ficar por muito tempo fora do abrigo.

– Sério? Aqui o ar ainda está bom. Não sei por quanto tempo.

– Minha mãe está louca para saber o que estamos conversando... depois a gente se fala.

– Te amo, linda!

– Te amo também.

Liz contou tudo o que Mel e Bia queriam saber. As três ficaram conjeturando como seriam as tais naves-cidade.

De repente Liz começou a se sentir mais leve. Bia e Mel se assustaram com o que estavam sentindo. A leveza tomou conta das três. Parecia que sairiam flutuando dali.

– A quinta dimensão – disse Liz. – Está começando.

– Incrível. Parece que não tenho peso – falou Mel.

– Sinto uma paz tão grande – disse Bia fechando os olhos.

Liz começou a sentir um formigamento nas mãos. Depois, no terceiro olho. Depois ainda em todos os chacras do corpo. Seus pés também formigavam. Bia e Mel narravam a mesma coisa.

De repente a mente se expandiu. As três lembraram de sua reencarnações passadas. Estiveram juntas por mais de uma vez. As lágrimas escorriam e limpavam todas as feridas. O vazio dava espaço ao amor.

Liz ouviu a voz do seu espírito. Ele dizia que a morte do ego era iminente. A partir dali, eram só o corpo físico e o espírito tendo a alma no comando.

Ela sentiu que todos os sentimentos negativos se esvaíam por seus pés e por suas mãos entravam uma nova sorte de sentimentos. Respeito, confiança, humildade, harmonia, paz, tranquilidade e o amor incondicionais a tudo e a todos. Liz estava renovada. Bia se sentia completa. Melissa não parava de chorar após tamanho crescimento espiritual.

– Somos seres da quinta dimensão. Evoluímos. Nós conseguimos – disse Liz.

– Eu sabia que conseguiriam.

Bia e Liz pularam ao reconhecer a voz que lhes falava. Melissa sentou-se absorta.

– Pai?

– Max?

– Eu vim dizer adeus – ele disse.

– Papai? – Liz arregalou os olhos para a imagem de Max.

– Eu... sinto que posso te tocar – disse Bia.

– E pode. Agora vocês são seres mais sutis. Pode sentir a minha energia – Max estendeu o braço enquanto Bia o tocava. Ela sentiu o ar quente onde o braço dele se encontrava.

– Pai... estou tão feliz em te ver. Você salvou nossas vidas!

– Não, filha. Vocês se salvaram, eu fui só um instrumento.

– Pra onde você vai? – Bia perguntou com lágrimas nos olhos.

– Vou reencarnar em um outro planeta. Estarei na sexta dimensão.

– Vai nos deixar? – Bia perguntou.

– Apenas por ora. Vamos nos reencontrar.

– Pai, o que vai ser de nós?

– Vocês ficarão bem. Você também, Melissa... tem um lugar muito especial para você na Nova Era.

– Obrigada, Max – Mel respondeu entre sorrisos.

– Eu queria te perguntar tantas coisas... sobre o seu assassinato... – Bia tentava segurar as lágrimas que teimavam em descer descontroladamente.

– Não, querida. Tudo isso é passado, o que importa agora é o presente.

– Max...

– Bia... você foi incrível.

– Obrigada. Por tudo.

– Pai? Não vá.

– Eu preciso ir, a espiritualidade me chama.

– Eu te amo, pai – disse Liz em meio as lágrimas.

– Também te amo, minha filhotinha.

– Adeus, querido.

– Adeus, meu amor.

Após Bia tocar a face de Max, sua imagem desapareceu. Bia ficou petrificada olhando para o lugar em que ele estava. Ela sorriu e ficou feliz por ele e ficou feliz por tê-lo visto uma última vez nessa vida.

Os dias passavam e os três amigos andavam e andavam. Não viram nada nem ninguém que se movesse.

Haviam contado oito dias desde a saída do mar. O bote e as mochilas começaram a pesar mais e mais.

O sol a pino castigava os seus corpos. O suor escorria da testa de Thiago tampando-lhe a vista. Ele tirou a camiseta e a prendeu na bermuda, utilizando-a como toalha para se enxugar.

Felipe parou de repente e jogou a mochila no chão. Thiago e Matheus pararam para olhar o amigo.

– O que foi?

– Olhem aquilo! – Felipe apontava para o céu.

Os dois olharam e notaram uma espécie de portal de luz se abrindo sobre eles. O portal começou a baixar e baixar até que chegou à altura de suas cabeças. Thiago começou a sentir um formigamento por todo o seu corpo. Ele notou que Matheus e Felipe também estavam sentindo algo estranho.

Uma voz lhes falava ao pé do ouvido:

– Lembre-se de quem você é. Acorde do sonho. Lembre-se de quem você é.

A voz era doce e melodiosa. Thiago cambaleou. Matheus levou as mãos à cabeça como quem quer tirar um espírito maligno. Felipe chorava sem parar.

A experiência foi incrível. Os três acordaram algum tempo depois sentindo-se recarregados.

– O que aconteceu? – Felipe perguntou.

– Acabou-se – disse Thiago.

– O que acabou? – mexeu-se Matheus.

– Não somos mais o que éramos. Acabou.

– E o que somos, então? – Felipe perguntou interessado.

– Seres da quinta dimensão, oras – soltou Thiago sentindo-se regenerado.

– Aquilo sobre nossas cabeças era um portal, afinal? – Felipe começou a entender.

– Com certeza. Não sinto mais nada a não ser paz e amor.

– Parece um hippie falando – comentou Matheus.

– Não sente o mesmo?

– Não queria dar o braço a torcer... – riu ele. – A sensação é incrível!

A caminhada se tornou mais fácil. E eles perceberam que já não sentiam fome ou sede como antes. Sentiam-se completos.

– Nem parece que sou eu... rejeitando assim um pacote de bolachas – comentou Matheus.

– Também estou estranhando esse novo Matheus – riu Felipe.

– Já vi que fome não iremos passar – disse Thiago pensativo.

– O que foi? – perguntou Felipe.

– Já faz dez ou doze dias?

– Deixa eu ver aqui... – Felipe puxou um papel em que anotava quantas luas ele havia visto. – São onze dias.

– Temos mais dezenove dias pela frente – ele calculou.

– Vai ser moleza. Sinto uma força descomunal! – soltou Matheus batendo no peito.

– Moleza eu não sei. Mas será mais fácil do que eu imaginava – disse Thiago.

Os três continuaram andando sempre para a frente. Eles concordaram que esse seria o melhor caminho a seguir.

Há dias Thiago não sonhava com Liz. Ele estava preocupado com isso. Tinha medo de não vê-la nunca mais.

Liz sentia o mesmo, mas não queria pensar no assunto. Elas estavam arrumando alguns mantimentos dentro de duas grandes mochilas.

Iriam partir naquele exato momento em busca da nave-cidade da qual Cauê havia falado.

Melissa recebeu uma intuição sobre a localização da nave-cidade. Ela chegaria hoje e pousaria a cerca de 20 quilômetros de onde estavam.

– Para que lado? – Bia perguntou.

– Para o lado onde o sol nasce – ela afirmou.

– Ele nasce do lado contrário, certo? – pensou Bia.

– Certo.

– 20 quilômetros? Hum... podemos fazer em dois dias. Saímos agora à tarde, acampamos e amanhã estaremos lá.

– Será que vamos encontrar? – perguntou Liz.

– Eu as vi... são enormes – disse Bia.

– Onde você as viu, mãe?

– Em sonho. São lindas, meninas! Seremos muito felizes lá.

A abertura do portal para a quinta dimensão levou consigo todos os sobreviventes da Nova Era.

Em Alto Paraíso as sensações não foram diferentes. Cauê e Júlia estavam vivendo em estado de união com todo o universo.

Em Ribeirão Preto, Liz, Mel e Beatriz sentiam-se em paz. Sentiam-se parte de um todo. A plenitude trouxe aconchego e alegria para quem já tinha tudo para ser feliz: a vida.

Elas caminharam por boa parte da tarde. O sol começou a se pôr em um novo horizonte. Bia achou melhor acamparem ali mesmo.

Por onde passavam não viam nada além de sujeira e destruição. Nem uma só alma viva foi vista durante todo o trajeto.

Ficava impossível saber onde eram casas e prédios. O fogo havia consumido tudo ao seu redor. Mas Bia tinha quase certeza de que a escola de mergulho ficava por ali.

A noite caiu e uma chuva de estrelas deu um show sobre suas cabeças. Liz de vez em quando respirava com a máscara de oxigênio para relaxar os pulmões. O ar estava tão poluído como o centro de um incêndio.

– O céu está tão lindo. Mais lindo do que era antes. Temos mais estrelas agora – comentou Liz após outra tragada de oxigênio.

– Eu não sei dizer. Nunca entendi a posição das estrelas. Quando você me mostrava o escorpião, por exemplo, eu via uma batedeira! – riu Melissa.

– Para mim sempre foi muito natural. Meu pai me ensinou desde pequena sobre o céu e o universo. Acho que vem daí a minha facilidade.

– Sabe o que eu estava pensando? Isso vai acontecer de novo – disse Mel pensativa.

– O quê?

– O fim do mundo. A coisa não é cíclica? Então vai se repetir.

– É verdade. Mas dessa vez vamos deixar um legado. Vamos alertá-los da forma que pudermos.

– Tomara que esse conhecimento não se perca. Ou a tragédia que aconteceu conosco vai assolar a nova população.

– Não vamos deixar isso acontecer. Certo? – Liz estendeu a mão para Melissa.

– Certo! – Melissa bateu em sua mão em sinal de acordo.

– Meninas, vamos dormir... amanhã temos um longo dia pela frente – pediu Bia sonolenta e descabelada.

– Desculpa, mãe – pediu Liz.

Liz e Thiago estavam em um lugar estranho. Uma ponte que não levava a lugar algum. Lá embaixo um vale lindíssimo se abria para o infinito. Girassóis formavam um lindo tapete em tons de amarelo.

– Onde estamos?

– Não sei.

– Fiquei com medo de não te ver mais.

– Eu também.

– Estou a caminho da nave-cidade.

– Eu também estou.

– Será que vamos nos encontrar?

– Não sei. Mas prometo que vou te procurar até o fim da minha vida.

O sol nasceu do lado oposto e Liz acordou novamente falando o nome de Thiago. Melissa se assustou e deu um pulo da cama improvisada.

– Gente... quero conhecer esse Thiago – ela disse se espreguiçando.

– Eu falei o nome dele de novo, não é?

– Como todas as noites – ela respondeu.

– Eu sei que ele é real. Acho que estamos tendo uma conexão.

– Que lindo – brincou Mel.

– Meninas, café da manhã de acampamento! – chamou Bia.

O cheiro de café despertou Melissa. Ela coçou os olhos e pulou para tomar uma xícara fumegante de café preto.

– Eca – disse Liz.

– Não sabe o que é bom – ressaltou Melissa.

As três estavam distraídas com o café, as frutas secas e o cereal. Tanto que se assustaram ao perceber uma nave ao longe.

– A nave-cidade! – Liz levantou-se de um pulo.

– Estamos salvas – gritou Mel.

– Que alívio – suspirou Bia para si mesma.

– Estamos quase lá – disse Mel. – Só mais uns quilômetros.

– Ela é imensa! – notou Liz. – Não acredito que estamos vivendo isso.

– Graças aos céus – Bia agradeceu.

Thiago, Matheus e Felipe viram quando a nave-cidade entrou em nossa atmosfera. Ela era imensa. Os três marcaram bem a direção em que ela se dirigiu e pousou.

– Temos que seguir para lá – disse Thiago em tom urgente.

– Não tem como nos perdermos agora – disse Matheus.

– Logo a veremos... mesmo de longe – lembrou Felipe. – Ela é um monstro de grande!

– Vamos! Ainda temos muito chão pela frente – chamou Thiago.

Em Alto Paraíso a comemoração foi em dobro. A nave-cidade pousou a menos de dois quilômetros de onde estavam. Cauê e Júlia já preparavam Miguel para a curta caminhada. Por telepatia alguém disse a Cauê e a outros sobreviventes que já era chegada a hora de partirem para a nave.

– Vamos ficar lá por quanto tempo? – Miguel perguntou.

– Até a Terra se regenerar – respondeu Cauê.

– O que é regenerar? – Miguel perguntou.

Só aí Cauê se tocou que conversava com um garoto de 4 anos. Ele bagunçou os cabelos dele e disse que assim que a Terra voltasse a ter plantas e animais, eles desceriam das naves-cidade.

– Hum – o garoto respondeu. – E isso vai ser quando?

– Daqui alguns anos. Mas vai ser legal lá dentro, não se preocupe.

–Vai ter brinquedos?

– Um monte deles. E você vai fazer novos amigos também.

– Então vai ser legal – respondeu Miguel correndo na direção de uma das crianças do abrigo.

Eduardo chegou comovido e contou para Cauê que havia feito contato telepático com um dos seres da nave.

– Eles vão ficar? – Cauê perguntou.

– Alguns sim. Por um tempo. Vão ser nossos professores. Irão nos ensinar como viver em harmonia com o nosso planeta. Vamos aprender a lidar com o nosso novo cérebro expandido. Iremos também aprender a utilizar nossos novos poderes como a telepatia, por exemplo.

– Interessante. Admiro esses caras. Vão sacrificar parte de suas vidas para nos ajudar.

– Cauê, eles não estão sacrificando nada. Estão aprendendo também com esse processo. E tem mais: suas vidas devem durar cerca de dois mil anos, no mínimo! – explicou Eduardo.

– Putz! Não tinha pensado nisso!

– Imagine você viver dois mil anos? Esse tempo que irão nos doar será um pum em suas vidas! – riu Eduardo.

– Adorei a história do pum – riu Cauê.

A nave-cidade era gigantesca vista de fora. Liz imaginou quantos metros de largura e de altura ela teria. Mas não quis arriscar um chute. Provavelmente passaria longe demais da realidade.

Bia não encontrou portas do lado em que estavam. Melissa as chamou para continuarem andando. Para a surpresa das três, viram lá na frente um grupo de pessoas. Liz abriu um grande sorriso ao perceber que não haviam sido as únicas sobreviventes daquela região.

– Se uma nave-cidade pousou aqui é porque deve haver sobreviventes o bastante para ocupá-la, certo? – disse Melissa.

– Tem toda a razão – concordou Bia.

– Como será que conseguiram? – Liz estava curiosa.

– Todas deviam estar embaixo da terra, como nós – lembrou Bia. – Não havia outra forma de escaparem pelo que vimos.

As três recomeçaram a caminhar em direção ao pequeno grupo. Logo notaram que vários outros grupos surgiam de todos os lugares. Bia alegrou-se ao ver tanta gente chegando.

– Que maravilha – ela soltou.

– O milagre da vida – disse Melissa.

– A vida sempre dá um jeito, não é? – Liz falou ao dar outra tragada na máscara de oxigênio.

– Como será a vida aí dentro? – apontou Melissa.

– Não sei... mas sinto que vamos gostar – disse Bia, sonhadora.

Cerca de oitenta pessoas já se amontoavam no que parecia ser a entrada para a nave-cidade. Todas contavam histórias bem parecidas sobre como sobreviveram ao fim do mundo. Numa dessas histórias, Liz ouviu uma mulher contar que estavam fazendo compras em um shopping da cidade quando a tempestade elétrica começou. Uma turma de dezesseis pessoas correu para o subsolo do shopping e ali ficaram até o momento que ouviram o chamado.

– Vocês comeram o quê? – alguém perguntou.

– Nada. Não tínhamos fome.

– E água?

– Não tínhamos sede.

– Não acredito – alguém disse.

– Pois é. Foi algo incrível – a mulher contou.

Em outra roda, Melissa escutou sobre duas pessoas que ficaram por dez dias sem se mexer dentro de uma caixa de motor de piscina.

– Como conseguiram? – alguém exclamou.

– Mais dormíamos do que outra coisa. Não sentíamos fome ou sede. Os dias passaram que nem vimos.

– Incrível – Melissa disse.

Beatriz escutava outra das histórias. Uma moça e seu bebê de colo ficaram presos dentro do carro embaixo de uma ponte. O bebê dormiu o tempo todo enquanto a mãe cochilava e acordava durante todo o dia. Os dias passaram até que as portas do carro se abriram. Ela saiu com o seu bebê e sabia que deveria seguir para o leste de onde estavam.

As histórias dos sobreviventes eram incríveis. Na sua maioria, as pessoas não tinham se preparado para o fim do mundo. Mas o mundo tratou de salvá-las para que fizessem parte da Nova Era.

– Será que se não tivéssemos ido para o abrigo teríamos nos salvado?

– Acho que teríamos sim, Liz – disse Mel.

– Concordo. Não estaríamos aqui se não fosse o nosso direito – disse Bia.

Mais e mais pessoas chegavam de todos os cantos. Para o espanto de todos, já deveria haver ali mais de 200 pessoas reunidas. A nave tocou uma música e, de repente, uma porta se abriu.

Era uma espécie de porta-ponte que deixou parte da cidade à vista. As pessoas suspiravam com o ar adocicado que saía de dentro da nave. Seus olhos tentavam se acostumar com tamanha beleza que vinha de dentro. Liz, Bia e Melissa se abraçaram no momento em que pisaram na ponte.

– Uma ponte para uma Nova Era – disse Melissa suspirando.

– Uma nova vida – disse Bia quase que para si mesma.

As pessoas andavam devagar apreciando a beleza da nave. Do lado de fora ela era cinza-chumbo com detalhes em rosa. Do lado de dentro só se viam branco e prata para onde quer que se olhasse.

– Estou me sentindo tão bem – soltou Liz ainda caminhando pela ponte.

Assim que chegaram no topo, alguns extraterrestres estavam à espera. Eram seres lindos, muito altos, magros e com olhos realmente penetrantes. No geral eram bem parecidos com os seres humanos. A grande diferença estava em seus semblantes: tão puros que exalavam paz e amor.

– Sejam bem-vindos ao novo reino – um deles disse. – Meu nome é Ashtar Sheran. Estou aqui para lhes apresentar sua nova morada. Alguns de nós ficarão em seu auxilio. Vocês têm muito o que aprender antes de retornarem à superfície do planeta Shan (Terra). Vocês, sobreviventes, serão a sexta civilização a ocupar estas naves. Antes de vocês, outros já o fizeram. São os seus descendentes. Na quinta dimensão muitas coisas irão mudar em seus corpos e em sua vida. Tenham calma, pois há tempo para aprenderem a lidar com essas mudanças. Estaremos aqui para isso. Quando descerem desta nave serão a sexta civilização a habitar o planeta Shan (Terra). E, como tal, devem viver em plena harmonia com a natureza e com o universo. Devem viver o amor incondicional e buscar a evolução espiritual. O materialismo ficou para trás. O medo ficou para trás. Um novo leque se abre para que vocês se conectem com a fonte. Com o todo. Com Deus. Meus irmãos, vivam em paz.

Ashtar terminou o seu discurso com palmas e vivas vindos de todas as pessoas que ali se encontravam. Ele sorriu e com sua mão direita lhes deu o direito de tomar posse de sua nova casa.

Lágrimas escorriam pelo rosto de Bia. Melissa e Liz se abraçavam forte. As pessoas sorriam e choravam ao mesmo tempo. A energia do lugar era contagiante. Quando Liz vislumbrou a cidade do alto, ela arregalou os olhos e abriu a boca com tamanha beleza.

Apesar de ser uma cidade branca e prata, ela possuía fontes e canteiros com muitas flores coloridas. A cidade era toda em desníveis. De onde estavam era possível ver quase toda a cidade. A energia de paz e de amor impregnava até mesmo na pele. A vontade que sentiam era de se livrar de tudo o que não fosse natural. Roupas, sapatos, meias, pulseiras, joias...

Os seres extraterrestres aguardavam enquanto as pessoas se juntavam na praça alta. Liz viria a saber depois que essa era a maior praça da cidade.

Sem gritar ou usar megafone, um dos seres se aproximou e pediu um pouco de silêncio. Ele iria explicar como a cidade funcionava e como cada um deveria se portar.

Primeiro, um check-in seria feito. Isso para que todos conhecessem todos e para que todas as naves-cidade pudessem trocar informações.

Em segundo lugar, cada um iria ganhar um chip no dedo polegar direito. Esse chip dava acesso ao quarto e a todos os lugares que essa pessoa poderia entrar.

Em terceiro lugar, todos os objetos pessoais do antigo mundo seriam jogados fora. Nada poderia ficar. Nem fotos, nem colares, nem iPod's... nada.

Em quarto lugar as pessoas usariam roupas que já estavam em seus quartos naquele momento.

Em quinto, as pessoas iriam comer e beber apenas uma vez por semana. Ao ouvir isso, muitos se assustaram. O ser explicou que não sentiriam fome ou sede naquele lugar. Mas era necessário manter o corpo funcionando de alguma forma. Uma vez por semana seria o suficiente. Os dejetos humanos seriam excretados de forma natural em um "banheiro" público que coletava o material e despejava na superfície do planeta como adubo. O mesmo seria feito com a urina, já que esta era um incrível adubo natural.

Em sexto lugar estavam as aulas. Todos teriam aulas com os seres extraterrestres e com os seres humanos mais evoluídos. Essas aulas tinham o intuito de desenvolver os dons de cada um em particular.

Em sétimo, todos os seres ali viventes teriam uma ocupação ligada a um ou mais dons que possuíam. Ninguém trabalharia no que não gosta. E o trabalho ocupava apenas quatro horas do planeta Terra (uma nova unidade de medida do tempo). As outras horas eram divididas entre lazer e as aulas. Uma verdadeira utopia em dias passados.

Em oitavo lugar, todas as sociedades e alianças estão desfeitas. Não existem casamentos nessa Nova Era. A não ser que os seres sejam afins ou sejam almas gêmeas. Portanto, todos aqui são solteiros. Quando ouviu isso, alguém gritou ao fundo bem feliz. O ser extraterrestre sorriu com a brincadeira.

– Seres humanos... – ele disse. – Por isso os adoro tanto! – E então, ele continuou.

Em nono lugar ele descreveu o que esperava dessa nova sociedade: amor incondicional. Essa era a única regra e a única lei. Se os seres vivessem no amor incondicional, automaticamente a sociedade seria perfeita.

Depois de enumerar os requisitos básicos, algumas extraterrestres entraram na praça do alto com bandejas de chips em mãos.

Na vez de Liz ela disse o seu nome e a sua idade. Em seguida recebeu um chip no dedo polegar direito. Um ai foi a única coisa que sentiu. A extraterrestre explicou que assim que o chip entrasse em contato com seu sangue, definiria o seu quarto, suas aulas e seu trabalho. Liz achou o máximo e ficou olhando para o pontinho de sangue saindo de seu dedo.

– Isso é que é tecnologia – chegou gingando Mel.

– Isso é demais! – disse Liz lambendo o seu sangue.

– Credo! – soltou Mel.

– Por que precisam falar com a boca? – Liz perguntou interessada.

– Acho que nem todos desenvolveram a telepatia – Mel conjeturou.

– Hum... é verdade – entendeu Liz.

– E o Cauê e a Júlia? Como será que estão?

– Vivendo este mesmo momento mágico – interrompeu Bia com o dedo sangrando.

– Não vai chupar isso também, né? – Mel perguntou.

– E por que não? – Bia chupou o sangue do seu dedo.

– Putz! – bradou Mel.

– O que faremos agora? – Liz perguntou.

– Estamos livres pra explorar nossa nova morada – disse Bia entusiasmada.

– Vamos? – Liz chamou.

– Demorou! – Mel comemorou.

Em Alto Paraíso, Cauê, Júlia e Miguel já possuíam o seu chip. Eles andavam pelas ruas que pareciam feitas de pedaços de diamantes. Havia prédios altos e baixos, todos eles reluziam em branco e prata. As flores eram as maiores e mais cheirosas que Cauê já havia visto em sua breve vida.

Júlia se emocionou ao ver uma criança brincando em um chafariz. Ela pulava e rodopiava enquanto fugia da água. Cauê calculava que mais de 300 pessoas já haviam chegado ao lugar. Outras ainda eram esperadas.

– Este deve ser o paraíso de que falavam nossos ancestrais – ele contemplou.

– Sempre imaginei o paraíso dessa forma. Deve ser memória genética ou algo do tipo – ela disse.

No rosto das pessoas era possível identificar a exaltação. Em suas auras multicoloridas, a paz e o amor emanavam suaves por meio de uma energia completamente limpa.

Miguel juntou-se ao garotinho que brincava no chafariz. Eles dançaram e pularam juntos festejando o novo mundo.

– Eu me sinto cada dia mais ligada a você – Júlia disse de repente.

– Eu também sinto essa conexão aumentar. Sinto que estou libertando o Cauê e me lembrando de quem realmente sou. E quando isso acontecer, minha alma vai te reconhecer como gêmea e o nosso amor finalmente vai explodir para fora de nossos corpos.

– Por que acha que isso não aconteceu de primeira? – Júlia indagou timidamente.

– Acho que não estávamos preparados. Sentimos atração um pelo outro e depois nos apaixonamos. O amor virá assim que acordarmos do sonho. Quando dissermos adeus para Cauê e Júlia, só restarão nós mesmos. Nossas almas. Nosso espírito. Poucas serão as barreiras. Seremos muito felizes juntos.

– Mas eu senti o amor à primeira vista – ela retrucou.

– O amor humano. Não o amor de que estou falando. Esse você com certeza nunca sentiu em sua vida.

– Você anda cada dia mais profundo... – ela disse sorrindo.

– Ando tendo muitas intuições e sonhos. É como se eu conhecesse a fundo esses assuntos. Estranho, não?

– Misterioso, eu diria.

Cauê, Júlia e o molhado Miguel foram procurar os seus quartos. Miguel descobriu que ficaria com todas as crianças da nave-cidade no Alojamento da Diversão. O lugar era imenso e circular. Brinquedos de todos os tipos montavam um cenário incrível. Mas os brinquedos não eram de um material conhecido. Eles mudavam a cada instante. Sumiam. Se multiplicavam. Aumentavam. Diminuíam. Cauê ficou boquiaberto com as possibilidades.

Ao redor do Alojamento da Diversão, camas estavam espalhadas em níveis. Cauê olhou para cima e contou cinco andares. Foi aí que viu uma linda abóbada onde um sol brilhava forte. Ele imaginou que à noite esse sol e esse brilho dariam lugar às estrelas e à lua.

Miguel já estava entretido com os brinquedos quando um extraterrestre se aproximou deles.

– Seu irmão ficará bem – ele disse.

– Fico preocupada em deixá-lo sozinho – Júlia respondeu.

– Aqui as coisas serão diferentes. Deixe as preocupações terrenas lá fora. Esse anjo de luz será muito bem cuidado e pode ter certeza: nunca estará sozinho.

– Sempre tive medo dele se machucar ou de se perder. É tão difícil me desprender assim – ela comentou com o ser.

– O desprendimento é a nova realidade deste mundo. Deixe ir. Liberte-se – o ser a olhava com puro amor.

– Obrigada por suas palavras, tenho muita coisa a aprender.

– Por isso está aqui. E por isso eu me disponho a ajudá-la no que precisar. O meu nome é Akil.

– Obrigado, Akil – disse Cauê. – Posso lhe fazer uma pergunta?

– Sim. Usaremos em breve a telepatia. Não estamos fazendo no momento porque nem todos estão abertos e preparados para a mudança. Acredito que em cinco anos todos estarão aptos a praticá-la no dia a dia.

– Leu os meus pensamentos?

– Desculpe. É a força do hábito – disse Akil sorrindo para Cauê. – O sol vai se pôr em breve. Não seria prudente encontrarem os seus quartos?

– Claro! Até mais.

– Vão em paz.

Júlia deixou o Alojamento da Diversão com o coração na mão. Ela se sentia responsável por Miguel.

– As coisas mudaram, você ouviu o que o Akil disse. E Júlia, não há perigo aqui. Não deu para perceber isso?

– Eu sei. Mas me sinto totalmente responsável... eu sei que vai passar, vou me acostumar.

Enquanto andavam pela cidade, Cauê sentiu que seu lugar era ali. Um prédio alto, curvo, brilhante. Júlia sentiu o mesmo.

– É aqui – disse ele pegando em sua mão.

O hall de entrada do prédio era algo magnífico. Uma réplica da Via Láctea pairava no ar presa por absolutamente nada. Todos os astros se movimentavam. Inclusive a Terra e a lua.

– É o que está acontecendo lá no espaço agora – Júlia disse. – Que demais!

– Fantástico.

No final do hall se encontravam dois tipos de elevadores. Um para descer e um para subir. O interessante é que não havia um elevador de verdade ali. Cauê e Júlia entraram no cubículo para ver onde iriam parar. De repente começaram a subir vertiginosamente. Uma grande placa de vidro transparente os erguia prédio acima. Em um andar específico, o indefinido elevador parou. Os dois desceram e a placa de vidro se desmaterializou.

De fora era impossível enxergar dentro do prédio. Por dentro tudo era transparente. Eles podiam ver toda a nave-cidade lá de cima. Júlia e Cauê começaram a procurar seus quartos. Uma porta chamou a atenção de Cauê. Ele a tocou com o dedo polegar e a porta se abriu.

O quarto deveria ter uns 20 metros quadrados. Uma cama, uma poltrona e um quadro completavam o quarto. Uma outra porta o levava a algo que parecia um banheiro mas não era. Lá havia pendurada uma roupa de cor azul-escuro. O tecido parecia lycra mas não era. Esticava como a pele. Uma calça e uma blusa eram tudo. O estilo da roupa se parecia com Jornada nas Estrelas, a Nova Geração.

Cauê notou um tubo transparente do lado esquerdo. Ele nunca tinha visto nada parecido, mas soube no mesmo instante do que se tratava. Um lugar para purificar o seu corpo. Seria um banho do futuro. Sem água ou sabão. Como seria isso? Ele resolveu descobrir mais tarde.

Júlia estava ansiosa para conhecer o seu quarto. Eles saíram do de Cauê e continuaram no corredor. Cerca de oito portas à frente, Júlia parou.

– É esta. Eu sinto.

Júlia colocou o polegar na porta e ela se abriu. O quarto de Júlia era igual ao de Cauê com uma única diferença: sua roupa era um vestido rosa-claro em tecido voal.

– Que lindo! – ela o tocou.

– Você vai ficar linda nele – Cauê disse.

Júlia sorriu e tocou o rosto de Cauê. Os dois se beijaram longamente. Ele acariciou os seus cabelos e ela o abraçou forte. Uma nova vida começava.

Thiago estava tão cansado que nem se deu conta que estava deitado sobre um pedaço de árvore. O sono veio como um foguete e ele logo se entregou inteiramente.

Thiago se viu novamente na ponte. Mas agora ela ia para algum lugar. Ele não sabia bem para onde já que não conseguia se movimentar.

Ao longe ele a viu. Liz vestia uma espécie de macacão rosa-escuro. Ela vinha em sua direção sorrindo. Ele sentiu que seu coração iria parar de bater. Sua respiração começou a se tornar ofegante e ela pediu, com sua voz doce, que ele se acalmasse.

– Perto de você isso é impossível – ele disse.

– Eu já cheguei à nave-cidade.

– Sério? E como é?

– Incrível. Não consigo nem descrever.

– Estou longe ainda da minha. Faltam mais de quinze dias.

– Seja forte. Não desista.

– O que você anda fazendo?

– Eu sou uma curadora. E também uma excelente piloto.

– Curadora? Piloto? Não entendo.

– Descobri os meus dons. Sou uma curadora nata. Tenho grande poder nas mãos. Consigo canalizar a energia do universo e das pessoas em volta. Com essa energia, curo os enfermos.

– Que legal. Já curou alguém?

– Ainda não. Estou abrindo os canais. Não é tão simples quanto parece.

– E o lance de ser um piloto?

– Me disseram que antes... eu era piloto de naves espaciais. Isso em uma época que não me lembro.

– Outras épocas?

– Acho que vivi em outros planetas, não sei bem. E quando me sentei numa nave hoje, minhas mãos tremiam porque sabiam exatamente o que fazer para levantar voo.

– Incrível! Eu queria poder estar aí com você. Ver tudo isso. Sentir essa sua alegria.

– Também queria que estivesse aqui.

– Eu queria poder te encontrar.

– Posso tentar te guiar até aqui. Podemos tentar contato telepático.

– Já tentei. Aliás, tento o dia todo.

– Eu vou tentar assim que acordar – ela disse.

– Vou deixar o canal aberto, está bem?

Liz e Thiago ficaram se olhando por algum tempo sem nada dizer. Uma brisa suave batia em seus rostos. A imagem de ambos começou a ficar transparente até desaparecer por completo.

Liz acordou em sua nova cama. Ela era macia e muito confortável. Há tempo Liz não dormia tão bem, e o melhor: desta vez se lembrava do sonho por inteiro. Liz fechou os olhos e se concentrou. Ela usou o que aprendeu nas aulas de cura e tentou canalizar a energia do universo a seu favor. De imediato ela foi atendida.

Liz sentiu-se quente. Seu rosto pegava fogo. Ela se concentrou no rosto de Thiago e na última cena do sonho. Quase de imediato ela foi jogada para longe por entre a sujeira e a destruição do mundo. Liz pôde ver Thiago e dois amigos juntando algumas coisas para continuarem a caminhada. Os três estavam sujos e tinham os semblantes cansados. Ela tentou chamar a atenção deles, em vão.

– A imundície do mundo não vai permitir esse contato, Liz – explicou-lhe Dandara. Continue guiando o seu amigo por meio dos sonhos.

Dandara era a mestre de Liz nas aulas de cura. Além dos extraterrestres, seres humanos com o poder já arraigado poderiam ajudar e ministrar aulas para os seres em ascensão (como eles chamavam os seres que tinham o dom mas não o haviam desenvolvido ainda).

– Eu não faço ideia de onde estejam – afirmou Liz.

– O destino sabe o que faz. Se você já tem essa conexão com ele... provavelmente ele está vindo para cá.

– Você acha?

– Tenho 99% de certeza – disse ela.

Os dias passavam nas naves-cidade tão devagar que era possível fazer de tudo em um só dia.

Liz fazia aulas de cura e voo. Nas horas vagas treinava o dom de cura na central de curas.

Melissa fazia aulas de clarividência e telecinesia. No seu primeiro dia de aula já havia conseguido mover um grande espelho de mais de cem quilos. Um feito até então.

Beatriz estudava telepatia, auras e viagens astrais. Os três dons eram muito fortes e ela precisava desenvolvê-los primeiro.

Todas as pessoas possuíam todos os dons caso quisessem desenvolvê-los. Mas os principais dons herdados de Deus se desenvolviam de forma sobrenatural.

Bia descobriu que dentro em breve todas as pessoas se comunicariam por meio da telepatia. Esse era um dom natural de todos. Mas ela possuía esse dom além do normal. Ela podia entrar em contato com mundos diversos e, se estudasse bastante, poderia até se comunicar com outras dimensões.

Bia tinha como companheiro nas aulas de telepatia o novo amigo Joaquim. Ele e a família haviam sobrevivido ao fim do mundo graças ao abrigo que Max o ajudou a construir.

– É muito bom vê-lo bem – disse Beatriz.

– É muito bom estar aqui e poder viver tudo isso – ele respondeu.

Após um banho estranho de vento com cheiro de álcool, Cauê saiu para observar melhor a cidade do andar onde estava. Ele notou que a nave era completamente fechada. Uma grande abóbada transparente os deixava protegidos dos ventos, da chuva e da poluição do mundo lá fora. Ele também notou a limpeza do lugar. Não havia pó ou sujeira, algo difícil em um mundo totalmente branco.

Ele também descobriu por meio de um bate-papo com um cara chamado Arthur que os animais que foram trazidos estavam vivendo em uma outra nave. Uma nave menor que ficava dentro dessa nave.

– Essa nave é um monstro então! Onde fica essa nave menor? – Cauê perguntou.

– Parece que fica ao lado direito da nossa. Mas são interligadas. Humanos e extraterrestres cuidam para que tudo fique bem por lá.

– Eu gostaria de vê-los.

– Se o seu chip permitir... – Arthur apontou para o dedo de Cauê.

Júlia chegou e logo eles saíram para as primeiras aulas do dia. Cauê estudaria e desenvolveria sua telepatia e seu poder de ler mentes.

Júlia teria aulas de expansão da mente e de linguagem animal. Ela adorou o seu último dom.

– Ou seja, você deve ter acesso à outra nave... – ele disse cabisbaixo.

– Eu te levo lá um dia, está bem?

– Vou cobrar.

Júlia passava todos os dias pela manhã, à tarde e à noite para ver e conversar com Miguel. As crianças estudavam sobre tudo, além de brincar muito. Miguel havia se desenvolvido absurdamente no pouco tempo em que estavam na nave. Ela notou o seu amadurecimento e percebeu que ele não era mais o seu irmãozinho indefeso e inocente. Ele era uma criança desperta, cheia de interesses e vontades, cheio de energias e dons que eclodiam de dentro do seu pequenino ser. Júlia finalmente cortou o cordão umbilical. O que a ligava a ele não era mais a preocupação. E sim o amor incondicional por uma linda alma.

Júlia, após beijar o irmão quinhentas vezes, foi em direção à Nave Animal. O seu chip implantado era um dos únicos que abriam aquele portão.

Um imenso corredor surgiu à sua frente todo feito de vidro (ou qualquer coisa parecida com isso). Ela tinha a visão da superfície da Terra lá fora e pôde notar que fortes ventos carregavam montanhas de lixo para longe.

Ao chegar à Nave Animal Júlia sentiu-se em casa. Animais de todos os tipos viviam em total liberdade numa selva a céu fechado. Uma abóbada idêntica à da nave principal fechava completamente o teto da nave. Ainda assim era possível ver o céu como se nada houvesse ali.

Júlia teve sua primeira instrução ao chegar. Nas primeiras aulas seria proibido tocar nos animais selvagens. Júlia disse a si mesma que cumpriria essa regra a risca. Perder um braço poderia ser pouco nessa brincadeira.

Cauê tinha aulas sobre leitura da mente e seus pormenores. Nessa aula ele aprendeu que os pensamentos criavam imagens e essas ficavam vagando como ondas de rádio por todo o nosso planeta. Muitas dessas ondas ultrapassavam a nossa atmosfera e continuavam a viagem rumo ao infinito.

– Por isso o planeta ficou sufocado. As pessoas sentiam uma saturação do medo, da insegurança, da desconfiança. Todos os pensamentos coletivos dessa natureza se atulharam e sufocaram qualquer grito de esperança e fé – explicou Nâmbia, uma linda extraterrestre de mais de dois metros e cinquenta de altura.

Após as aulas do dia, Júlia e Cauê se encontraram na praça central. Um longo beijo os levou para bem longe dali. Um lugar onde só eles existiam.

– Eu te amo cada vez mais – ele disse.

– Eu também. E é tão bom – ela concordou.

– Temos um tempo livre, o que fazemos com ele? – Cauê perguntou, malicioso.

– Acha que podemos? Não falaram nada sobre isso.

– Eu quero muito.

– Eu também.

– Então, não há o que temer – ele disse segurando-a pelas mãos.

– Está bem. Mas só se for agora – ela pediu sorrindo.

Liz tentava em vão uma conexão com Thiago durante o dia. Ela podia vê-lo caminhando com seus dois amigos, mas não conseguia chamar a sua atenção.

– Liz?

– Cauê?

– Oi. Como estão as coisas?

– Bem. E a Júlia?

– Estamos nos entendendo. Eu diria que estamos nos abrindo.

– Que bom! Fico feliz em escutar isso.

– Tenho saudades.

– Eu também.

– Liz, sinto que está com alguma preocupação. Algo que eu possa ajudar?

– Não sei. Estou tentando fazer conexão com uma pessoa que está fora da nave. Mas não consigo. Eu chego até ele em viagem astral, mas não consigo fazer com que me ouça.

– Eu posso tentar ajudar, Liz. Estou ficando bom nisso.

– Você não o conhece. Como vai conseguir?

– Posso entrar na sua mente, mostre o rosto dele e me dê o seu nome.

Cauê se concentrou e conseguiu captar a imagem do tal Thiago. No momento em que o viu notou algo estranho dentro de Liz. Angústia era a palavra.

– Está angustiada por causa dele?

– Estou. Não sei onde ele está.

– Não pode se sentir assim. Precisa elevar os seus sentimentos! – Cauê pediu.

– Encontre ele para mim, está bem? Tente descobrir onde ele está. E, se possível, tente trazê-lo para cá – ela pediu de forma angustiada.

– Liz, não deixe sua vibração cair desse jeito. Pode ser fatal neste mundo!

– Eu sei... vou me concentrar. Desculpe por isso.

Cauê imediatamente tentou fazer conexão com Thiago. O mundo ainda denso lá fora dificultava as coisas. Os entulhos, a sujeira e os restos mortais de pessoas, animais e plantas não deixavam a energia fluir de maneira contínua.

Demorou um pouco até Cauê conseguir localizar Thiago e seus amigos. Ele chamou por Thiago, porém nada aconteceu. Cauê continuou chamando por ele até que resolveu desistir.

– Liz, é impossível mantermos contato com ele. Talvez os seres extraterrestres consigam – ele disse.

– Vou tentar falar com alguém. Obrigada – disse ela cortando a conexão com Cauê.

Liz procurou alguém que pudesse ajudá-la. Tentou localizar Beatriz no meio de 832 pessoas. Lá estava ela, na praça alta.

– Mãe, preciso que me ajude.

– O que foi, querida? Está tensa?

– Tensa não é a palavra. Angustiada seria mais apropriado.

– Liz! Não deve se sentir assim! Não pode se permitir – Bia começou a ficar tensa por Liz.

– Mãe, preciso falar com ele. Em sonho as coisas são muito surreais. Preciso de uma conexão ao vivo, sabe?

– Está falando do Thiago? Filha, você nem sabe se ele é real.

– Ele é real. Eu o vi em viagem astral.

– Você está fazendo viagem astral? Liz, isso é perigoso.

– Eu sei. Mas quando me concentrei nele o meu espírito saiu do meu corpo e foi ao encontro dele em algum lugar aí fora.

– Não faça mais isso. Não se arrisque dessa forma. Você pode não conseguir voltar por alguma razão.

– Tudo bem. Mas, você vai me ajudar?

– Eu ainda não tenho conhecimento ou poderes para isso. Vamos falar com um dos nossos irmãos extra, está bem?

Irmãos extra foi o apelido dado por Melissa aos irmãos extraterrestres. E como ela dava apelidos a tudo e adorava inventar novas palavras, irmãos extra pegou rapidinho. Logo Bia e Liz já usavam o apelido também.

– Beleza – ela disse temendo pela resposta deles.

Jingut era uma extraterrestre de cerca de dois metros e quinze de altura, magra, com olhos castanhos profundos e uma pele que reluzia como ouro. Ela atendeu Liz e Beatriz prontamente.

– Eu queria lhe dizer onde estamos e como ele pode chegar até aqui – começou Liz.

Jingut tinha olhos sábios. Olhos antigos que já viram de tudo nos mais de mil anos de sua existência.

– Não pode simplesmente lhe dizer o caminho, Liz. Não é assim que funciona. Se ele está lá fora, algum motivo existe.

– Mas sinto que correm perigo.

– Por isso está angustiada?

– Sim.

– Pois não fique. O que deve ser, será. Para que sofrer antes? E se pensar bem, para que sofrer depois se já aconteceu?

– Eu sei que deve ser estranho para você – disse Liz.

– Escute: deixe as coisas acontecerem no seu devido tempo. Não interfira mais. Não vá até ele.

– Nem em sonhos?

– Os sonhos não são perigosos. Mas tome cuidado com o que diz. Não interfira em sua jornada. Ela é pessoal e intransferível, consegue entender isso?

– Sim.

– Pois bem. Tenha fé e entregue ao universo – ela finalizou com um ar amigável e sincero.

Liz e Beatriz ficaram sentadas por um tempo em um dos bancos de pedra polida da praça alta. Beatriz continuava preocupada com Liz e sua angústia em encontrar Thiago.

– Não fique assim. Se o destino de vocês tiver que se cruzar, ele encontrará o caminho.

– Eu não disse que ele existia?

– Eu tinha quase certeza disso. Duvidei apenas nos momentos racionais.

– Mãe, eu sinto que ele corre perigo. Não sei dizer o que é.

– Liz, relaxe. Esse tipo de sentimento só atrai situações que sustentem isso. Pare de pensar e ocupe sua mente. Promete?

– Prometo, mãe.

– E nada de viagens astrais. Não sem aulas antes, está bem?

– Beleza, mãe – disse ela já cansada de tanto prometer coisas.

O dia andou devagar como sempre dentro da nave-cidade. Liz havia feito aulas de simulação de voo. As aulas precisavam de muita atenção. A maior parte da nave era guiada pela mente. Liz se esforçou para esquecer Thiago por aqueles momentos.

Um irmão extra se aproximou de Liz e tocou em seu ombro. Ele não era tão alto quanto os outros mas, mesmo assim, tinha mais de dois metros de altura. Seus olhos eram de cor lilás e o rosto de linhas retas e pontudas. A cor da pele variava conforme o ângulo de visão. Seu nome era Vignon.

– É bom encontrar uma velha amiga – Vignon disse.

– Eu?

– Pois é. Pilotávamos na mesma frota.

– Quando foi isso?

– Antes de você optar por ajudar a humanidade.

Liz ficou boquiaberta com o que ouviu de Vignon. De repente sentiu uma necessidade de saber mais sobre o que ele dizia.

– Pode me contar mais sobre isso?

– Acho que não haverá problema. Você não vai se lembrar mesmo – Vignon sorriu.

– De que planeta você é?

– Sou do planeta Strandivus. Aliás, você também descende de lá. Somos uma raça que vive na quinta dimensão.

– Onde fica esse planeta?

– A dois universos de distância.

– Dois? Universos? – Liz arregalou os olhos para Vignon.

– Desculpe. É muito para a cabeça humana entender.

– Com certeza.

– Qual o seu nome humano? – ele perguntou.

– É Liz.

– O meu é Vignon.

– Quando me conheceu, eu tinha um outro nome? Um nome que não fosse humano?

– Sim. Princesa Árion.

– Eu era uma princesa?

– Não como aqui na Terra. Existem várias princesas na quinta dimensão. Cada uma em um planeta. Elas são pessoas comuns. O único mérito é que são filhas ou filhos, no caso dos príncipes, de seres de luz.

– Como é?

– Não tente entender. Acredite... é melhor assim. Um dia, você se lembrará de quem é. Mas não como ser humano. É humanamente impossível – disse Vignon.

–Você me conheceu assim? Do jeito que estou te vendo? Ou você reencarnou de novo e...

– Sou o mesmo. Tenho três mil e trezentos anos de idade. Quando resolveu vir para cá você tinha mil e oitocentos anos.

– Hum... – Liz não conseguia acreditar no que ouvia.

– Você sempre foi a melhor piloto com quem já trabalhei. Suas habilidades são incríveis. Por isso, não desista das aulas. Logo o planeta Shan irá entrar em definitivo para a Confederação dos Planetas. Os pilotos são sempre os que saem ganhando com isso.

– Estou abismada com tudo o que está me contando. Eu sei que é verdade, mas meu cérebro teima em me dizer que é tudo uma bobagem.

– Cérebros humanos são assim mesmo. Até eles se darem conta da verdade, dão um trabalhão! – Vignon afirmou.

– Por que vim para a Terra, Vignon?

– Nós chamamos a Terra de planeta Shan... Bem, você veio para cá porque queria entender os aspectos psicológicos que geram o medo, principalmente. Queria compreender como os seres humanos podem conviver com coisas como o ego e o superego. Queria ter a sensação de viver em um mundo mergulhado no caos e na descrença. Você simplesmente não entendia como uma pessoa podia duvidar da sua eternidade.

– Por isso eu vim?

– Também. Mas o ponto decisivo foi quando soubemos que o planeta Shan passaria para a quinta dimensão. Você recebeu uma missão e a aceitou de bom grado. Quis vir para cá e ajudar no que fosse possível. Você encarnou nesse planeta por quatro vezes, se não me engano. E nas quatro você fez a diferença.

– Essa é a quarta?

– Exato.

– E se eu quiser voltar ao nosso planeta? Como funciona?

– Seu corpo está lá. Numa espécie de vácuo. Desculpe mas não entenderia o funcionamento desse sistema.

– Meu corpo físico está lá?

– Sim. Esperando por seu espírito. Quando quiser voltar é só você deixar o corpo humano e acordar em Strandivus – Universo 5.

– Isso parece papo de loucos! – riu ela.

– Princesa Árion... loucos não existem. O que existem são pessoas despertas.

– Concordo. Mas, me chame de Liz, está bem?

– Liz. É um bonito nome – Vignon comentou.

Liz encontrou-se com Bia e Mel na praça central. Hoje era o dia da refeição semanal. Liz não sentia um pingo de fome, mas lhe disseram que todos precisariam comer para manter as mínimas funções corporais.

Em meio a castanhas, nozes, frutas e um delicioso caldo quente, Liz contou a Beatriz e Melissa sobre a conversa com Vignon.

– Liz, você me surpreende a cada dia – disse Bia.

– O que é a Confederação dos Planetas? – Mel se interessou.

– Não perguntei, mas sei do que se trata. Não sei como... mas simplesmente sei.

– E...? – Mel pediu ansiosa.

– A Confederação dos Planetas é como um governo universal. Possui líderes que tomam decisões e representam os moradores dos planetas que fazem parte da tal Confederação.

– Hum... interessante. E a Terra vai fazer parte dessa Confederação?

– Foi o que Vignon disse.

– Isso está parecendo filme de ficção científica! – soltou Mel mordendo um pedaço de maçã.

– Você só podia mesmo ser uma princesa – disse Bia acariciando o rosto da filha.

– Para, mãe... – disse ela envergonhada.

– Ah, consegui conexão com o Henri hoje! – disse Bia sorrindo.

– Ele conseguiu? – sorriu Liz de imediato.

– Pois é. Mas só conseguiram chegar à nave-cidade porque foram resgatados. Ele disse que uma nova era do gelo começou por lá.

– Brincou? – disse Mel arregalando os olhos.

– Pois é – disse Bia pesarosa. – Mas ele conseguiu! Isso é o que importa.

– Que máximo – Liz relaxou.

– Já descobriu o paradeiro do Thiago? – Melissa perguntou com a boca cheia de maçã.

– Ainda não. Mas resolvi relaxar e entregar para o universo – ela respondeu pensativa.

Thiago andava em direção à nave-cidade, porém parecia não sair do lugar. Quanto mais esforço faziam, mais parecia inútil.

– Não vamos chegar nunca? – Matheus perguntou ofegante.

– Minha energia está se esvaindo – comentou Felipe.

– Temos que continuar – Thiago pediu.

Um grande morro bloqueava o caminho à frente. E eles não tinham mais forças para enfrentar algo tão gigantesco.

– Vamos parar... por favor! – pediu Matheus. – Precisamos recuperar nossas forças.

– Tudo bem. Vamos parar por hoje – concordou Thiago.

– Graças a Deus – Felipe soltou aliviado.

Assim que armaram acampamento, Felipe ficou responsável pelo jantar do dia: ensopado de nada com palmito.

– Que bom que estou sem fome – disse Matheus ao olhar dentro da panela.

Thiago sentou-se e pegou uma pedra do chão. Ele a olhou por um longo tempo. Depois a jogou para cima e a pegou. Jogou de uma mão para a outra e depois a rolou. Ele pensava em Liz. Seu peito arfava à sua imagem. Um arrepio tomava conta de todo o seu corpo.

– Pensando nela? – Matheus perguntou.

– O quê? – acordou Thiago absorto.

– Em Liz?

– Como adivinhou?

– Não preciso ser adivinho. Sempre que pensa nela você brilha cor-de-rosa.

– Mentira! – disse Thiago sorrindo.

– Verdade, não é Felipe?

– Pode crer! – Felipe gritou da "cozinha".

– Acho que vai encontrá-la – animou Matheus.

– Você acha?

– Com certeza. Principalmente se ela tiver uma amiga!

– Seu pegador! – Thiago jogou a pedra em Matheus.

Após o jantar de nada com palmito, Thiago deitou-se e tentou relaxar. Ele queria sonhar com Liz e pediu isso aos céus. Seus olhos começaram a serrar até que ele dormiu.

Thiago gritava do fundo de um buraco para que alguém lhe socorresse. Ele tinha um buraco no peito e o coração parava de bater. Uma luz muito forte surgiu por cima de sua cabeça. Ele recuou e levou as mãos sobre os olhos para proteger-se da claridade.

– Você precisa morrer para renascer – uma voz que parecia vinda do fundo de uma caverna lhe falou.

– Quem está falando? – ele perguntou.

– Precisa morrer. E então, renascerá pronto para assumir sua missão. Reinará por cem anos neste planeta. E depois, seu filho reinará por dois mil anos.

– Eu não tenho filho.

– Mas terá.

– Vou viver cem anos?

– Muito mais. Mas passará o seu reino para quem é de direito.

– Vou reinar o mundo, é isso?

– Sim. Será coroado rei do planeta Shan. Através de você, um novo mundo surgirá. Para isso, precisa morrer.

– E renascer. Você já disse isso.

– Seu destino já está traçado. Você o escolheu. Não temas.

– Eu vou encontrá-la?

– Peça que ela lhe salve. Só o amor vai poder salvá-lo.

A voz de caverna profunda se calou. Thiago de repente estava em um lindo tapete de flores. Uma criança de cerca de 5 anos corria em volta dele sorrindo e brincando.

– Papai? Você vem brincar comigo? – o menino pedia.

– Quer brincar do quê?

– De ser feliz! – respondeu o menino.

– Eu adoraria brincar disso.

– Então venha! – o menino puxou Thiago.

Eles correram contra o vento morro acima. O menino era veloz e olhava para trás sorrindo para Thiago. Os dois chegaram ao cume e Liz estava lá. Seu vestido azul de voal dançava conforme o vento.

– Mamãe? Vamos brincar de ser feliz? – o menino disse.

– Eu adoraria – ela respondeu.

Liz e Thiago se aproximaram enquanto o lindo menino dançava em torno deles. Flores brotavam sem parar de todos os lugares. Thiago tocou sua face e ela fechou os olhos sentindo o coração bater mais forte.

Ele se aproximou do seu rosto e sussurrou em seu ouvido:

– Eu vou te encontrar.

– Estou esperando – ela disse também sussurrando.

Cauê e Júlia haviam tido a primeira experiência extrassensorial relacionada ao sexo. O amor e o prazer eram tanto que os dois dormiram por quase um dia.

Depois da conversa com Liz, Cauê resolveu manter as antenas ligadas. Ele tinha medo que ela entrasse em algum estado depressivo.

– Mas quem é Thiago? – Júlia perguntou.

– Ela não o conhece. Mas no seu subconsciente ele existe.

– Que coisa estranha!

– Ela estava mal, e já alertei a Bia e a Mel. Vão ficar de olho nela.

– Queria poder me comunicar. Mas ainda não consegui uma conexão.

– Sua vocação são os bichos! – ele disse beijando-a.

– Acredita que me comuniquei com o leão hoje cedo?

– E aí?

– Ele me disse que está feliz aqui. E que em breve uma leoa vai aparecer em nossos domínios.

– Sério? Como ele sabe?

– Telepatia, oras!

– Ele a encontrou e a chamou?

– Dá pra acreditar?

– A cada dia que passa eu adoro mais este lugar – riu Cauê.

Júlia se despediu e foi para a segunda aula de linguagem animal. Agora ela tentaria contato telepático com o rinoceronte mal-humorado.

Ainda na trilha para a nave-cidade, Thiago, Matheus e Felipe subiam o morro lentamente. Ele se mostrava mais íngreme do que imaginaram. Felipe foi o primeiro a sucumbir. Ele sentou-se para tentar respirar melhor, o ar não estava grande coisa, o que dificultou e muito a sua tentativa de recuperação.

– Precisamos continuar. Vamos dar uma parada de dez minutos, está bem? – Thiago dizia enquanto batia no ombro do amigo – Acha que consegue?

– Dez minutos estão de bom tamanho – respondeu ele ofegante.

– Pense no seguinte. Depois do cume é só descida. E para baixo todo o santo ajuda! – brincou Matheus.

– É só no que estou pensando – disse Felipe ainda ofegando.

– Tive um sonho estranho essa noite – lembrou Thiago. – Alguém me dizia que eu teria de morrer para renascer.

– Credo! Isola! – disse Matheus fazendo o sinal da cruz.

– Você fazendo o sinal da cruz? Nunca pensei em ver isso algum dia – disse Thiago incrédulo.

– Para você ver. A única constante no universo é a mudança – soltou Matheus.

– Quem diria, não? – sorriu Felipe já recuperado.

– Gente, eu sempre acreditei. Só não dava o braço a torcer – contou Matheus.

– Que bobagem – disse Thiago. – Bom, vamos continuar?

– Fazer o quê? Só espero que nessa nave tenha uma boa cama e um bom chuveiro! – pediu Felipe.

– E mulheres, não é? E quem sabe uma festa open bar... – começou Matheus.

– Cala a boca, Matheus! – os outros dois disseram em uníssono.

O cume foi conquistado vinte minutos depois. O sol já vinha

baixando no céu. Lá do alto a nave era incrivelmente grande. Eles imaginaram como seria olhando de perto.

– Mais dois dias de viagem? – Matheus perguntou.

– Acho que sim. Estamos quase lá – disse Thiago eufórico.

– Deus é pai – soltou Felipe cansado.

– Vamos acampar aqui? – Matheus perguntou.

– É melhor. Não vamos conseguir descer antes do pôr do sol – respondeu Thiago.

– Amigos, nem que quisessem eu sairia daqui agora – Felipe já estava deitado apoiando a cabeça em sua mochila. Ele balançava as pernas para lá e para cá.

– Você é uma figura – Matheus soltou para Felipe.

Após o jantar, que se resumiu a uma lata de pêssegos em calda, Thiago virou-se de lado e fechou os olhos. Logo ele estava dormindo.

Um raivoso lobo negro o aguardava do outro lado da montanha. Ele tinha enormes buracos entre os pelos e os dentes pontiagudos apontavam para Thiago. Ele tentou correr, mas não conseguiu se mover. O lobo avançava feroz enquanto Thiago gritava por ajuda. E então, o lobo o atacou. Thiago tentou se livrar da boca do lobo enquanto procurava algo em volta com que pudesse lutar. Ele viu uma estaca de madeira ao longe. A estaca, em tempos remotos, deveria ter pertencido à cerca de uma casa ou coisa parecida. Era possível ver resquícios de tinta branca onde a destruição não havia apagado.

Thiago lutava com o lobo enquanto tentava se arrastar em busca da estaca. Ele conseguiu chutar o lobo para longe e quando se levantou para pegá-la, ele o atacou novamente. Thiago cambaleou e caiu em cima da estaca. Seu coração sangrava enquanto sua vida se esvaía.

Thiago acordou todo suado e ofegante. Felipe e Matheus o olhavam assustados.

– Pesadelo? – Felipe perguntou.

– Foi.

– O que foi dessa vez?

– Um lobo.

– Hum... o que ele queria? – Matheus perguntou.

– Me jantar – Thiago disse cabisbaixo.

– Foi só um sonho ruim – disse Felipe.

– Tomara que sim – Thiago deitou-se novamente e ouviu os amigos fazendo o mesmo. A lua ainda brilhava no céu e ele precisava descansar para a longa caminhada do dia seguinte.

Liz apareceu correndo, perguntando o porquê da demora. Ela estava há horas esperando por ele.

– Não sei o que me atrasou – ele disse.

– Já sabe onde está?

– Não. Só sei que a nave-cidade está a dois dias de distância.

– Talvez seja onde eu esteja. Sinto que pode ser.

– Também sinto isso, mas não quero pensar. Não agora.

O sol já raiava no céu. Matheus sacudiu Thiago para que retomassem a caminhada. Ele levantou relutante e de muito mau humor.

– Que foi? A Liz não apareceu para te dar um beijinho? – brincou Matheus.

– Cala a boca, Matheus!

– Deixa o cara – pediu Felipe.

– Hum... pelo visto a sua namorada também não apareceu, não é? – disse ele correndo de Felipe.

– Vem cá, seu palhaço! – bradava Felipe.

A descida do cume foi bem mais tranquila. Em menos de duas horas eles já estavam novamente na trilha para a nave.

– Nesse ritmo devemos chegar amanhã – calculou Felipe.

– Se não pararmos muito, acho que sim – disse Thiago.

O sol castigava os três e o ar poluído não ajudava muito. A sorte é que não sentiam fome ou sede.

A camisa de Thiago estava empapada de suor quando ele resolveu tirá-la. Seu tórax musculoso se contraiu ao ver o que iriam enfrentar.

– Parem! – ele tentou falar o mais baixo que pôde.

Os dois amigos olharam para ele e depois na direção em que apontava. Logo a frente, um lobo faminto babava e mostrava os dentes. Ele rosnava ferozmente enquanto estudava cada um dos três.

Matheus começou a sair para o lado direito e Felipe para o lado esquerdo. Thiago ficou imóvel lembrando-se do sonho que teve. Ele não conseguia pensar no que fazer.

O lobo começou a avançar. Seus olhos se fixaram em Thiago. O rosnado ia ficando mais alto conforme a fome o esmurrava o estômago. O lobo faminto caminhava lentamente.

As pernas de Thiago não colaboravam. Ele simplesmente não conseguia sair do lugar. Matheus e Felipe já estavam a certa distância. Ele se tranquilizou em perceber que seriam só ele e o lobo. Os amigos estavam em segurança.

De repente o lobo disparou na direção de Thiago. Suas pernas finalmente se moveram e ele saiu correndo em disparada. Ainda teve tempo de olhar para trás quando o lobo o atacou pelas costas. Thiago rolou com o animal até caírem em uma grande cratera.

Matheus e Felipe gritavam ao longe. Eles correram o mais rápido que puderam em direção ao amigo.

Um grito agudo de dor cortou o ar e despedaçou o coração dos amigos. Thiago havia se ferido.

Quando chegaram à boca da cratera viram que Thiago e o lobo haviam sido atravessados por uma estaca de madeira. Felipe caiu de joelhos quando viu a cena. Matheus gritava para que o amigo se mantivesse acordado.

– O que vamos fazer? – gritava Felipe. – Socorro! Socorro!

– Thiago! Não durma! Abra os olhos – pedia Matheus.

– Pelo amor de Deus! O que vamos fazer? – gritava Felipe.

Thiago notou que o lobo havia desfalecido em cima de seu peito. Thiago respirava com dificuldade e sentia que o seu coração iria parar a qualquer momento.

– Felipe! Olhe para mim, cara! Escute!

– O que foi? – ele tentava enxergar através das lágrimas.

– Precisa ir até a nave. Precisa chamar ajuda!

– Ele não vai aguentar até lá. Tem de haver outra forma.

– Temos uma corda, não temos? – disse Matheus em tom de urgência.

– Temos! Espere aí – Felipe revirou as mochilas até encontrar – Aqui!

Os dois correram para a boca da cratera e Felipe se amarrou na corda. Matheus o segurava firmemente e então ele começou a descida devagar para que nada desmoronasse em cima de Thiago.

– Já estou chegando, amigo, fique comigo! – Felipe gritava.

Thiago gemia de dor. A cada respiração ele sentia seus pulmões queimarem. A cada batida do coração ele sentia a vida indo embora.

Felipe chegou até o local onde Thiago e o lobo haviam caído. O lobo estava definitivamente morto em cima de Thiago. Felipe examinou o problema e notou que se tirasse Thiago dali, ele poderia morrer.

– Não posso mexer nele – gritou para Matheus. – Se a estaca se mover, posso matá-lo na hora.

– Não podemos deixá-lo aí, temos que tentar! – gritava de volta Matheus.

Felipe chegou mais perto e viu o tamanho do estrago. Era uma pena ter cursado só oito meses de medicina. Ele não saberia nem por onde começar.

– Não posso te mover, Thiago – ele disse.

– Eu sei – disse ele gemendo.

– Não sei o que fazer – Felipe soluçava.

– Liz... chame por ela. Estou fraco demais par... – ele parou na metade da frase.

– Não fale mais – Felipe pediu enxugando as lágrimas. – Matheus? – ele gritou.

– O que foi?

– Vamos nos concentrar em Liz. Chame pelo nome dela!

– Tá maluco? Temos que tirar o Thiago daí! – bradou ele.

Felipe se levantou e gritou para Matheus lá em cima:

– Se eu movimentá-lo, ele morre! Que parte você não entendeu? – enervou-se Felipe.

– O que essa Liz vai poder fazer? Isso se ela realmente existir!

– Não importa. É a única coisa que podemos fazer por ele. Eu não dou mais de uma hora – as lágrimas voltaram a escorrer do rosto de Felipe.

Matheus sentou-se na borda da cratera. Ele olhava a cena tentando pensar em alguma saída para aquilo. Felipe voltou-se para Thiago colocando a mão sobre sua testa.

– Você vai ficar bem – disse ele.

– Você mente mal – disse Thiago entre gemidos.

– Eu vou chamar a Liz – disse ele por fim.

Felipe fechou os olhos e se concentrou. Ele se lembrava da descrição que Thiago fez uma noite e lembrou da imagem que tinha visto sair da cabeça dele. Felipe tentaria se concentrar nessa figura.

– Liz? – ele chamou.

– Liz?

Matheus lá de cima ouviu o amigo recitando o nome de Liz. O que mais poderia fazer se Thiago estava mesmo condenado? Ele se juntou a Felipe e começou a chamar por Liz em voz alta.

A abóbada estava toda estrelada nessa noite. Estrelas que Liz não conseguiu identificar. Ela sentia um aperto em seu coração, mas não sabia por quê. Estaria Thiago em perigo? O que estaria acontecendo lá fora?

Ela fechou os olhos e tentou se lembrar do rosto dele. A imagem que se formou era tão nítida que parecia real. Melissa começou a rir ao seu lado.

– Pensando no amado? – ela perguntou.

– Em quem mais...

– Não vejo a hora de conhecê-lo. Aliás, você disse que ele tem dois amigos, certo?

– Hum... onde quer chegar?

– São bonitos?

– Não sei! Sua boba! – Liz sorriu pela primeira vez no dia.

De algum lugar de onde estavam, Liz pôde ouvir chamar o seu nome. Ela olhou para todos os lados, mas não havia ninguém chamando.

– Você ouviu?

– O quê?

– Alguém me chamar?

– Não.

– Escute! De novo!

– Não tem ninguém aqui por perto.

– Telepatia! – ela se tocou.

– Cauê?

– Não... são duas pessoas. Não as reconheço – Liz fechou os olhos para tentar responder a essas pessoas. – Sim! Estou ouvindo vocês – foi o que ela disse.

– Liz? Que bom que me ouve. Escute com atenção. Thiago foi ferido mortalmente. Estamos em algum lugar próximo a uma nave-cidade. Podemos vê-la daqui. Estamos a um dia de distância.

Liz arregalou os olhos e seu rosto resplendia pânico. Mel notou que algo não ia bem.

– O que foi, Liz?

– Thiago foi ferido. Ele está em algum lugar perto de uma nave-cidade. O que faremos? – ela falava desesperadamente.

– Vamos para o posto de comando! Precisamos de ajuda! – gritou Melissa já correndo com Liz em sua cola.

A voz na cabeça de Liz ainda falava:

– Liz, ele está morrendo. Não há nada que eu possa fazer. Você precisa correr.

– Não deixe ele morrer! – ela gritava. – Diga que ele está proibido de morrer!

No posto de comando, os irmãos extra já sabiam o que estava acontecendo. Vignon puxou Liz e Mel para um canto:

– Vocês vão comigo em minha nave. Nós interceptamos a mensagem, pois algo forte assim não passa despercebido por nós – Vignon explicou.

– Você sabe onde estão? – ela perguntou em tom de desespero.

– Temos uma vaga ideia. Vamos!

Logo três naves haviam decolado de dentro da nave-cidade. Liz estava tão descontrolada que Melissa assumiu o posto de copiloto.

– Eu nunca fiz isso na vida! – disse ela em pânico para Vignon.

– Não se preocupe. Isso é como andar de bicicleta. A gente nunca esquece.

– Do que está falando?

– Foi copiloto de Liz boa parte da sua vida – Vignon respondeu.

Melissa ficou olhando boquiaberta para Vignon e para a nave. Então ela também não descendia do planeta Terra. Melissa sentiu a ficha cair. Talvez fosse por isso que se sentia tão desconectada do mundo onde vivia. Talvez por isso a achassem tão estranha e diferente. E isso explicaria a ligação tão forte dela com Liz. Amigas de longa data.

– E põe longa nisso! – comentou Vignon lendo os pensamentos de Mel.

– Não faça isso. Só se eu permitir! – ela bradou.

– Desculpe. É a força do hábito – ele respondeu.

– Parem de falar, por favor. Vou começar a gritar – Liz dizia da cadeira de trás da nave.

– Se acalma, amiga! Nós vamos salvá-lo – Melissa afirmou.

– Estou vendo luz ali! É um sinalizador! Ah, garotos espertos – comemorou Vignon.

Ao perceber que iria encontrar Thiago pela primeira vez, Liz quase vomitou. Sua visão ficou turva e sua pressão parecia ter caído no pé.

– Liz? Vai desmaiar? – gritou Mel. – Não faça isso!

– Estou bem... estou bem... só tenho medo do que vou encontrar.

– Não sinta isso. O medo não existe mais – disse Vignon sério.

– Desculpe! Estou nervosa.

– Liz... estou aqui com você. Vai dar tudo certo – disse Mel segurando as mãos de Liz.

A nave pousou e a ponte se abriu. A noite havia enterrado de vez a cratera na escuridão. Matheus gritava e gesticulava alguma coisa que nenhum deles conseguiu entender. Felipe escutou da boca de Matheus que a ajuda finalmente havia chegado.

–Você vai ficar bem. Não feche os olhos – Felipe dizia segurando um lampião.

Liz, Mel e Vignon correram para a boca da cratera. Agora sim podiam entender o que Matheus dizia:

– Ele está lá! Tem uma estaca atravessada em seu corpo.

Liz sentiu que iria desmaiar. Melissa a segurou e pediu que a amiga tivesse força e coragem para ajudá-lo. Imediatamente Vignon fechou os olhos e chamou por mais ajuda. As outras naves atenderam de imediato o piloto da Confederação.

– Liz, você vai ter que descer até lá. Pelo que vi daqui ele não pode ser movido – explicou Vignon.

– Eu não sei como posso ajudá-lo – disse ela em meio a lágrimas.

– Como não? Além de um piloto excepcional, você também é uma curadora fantástica! Não lhe disseram isso?

– Me disseram que esse é o meu maior dom.

– Eu te garanto que vai saber o que fazer. Você precisa descer lá. Ele tem pouco tempo, Liz. Posso sentir isso.

–Vai, amiga – Mel implorou. – Sei que vai conseguir.

– Mel, consegue descê-la? Sinto que tem o dom da telecinesia – Vignon perguntou.

– Nunca tentei com uma pessoa – ela disse.

– Essa é a sua chance.

Melissa se concentrou e, antes que Liz dissesse qualquer coisa, ela já estava no ar. Com a ajuda de Vignon, Mel foi direcionando Liz no ar até que ela tocou os pés no solo dentro da cratera. Com a luz tremeluzente do lampião ela finalmente pôde ver o rosto de Thiago.

Liz se aproximou com lágrimas nos olhos. Ele era mais lindo do que nos sonhos. Seu corpo todo se arrepiou ao tocar a pele do seu rosto. Ela era macia como a pele de um bebê. Felipe recuou e segurou o lampião bem em cima dos dois. Thiago, então, abriu os olhos sentindo um perfume de rosas no ar.

Ele conseguiu sorrir apesar da dor lancinante que sentia ao fazer isso. Liz abriu um sorriso em meio às lágrimas que desciam do rosto e pingavam em cima do lobo morto.

– Salve-me – ele disse.

– Eu vou te salvar – ela disse cerrando os punhos. – Eu vou te salvar!

Liz gritou para Vignon mandar uma mensagem para todos os sobreviventes da nave-cidade. Ela queria que eles lhe mandassem energias positivas e de cura. Vignon entendeu imediatamente o que Liz iria fazer.

As outras naves haviam acabado de descer. Nove pessoas entre seres humanos e irmãos extra se juntaram na boca da cratera. A mensagem já havia chegado à nave-cidade e todos já se concentravam em Liz.

Matheus desceu carregado por Melissa até onde eles estavam. Felipe abraçou o amigo ainda em meio a lágrimas.

– Ele vai sair dessa – Matheus afirmou. – Liz, estamos aqui para o que precisar.

–Vou precisar... daqui a pouco.

Liz abriu suas mãos e as colocou sobre o lobo. De repente da escuridão se fez dia. A luz que emanava das mãos de Liz iluminaram toda a cratera. Matheus e Felipe tiveram que proteger os olhos tamanha era a claridade.

Thiago permanecia com os olhos fechados. Liz sabia que estava vivo porque ouvia sua respiração ofegante e seus gemidos.

Sem saber o que estava fazendo mas sabendo exatamente o que fazia, Liz começou a invocar mantras. Após quase cinco minutos dizendo palavras que ela não conhecia o significado, Liz chamou Matheus e Felipe:

– Preciso que tirem o lobo daqui.

– Vamos matá-lo! – desesperou-se Felipe.

– Confie em mim.

Felipe olhou para Matheus e os dois concordaram em ajudar. Felipe segurou as patas do animal enquanto Matheus puxava sua cabeça para cima. Thiago gemeu, mas continuou respirando. Liz sustentava sua vida através da luz que emanava de suas mãos.

O tamanho da plateia só aumentava. Todos que se juntavam abriam as mãos e as erguiam para dentro da cratera. Vignon soube que todos faziam o mesmo de dentro da nave-cidade.

Liz passou a invocar novos mantras enquanto levava uma de suas mãos para a testa de Thiago.

– Preciso que tirem a estaca – ela pediu.

– Aí é que vamos matá-lo mesmo – disse Felipe a si mesmo.

Matheus se aproximou e segurou a estaca. Ele estava apavorado com a ideia de tirar aquilo de dentro do amigo.

– Não sei se vou conseguir.

– Eu preciso que tirem, só assim conseguirei fechar o ferimento.

Matheus respirou fundo. Ele segurou firme a estaca pintada de sangue. Deu uma olhada para o rosto de Thiago. Ele estava de olhos fechados e gemia baixinho. Matheus se concentrou e buscou forças em algum lugar dentro de si. Ele pediu para que Deus o ajudasse nessa tarefa. Enquanto segurava a estaca com força, ele começou a rezar baixinho.

– Agora – Liz pediu.

Matheus puxou a estaca com tudo escutando o grito de lamento de Thiago. Um uivo de dor que cortou o seu coração. Sem olhar para o amigo ele jogou a estaca longe.

Liz intensificou a energia na região afetada. Ela pôde ver o chão por dentro de Thiago. A estaca havia ultrapassado o seu tórax próximo ao braço esquerdo. Por milímetros o coração não havia sido afetado.

Como que num passe de mágica, o ferimento começava a se fechar. O processo era lento e Thiago não parava de gemer.

– Liz? Nossa nave-cidade vai ajudar! – Cauê entrou em sua mente e passou a ajudá-la de longe.

– Como soube? – ela perguntou.

– Eu senti que precisava de ajuda. Senti que devia entrar em sua mente e ver o que estava acontecendo. Todos aqui estão orando e lhe mandando energia vital.

– Obrigada! – disse ela enquanto mantinha as mãos logo acima do ferimento de Thiago.

Liz sentia-se quente. Suas mãos ferviam, e para Matheus e Felipe, ela também brilhava. Eles viam luzes de todas as cores chegando de todos os lugares acima deles. Essas luzes chegavam pela cabeça de Liz e se concentravam nas mãos.

Assim que Cauê trouxe ajuda, Liz percebeu que a cura se acelerava. O ferimento fechava mais rapidamente enquanto Thiago parecia gemer menos.

– Ele vai conseguir Liz, continue firme – Cauê lhe dizia.

As energias continuavam chegando das duas naves-cidade. Chegavam também das pessoas na boca da cratera. Matheus e Felipe os imitaram elevando as mãos acima da cabeça de Liz. Ela se tornava um receptáculo de energias advindas de mais de duas mil pessoas e irmãos extra.

Assim que o ferimento se fechou por completo, Thiago teve uma parada cardíaca. Liz percebeu isso porque pôde ver por dentro do seu corpo. Sua pele estava transparente aos olhos dela.

– Ele está tendo uma parada! – ela gritou para Matheus e Felipe.

– Você pode salvá-lo? – Felipe perguntou.

Vignon lhe disse que ela era capaz. Precisava confiar na intuição como o fez até o momento, e em sua mente ele dizia para ela entregar-se como instrumento do universo.

E assim Liz o fez. Com Vignon e Cauê em sua mente ela se entregou totalmente. Levantou a mão esquerda com a palma para cima e, de repente, um raio de luz caiu dos céus. Com a mão direita ela o canalizou para o peito de Thiago. Seu tórax reagiu, após receber tamanha energia, saltando para cima. Liz repetiu o gesto por três vezes.

Na quarta vez a energia foi tão grande que em reflexo ele sentou-se ofegante enquanto Liz o abraçava. Ela sorriu ao vê-lo vivo e respirando normalmente. Seu coração batia veloz enquanto ela o abraçava.

As pessoas logo acima romperam em vivas, enquanto nas naves-cidade, as pessoas eram avisadas de que o rapaz havia sido salvo. Todos gritavam e se abraçavam após tamanha comoção. Cauê e Vignon cumprimentaram Liz pelo fantástico trabalho.

– Você foi incrível, Liz! – gritou Cauê em sua mente.

– Você é uma verdadeira princesa – soltou Vignon. – Só uma filha da luz pode canalizar dessa forma. Nunca vi algo parecido. Parabéns, Liz.

Matheus e Felipe ainda pulavam e se abraçavam. Eles se agarraram por seus ombros enquanto falavam:

– Você viu aquilo? Viu?

– Cara, foi incrível!

– Você viu? Você viu?

Thiago então afastou-se dos braços de Liz e a olhou profundamente. Ele sorriu ao reconhecer as faces de um anjo:

– Eu morri? Estou no céu?

Liz sorriu ao ouvir a voz doce de Thiago.

– Não. Você está vivo.

– Não pode ser, você deve ser um anjo.

Liz sorriu novamente acariciando o rosto de Thiago. Seus olhos se encheram de lágrimas quando ela disse:

– Nunca mais faça isso comigo. Meu coração quase parou.

– O meu parou mesmo – ele disse sorrindo para ela.

– Que tal sairmos daqui?

– Excelente ideia – Thiago concordou.

Melissa tratou de trazer todos para cima com a ajuda de dois irmãos extra. O corpo falecido do lobo também foi retirado da cratera. Vignon ficou responsável por enterrá-lo.

Thiago andava com dificuldades e foi amparado por Liz e Felipe. As pessoas batiam em seu ombro felizes por ele ter sobrevivido. Liz o conduziu para a nave e o colocou em uma das cadeiras da parte de trás. Felipe e Matheus o acompanharam.

Assim que Liz fez menção de deixá-lo, Thiago a puxou pela mão. Ela se aproximou do seu rosto e ele disse:

– Obrigado por me salvar.

– Você se salvou – ela disse. – Eu não teria conseguido nada sem a sua ajuda.

Eles se olharam por um longo tempo quando Liz falou novamente:

– Precisa descansar agora. Conversamos mais tarde, está bem?

– Sim, doutora – ele brincou.

A nave chegou em menos de dez minutos de volta à nave-cidade. As pessoas esperavam ansiosas por ver o rapaz que havia despertado da morte.

Palmas e vivas agraciaram a chegada dos três amigos. Eles se sentiram como uma verdadeira banda de rock no meio dos fãs. Matheus brincava e acenava para as pessoas e Felipe baixava a cabeça, envergonhado. Thiago andava com certa dificuldade, mas conseguia sorrir.

– Seu amigo ali está se sentindo um superastro – comentou Melissa para Thiago.

– Ele é pirado assim mesmo – ele respondeu.

– Mas é muito gato – ela soltou. – Ai... eu disse isso alto, foi?

Liz e Thiago sorriram afirmando que sim com a cabeça. Melissa só não se sentiu envergonhada porque não sabia o que era isso.

Beatriz esperava pela filha na praça alta. Ao ver Liz amparando Thiago ela correu na direção deles.

– Filha! Você conseguiu uma proeza! Estou tão orgulhosa – disse Bia. – E Thiago, não acredito que você está aqui.

– Ainda não acredito também – ele respondeu.

– Oi. Eu sou a Beatriz, mãe de Liz – ela se apresentou.

– É um prazer enorme conhecê-la – ele cumprimentou.

– Evite falar muito – Liz pediu. – Precisa descansar.

– Eu estou bem.

– Precisa ficar em observação, vai que eu liguei as veias erradas? – Liz brincou.

– Isso é possível? – ele fingiu se assustar.

– Quem sabe? – riu ela.

Thiago a acompanhou até uma cama macia dentro da central de curas. Ela o ajudou a se deitar e passou a mão por seus cabelos desgrenhados.

– Preciso de um banho, não é? – disse ele com os olhos quase fechando.

– Durma. Nós cuidamos disso.

Antes mesmo que pudesse tentar permanecer acordado, Thiago apagou. Liz e os irmãos extra começaram a examinar minuciosamente o corpo de Thiago.

– Está tudo funcionando – um deles disse.

–Você foi incrível – outro falou encarando Liz.

– Não fiz nada sozinha. Foi incrível sentir o poder de tantas pessoas juntas.

– Não é maravilhoso o que podemos fazer por meio da união?

– Não somos nada sozinhos – Liz respondeu.

– Isso é amor, Liz.

Thiago dormia como um anjo. Liz ficou sentada por um longo tempo ao lado de seu leito. De vez em quando ele chamava o seu nome, e ela sorria toda a vez que isso acontecia.

Melissa chegou sorrateira e puxou uma cadeira. Ela deu uma olhada em Thiago e sentou-se ao lado de Liz.

– Não quer descansar?

– Estou bem.

–Vai ficar aqui a noite toda?

–Vou.

– Quer que te faça companhia?

– Não precisa amiga. Obrigada.

– Os amigos dele já receberam o chip e estão instalados.

– Legal.Você mostrou a cidade?

– Boa parte.

– Ótimo.

– O grandão é um cara legal.

– Mel? Tem algo para me contar?

– Não... é só que achei ele uma graça.

– Tá bom – disse Liz sorrindo para a amiga.

– Eu já vou indo, então. Se precisar, me chame.

– Obrigada. Boa-noite – despediu-se Liz sussurrando.

Thiago continuava dormindo como um anjo caído dos céus. Liz não se cansava de olhar para ele. Seus olhos já começavam a pestanejar quando, finalmente, se entregou ao sono.

Cauê e Júlia não conseguiam mais se largar. Quando precisavam eram três, quatro, cinco beijos e muitos retornos para mais beijos. O seu amor não era o único naquela nave-cidade.

Outras almas afins e gêmeas haviam se reencontrado. Novos casais de formavam para dar início a uma nova civilização.

Cauê ouviu de Xiodan, um extraterrestre cinzento, que os novos bebês seriam muito evoluídos. Eles não teriam necessidade de mamar ou mesmo de evacuar, pois se alimentariam da energia que o planeta emana. Da energia advinda do universo e, claro, da energia suprema de seus pais.

– A Júlia vai adorar isso – Cauê comentou.

– Mas os novos bebês só chegarão ao planeta Shan após o salvador nascer.

– Não entendo, Xiodan – interrompeu Cauê.

– Vai entender, querido amigo. O salvador nascerá e depois dele espíritos de luz o seguirão até aqui. Será uma honra viver esse momento – Xiodan explicou.

Depois do bate-papo com Xiodan, Cauê conectou-se com Liz para saber notícias de Thiago.

– Ele está bem. Muito obrigada pela ajuda.

– Fico feliz em sentir sua energia em tão alta vibração.

– Eu estou feliz. Muito feliz – respondeu.

Mais um dia se passou e Liz não saiu do centro de curas. Ela queria estar lá quando Thiago acordasse. Melissa e Beatriz passaram por lá para saber notícias dos dois.

– Tem certeza de que não quer sair um pouco? – Bia perguntou.

– Estou bem, mãe.

– Eu fico aqui no seu lugar – ela ofereceu.

– Mãe, obrigada mesmo, mas eu quero ficar.

– Está bem então... se precisar, me chame.

– Pode deixar.

Liz cochilava e acordava assustada. Durante todo o dia foi assim. Thiago finalmente acordou após dois dias de sono. Ele se sentia revigorado. Liz dormia na cadeira ao seu lado e ele pôde contemplar a sua beleza e sua linda aura que, no momento, estava dourada.

Thiago sentou-se na cama e foi em direção a ela. Liz acordou de um sobressalto e assustou-se ao ver Thiago fora da cama.

– O que foi? – ela disse completamente xarope.

– Eu ia colocá-la na cama – ele disse.

– Não... estou bem.

– Você está péssima – ele afirmou.

Ela sorriu, pois sabia que era verdade. Há dois dias ela não saía daquele quarto por nada.

– Ficou aqui o tempo todo? – ele perguntou.

– Não tive coragem de te deixar – ela respondeu.

Thiago ajoelhou-se em frente a ela e colocou mão em sua face. Ele deslizou a mão suavemente enquanto ela sentia o coração disparar.

– Não acredito que te encontrei. Cheguei a duvidar disso.

– Eu também.

– Foi você quem me manteve vivo esse tempo todo. Eu poderia ter desistido muito antes.

– Você não teria coragem – ela disse.

– Teria sim. Nós vimos coisas que até Deus duvida. Seria fácil desistir.

– Que bom que não o fez.

– Não o fiz... por você.

Liz desviou o olhar sentindo-se corar. Ele sorriu e chegou mais próximo. Ela o encarou e eles finalmente se beijaram.

O coração de Liz disparou como nunca antes havia acontecido. Ela sentiu uma sensação de quase morte indescritível. Seus lábios se movimentavam ferozmente buscando chegar ao âmago desse amor. Ela segurava seus cabelos e puxava o corpo dele para si. Ela queria poder chegar até a sua alma. Queria poder rasgar aquele corpo de qualquer maneira.

Ele sentia a mesma coisa. O corpo os atrapalhava. Ele queria poder tocar a sua alma e se fazer uno novamente. O ar começou a lhe faltar e o coração estava a ponto de parar.

– Para – ela pediu, ofegante.

Ele recuou assustado com o que sentia. Thiago queria tomá-la nos braços e fazer dela a mulher mais feliz do mundo.

– Eu enlouqueci, me desculpa.

– Eu também enlouqueci – ela concordou tentando recuperar-se.

– A gente nem se conhece... digo... você entendeu, não é?

– Entendi. Mas mesmo não te conhecendo sei que sempre te conheci. Esses novos tempos são muito loucos.

– Você já está bem? Não sente nenhuma dor?

– Nada. Nem parece que fui atacado por um lobo e ultrapassado por uma estaca. Estou zero.

– Você precisa de um chip.

– Para quê?

– É a nossa identificação.

– Hum... e o que mais ele faz?

– Abre portas... nos diz se algo está errado com o nosso corpo... é basicamente isso. O resto você vai descobrindo aos poucos.

– E onde eu consigo um desses?

– Eu te levo até lá.

– Hum, falando nisso, como eu fiquei limpo e arrumado desse jeito? – ele perguntou tocando em seu novo macacão azul-escuro.

– Eu tive ajuda – disse ela sorrindo.

– Não se aproveitou então?

– Nadinha.

– Que pena – ele sorriu.

– Deixe de besteira e vamos lá – ela chamou.

Na nave-cidade em Alto Paraíso, Cauê havia sido eleito o novo comandante. De acordo com suas características e dons, ele foi a melhor escolha sem sombra de dúvidas.

A principal função de um comandante era a de manter a paz, a ordem e o amor incondicionais como base da nova sociedade. Resolveria qualquer tipo de conflito (coisa inexistente até então) e seria o responsável por representar a nave-cidade perante o Conselho Terrestre (conselho criado para que todos os povos de todos os lugares do mundo permanecessem sempre unidos apesar das distâncias).

Uma reunião do Conselho Terrestre havia sido marcada para dali um mês. Até tal data, todos os sobreviventes já estariam vivendo debaixo das abóbadas das naves-cidade. Cauê soube que nessa data votariam o nome do Alto Comandante do Planeta Terra. Todos os comandantes das naves-cidade estariam concorrendo automaticamente ao cargo.

Na nave-cidade no interior de São Paulo, Thiago estava boquiaberto com o que via. A beleza e a paz do lugar eram de uma magnitude utópica. Após colocar o chip no dedo polegar direito, Liz levou Thiago pela cidade para que ele descobrisse onde seria o seu quarto.

– Aqui. Sinto que é aqui – ele disse apontando para um prédio baixo.

– Não acredito – disse ela. – Esse é o meu prédio.

Thiago sorriu e eles entraram. No hall de entrada uma réplica do sistema solar interagia com uma réplica da Via Láctea. Buracos negros e supernovas decoravam o teto e boa parte da recepção.

– Adorei isso – ele comentou.

No elevador, Thiago se sentiu na série Jornada nas Estrelas. Ele contou para Liz que, quando era pequeno, tinha certeza de que um dia seria o comandante de uma nave estelar.

– Eu sou piloto de uma nave. Adoraria ser comandada por você, capitão! – Liz bateu continência.

– Isso não ia dar certo – disse ele abraçando-a no mesmo momento em que o elevador parou.

– Esse é o meu andar – ela disse. – Você molhou a mão de alguém lá no centro chip?

– Com o quê? Tiraram tudo o que eu tinha! – disse ele se fazendo de triste.

– Hum... disse ela andando pelo corredor de acesso aos quartos.

– É este – disse ele.

– Coloque o dedo na porta e veremos.

A porta do quarto se abriu. Liz não se lembrava de quão sem graça eram os quartos antes que seus donos se apossassem deles.

Ela explicou para Thiago que, assim que chegavam, o quarto era normal. Paredes brancas, um quadro, uma cama, uma poltrona e uma espécie de banheiro. Após a primeira noite, tudo mudava radicalmente. O quarto se adaptava ao seu dono e mudava juntamente com o seu humor ou mesmo a sua evolução e seus novos aprendizados.

– Meu quarto agora tem um lambri branco, as paredes são lilases, minha poltrona é de patchwork, meu tapete é rosa fofinho, meus lençóis também são em tom de rosa, meu quadro é uma imagem minha de quando eu tinha 3 anos e dançava balé e tenho um porta-retratos de nós dois numa praia... enfim, é a minha cara!

– Estou doido para conhecer... – disse ele maliciosamente.

– Quem sabe...

– Bom, então o meu quarto vai ficar com a minha cara, é isso?

– Isso.

– Que legal – ele soltou.

– Bem, agora precisamos ir ao oráculo – chamou ela.

– Tipo do filme Matrix?

– Não... é uma sala cheia de espelhos. Na realidade, o oráculo é um encontro com você mesmo. Você vai se ver de todos os ângulos e sua voz interior lhe dirá quais os seus dons, suas habilidades e por onde você deveria começar.

– Nós estudamos aqui?

– Estudamos, trabalhamos e nos divertimos também.

– E não comemos, é isso?

– Isso. Aliás, só uma vez por semana.

– Interessante.

– Vamos ao oráculo ou está cansado?

– Vamos ao oráculo! Estou curioso. Aliás, o Matheus e o Felipe já passaram por isso?

– Já. Mas ainda não sei o que aconteceu, vamos descobrir mais tarde. Marquei com eles e com a Mel na praça alta depois do pôr do sol.

– É estranho não termos mais horários, não é?

– A gente acaba se acostumando.

No oráculo, Thiago ficou completamente sozinho em uma sala rodeada por espelhos. O reflexo de sua imagem também podia ser visto no chão e no teto.

Thiago sentiu-se um pouco incomodado, pois não conseguia fugir de sua imagem de forma alguma. Ele fechou os olhos por alguns momentos e sentiu que ali não era uma boa rota de fuga. No escuro ele estava sozinho consigo mesmo. Bem pior do que só olhar a própria imagem refletida.

Ele não quis recuar. Continuou no escuro buscando confrontar o monstro que lá havia escondido. Um monstro chamado "Medo de Si Mesmo".

– Eu não tenho mais medo. Mostre-me a sua cara!

– Eu nunca me escondi de você – uma voz ecoante surgiu dentro dele.

– Como não? Eu não te conheço. Nunca soube da sua existência – Thiago retrucou.

– Eu sempre estive aqui. Mas você teimava em me trancar no fundo do baú.

– Eu fiz isso?

– Sempre. Durante toda a sua vida. Quando tinha medo de algo, me trancafiava. Quando tinha raiva, me trancafiava. Quando não acreditava, me trancafiava.

– E quem é você?

– Sou sua alma. Sua verdadeira essência. Sei tudo sobre você e todas as vidas que levou. Sou a perfeição trancafiada em um corpo humano.

– Se é a perfeição, por que não sou perfeito?

– Quem disse que não é perfeito? Todo o ser humano nasce perfeito. Mas as provações os levam ao desespero. Vocês se esquecem de quem realmente são, vivem num sonho. E nesse sonho sua essência verdadeira se perde. Vocês sentem um vazio tão grande que começam a preenchê-lo de todas as formas possíveis: muito sexo, muita comida, muito cigarro, muitas drogas, muito consumo. Muito, muito, muito. Menos a coisa que realmente importa: viver plenamente no amor incondicional.

– Só os loucos e santos conseguiram viver no amor incondicional – Thiago afirmou.

– Eles é que eram felizes – a voz sussurrou.

– Você sabe tudo sobre mim, certo? Por que então eu sobrevivi? Por que estou aqui conversando comigo mesmo?

– Você sobreviveu por ser um bravo guerreiro. Sobreviveu por aceitar uma grande missão. Sobreviveu porque conhece o caminho para o amor incondicional.

– Você não responde na lata, não é? Gosta de fazer rodeios – Thiago irritou-se.

– A irritação é uma névoa que encobre o seu real ser. Olhe para ela e mande-a embora. Nesse novo mundo, ela não é mais bem-vinda.

– Você já me disse por que sobrevivi. Agora me diga por que estou aqui? O que você tem para me dar que eu já não possuo?

– Você conhece muito pouco sobre si mesmo. Tens dons grandiosos.

– Cite um que eu não conheça.

– Tens o dom da clarividência. É um grande piloto, tem o dom da quiromancia. O dom de profetizar. O dom da telepatia. O dom da telecinesia. Tens o dom de entender os animais. O dom das viagens astrais... quer que eu continue?

– Tenho todos esses dons?

– Sim. Você é poderoso, oh Príncipe de Astúria.

– O que é Astúria?

– Um lindo conjunto de planetas na quinta dimensão. Universo 3.

– E eu sou um príncipe?

– Sim. Todos os filhos de seres de luz são príncipes e princesas.

– Sou um filho de um ser de luz, então?

– Por que duvida? A dúvida só lhe causa atrasos de vida. A dúvida cega.

– Bem, você disse até agora que tenho zilhões de dons e que sou um príncipe filho de um ser de luz. E quer que eu acredite numa boa?

– Exatamente.

– Tudo bem... eu acredito. E agora?

– Você vai ser nomeado comandante desta nave-cidade. E vai concorrer ao maior cargo da Nova Terra: Alto Comandante.

– Como você sabe disso?

– Clarividência. Profecias. Lembra-se de seus dons?

– Se eu sei tudo, vou ganhar a eleição para o Alto Comando?

– Você sabe a resposta. Não vou lhe dar tudo de mão beijada.

– Não me leve a mal. Estou feliz por isso. Feliz por estar aqui confrontando a mim mesmo. Feliz por tirar a máscara e poder assumir quem eu sou de verdade. Feliz por ter acordado de um sonho. E muito feliz por ter encontrado o amor da minha eternidade.

– Confie no seu poder. Na sua intuição. Ouça essa voz que lhe fala e tudo sempre dará certo.

A voz foi sumindo quando Thiago abriu os olhos. Ele teve um pouco de dificuldade para enxergar o seu reflexo nos espelhos. Ele então entendeu: o que está fora é um mero reflexo distorcido. O que está dentro é o que realmente importa.

Liz esperava ansiosa na praça alta junto com Melissa, Matheus e Felipe. Thiago chegou com um meio-sorriso nos lábios e muito pensativo.

– Aquilo é profundo, não é? – disse Matheus.

– Estou um pouco atordoado – ele confirmou.

– Isso passa – confortou Liz o abraçando.

– Vocês formam um casal lindo – disse Mel.

– Nós também formamos, meu bem – disse Matheus se insinuando.

– Cala a boca – ela disse o repreendendo.

– Adoro mulheres selvagens – provocou ele.

Todos riram da discussão e Liz realmente achou que eles combinavam muito. Felipe deu a maior força para Matheus continuar investindo em Melissa. Bia chegou logo em seguida com grandes novidades.

– O comandante desta nave acabou de ser escolhido.

– Já? Mas eles não disseram que iria demorar um pouco? – Mel perguntou.

– Iria demorar porque ele ainda não havia chegado – disse Bia olhando para Thiago.

Todos então acompanharam o olhar dela na direção dele. Thiago fez que sim com a cabeça já sabendo do que se tratava.

– Eu fui eleito, não é? – ele perguntou.

– Você já sabia. Quando soube?

– Soube há alguns dias atrás. Num sonho e agora ouvi sobre isso de novo no oráculo.

– Isso é incrível! – disse Liz abrindo um grande sorriso.

– Cara, isso é demais! – cumprimentou Felipe.

– Você é o cara! – soltou Matheus.

– E você é a primeira-dama, não é Liz? – brincou Melissa.

Liz corou e baixou a cabeça para se esconder dos olhares brincalhões dos amigos de Thiago. Ele a abraçou forte e olhou fundo em seus olhos:

– Não tem como você escapar disso – ele disse.

– Quem disse que eu quero escapar – ela retrucou.

– Ei... nós estamos aqui, viu! – chamou Matheus.

– Thiago, você precisa comparecer ao centro de comando. Minha humilde missão é levá-lo até lá – Bia indicou o caminho com as mãos.

– Mas já? Nós ainda não tivemos muito temp...

– Liz, vocês terão todo o tempo do mundo. Pelo que eu soube viveremos séculos por aqui.

– Hum? – Mel perguntou.

– Depois eu explico melhor. Agora tenho que acompanhar o comandante à sua sala.

– Eu volto assim que puder – disse Thiago para Liz.

– Não sei se vou aguentar – ela disse chorosa.

– Não faça isso comigo.

– Não vou fazer. Vá. Estarei à sua espera.

Thiago deu um longo beijo em Liz. Uis, ais e huns eram ouvidos por eles. Os amigos brincavam tentando deixá-los envergonhados, mas não conseguiram muita coisa.

Thiago seguiu Bia até o centro de comando. Lá os irmãos extraterrestres explicaram a ele como havia sido a eleição:

– Todas as pessoas concorrem, até mesmo as crianças. A análise é feita por uma espécie de computador pensante. De acordo com os dados colhidos pelo chip, é possível saber quem seria o melhor comandante da nave-cidade. E você foi o eleito – Hatembak explicou.

– Eu me sinto honrado por isso – disse Thiago. – Mas não sei por onde começar.

– Você aprenderá. Não se preocupe com isso.

– Eu vou me esforçar.

– Vai precisar mesmo. Acreditamos que você irá acumular cargos. Achamos que é o melhor nome para o Alto Comando.

– Não é o primeiro a dizer isso... Mas, nesse caso, eu não tenho um substituto?

– Terá um auxiliar. Mas o cargo continua sendo seu.

– E quando saberemos?

– Dentro em breve.

Liz continuava incrédula ao saber que Cauê também havia sido escolhido comandante da nave-cidade em Alto Paraíso.

– Que incrível, Cauê! Parabéns! Estou muito feliz por você.

– Também estou feliz por você, Liz. Aliás, nunca a vi tão feliz assim. Thiago é a sua alma gêmea, estou certo?

– Está.

– Era por isso que estava tão angustiada... agora consigo entender.

– E a Júlia, como está?

– Está bem. Ela fala de você todos os dias. Queria muito conseguir conexão telepática com você, mas ela só conseguiu com animais irracionais até o momento.

– É um dom lindo esse... mande um beijo grande para ela.

– Mando sim. E quanto ao Thiago, devo conhecê-lo dentro em breve. A reunião do Conselho Terrestre está marcada para daqui alguns dias.

– Nós vamos nos encontrar, então. Serei a piloto dele enquanto ele não se lembra de como pilotar uma nave.

– Verdade? Já pilota sua própria nave?

– É, recebi a patente ontem.

– Parabéns, Liz... não é incrível como o conhecimento nos chega sem esforço?

– É como acordar de um sonho e se lembrar de quem você é.

– Não sei como conseguimos viver tanto tempo na névoa e na escuridão.

– É assim mesmo que eu me lembro da antiga vida: névoa e escuridão.

– Você foi uma das únicas coisas realmente verdadeiras da minha vida passada.

– Concordo com você.

– Te amo.

– Também te amo.

Cauê abriu os olhos e deu de cara com Júlia chegando da nave animal. Ela tinha algumas marcas de dentes no braço e nas mãos.

– O que aconteceu? – ele preocupou-se.

– Felinos... eles adoram brincar – ela sorriu.

– Está doendo?

– Um pouco. Vou até o centro de curas... vai sumir num piscar de olhos.

– Vou com você – ele se apresentou.

Liz contou a Thiago sobre Cauê também ter sido o escolhido em sua nave-cidade.

– Você só namora comandantes, então? – ele brincou.

– Por que diz isso? Estamos namorando?

– Quer um pedido oficial?

– Eu adoraria!

Thiago se ajoelhou no meio da praça alta. Ele pegou a mão direita de Liz e beijou-a enquanto seu rosto ficava corado.

– Liz, aceita esse humilde servo como seu namorado?

Liz ria envergonhada. As pessoas em volta paravam para olhar a cena. Todos esperavam a resposta de Liz que teimava em não sair da sua boca.

– E então linda princesa? – ele pressionou.

– É claro que eu aceito! – disse ela baixando a cabeça enquanto todos aplaudiam.

Thiago agarrou sua cintura e a beijou para delírio de todos que aguardavam aquele momento. Bia e Melissa se juntaram à plateia gritando vivas e assobiando.

Logo Matheus e Felipe também se juntavam a eles. O primeiro casal oficial da nave-cidade estava formado.

– Podíamos ser os próximos – sussurrou Matheus no ouvido de Melissa.

O máximo que ele ganhou com isso foi um tapa em seu ombro. Ele adorava quando ela fazia isso.

– Admita... você me ama – ele sussurrou novamente.

– Não vou perder o meu tempo respondendo a isso – disse ela já caminhando em direção a Liz e Thiago.

– Ah, essa mulher me ama – disse ele mais alto do que era necessário.

Melissa fingiu nem se incomodar. Ela foi cumprimentar Liz e Thiago por terem assumido publicamente o seu amor. Bia tinha os olhos embargados pela emoção.

– Foi lindo, Thiago. Estou feliz por vocês terem se encontrado – disse Bia.

– Eu sou o cara mais feliz desse mundo, Bia.

Melissa ainda deu uma última olhada para Matheus. Ela não queria dar o braço a torcer, mas estava completamente apaixonada por ele.

Nos dias que se seguiram, Thiago e Liz mal conseguiam trocar um beijo. Ele precisava receber todas as orientações necessárias, e ela dividia-se entre as aulas de voo e as aulas de cura.

Para não sentir muito a falta de Thiago, Liz assistia às aulas de telecinesia com Melissa e de viagens astrais com Beatriz. Só assim o tempo passava mais rápido.

O dia da primeira reunião do Conselho Terrestre chegara. Liz, Thiago e dois irmãos extra tomavam os seus assentos na nave pilotada por Liz. Ela a havia batizado de Max Ship.

– Seu pai adoraria esse nome – comentou Vignon.

– Conheceu o meu pai? O meu pai terreno?

– Sim. Em outra vida dele.

– Não sei como não enlouqueço com tantas informações surpreendentes.

– Enlouqueceria se seu cérebro estivesse funcionando como antes. Dez porcento, apenas.

– Por curiosidade: agora funciona como?

– Cinquenta e quatro porcento e subindo a cada dia.

– Uau!

– Acha que possui poderes por quê? A telepatia, o controle da mente, a telecinesia... tudo isso vem da capacidade de processar da mente.

– Estamos usando só metade da nossa capacidade e já fazemos coisas tão incríveis... imagine quando utilizarmos 100%!

– Dentro em breve... esse dia vai chegar. E você vai adorar.

Thiago conversava telepaticamente com o outro membro da nave, o comandante das tropas estelares Ashtar.

O extraterrestre explicou que assim que o Alto Comandante fosse eleito, os extraterrestres deixariam o nosso planeta. Precisávamos continuar nossa evolução sozinhos.

Ashtar explicou que estarão conectados conosco em tempo integral. Também nos visitarão de tempos em tempos. O Alto Comandante e mais dois conselheiros terão permissão de visitá-los em seus planetas de origem.

– Nós ajudamos no que foi permitido pelo mundo espiritual e pelos seres de luz. Não podemos ir além. Após o governo instaurado, temos que partir.

– Entendo. Mas se algo der errado e...

– Estarei conectado com você o tempo todo. Serei o seu conselheiro no que você precisar. Mas sei que não utilizará os meus serviços. Você está apto a assumir o que vem a seguir. Sua missão é grandiosa e você trará para a Terra o amor em pessoa. Não posso lhe adiantar mais do que isso. Confie em você. Eu confio inteiramente – Ashtar disse sem usar palavras.

– Obrigado pela confiança e obrigado por vir em nosso auxílio.

Ashtar sorriu e um brilho dourado expandiu sua aura até quase o teto da nave. Thiago ficou maravilhado com tamanha beleza e amor. Ele pensou o quanto ainda temos que evoluir, o quanto temos que aprender para chegar próximo ao que via.

Liz avisou à tripulação que o portal para Shambala se encontrava a dois quilômetros de distância. Até o dia de hoje, Liz acreditava que Shambala era apenas um mito. Vignon lhe contou que quando a Terra passou a vibrar na quinta dimensão, os portais de Shambala se abriram para a Nova Era.

– Shambala sempre vibrou na quinta dimensão. Por isso era impossível para humanos comuns encontrá-la. Muitos tentaram, pouquíssimos tiveram êxito – ele explicou.

O grande portal dourado estava aberto para receber os ilustres visitantes do dia. Liz recebeu comunicação telepática sobre o local do pouso de sua nave.

– O nosso pouso foi autorizado – avisou Liz.

– Está pronto? – Ashtar perguntou para Thiago.

– Sinto que sempre estive – ele afirmou.

Liz pousou magnificamente. Ashtar a parabenizou pelo excelente voo até Shambala.

– Obrigada – disse ela sem mexer a boca.

Liz e Thiago ficaram boquiabertos com o que viram fora da nave. Ashtar contou a eles que, em pouco tempo, o planeta todo seria como Shambala. Uma verdadeira união com a natureza.

O lugar parecia saído dos contos de fadas. Um lindo castelo prateado com gotas azuis e rosas cintilava no alto de uma colina. Ao redor, casas e construções menores também tinham o mesmo esplendor. Árvores gigantescas e primaveras subiam até quase tocar os céus. Lagos cristalinos, cachoeiras de águas coloridas, pássaros de todas as espécies e formas... Liz já não sabia mais para onde olhar. O chão era feito de um cascalho transparente que refletia o brilho do sol em todas as cores do arco-íris. Era lindo de se ver. As pessoas pareciam flutuar enquanto iam e vinham pelo lugarejo. Rostos suaves, plenos e felizes contagiaram Liz e Thiago. Ela lhe deu a mão e eles seguiram Vignon e Ashtar rumo ao castelo no alto da colina.

A trilha principal brilhava à luz do sol. Em torno havia grama verde, vermelha, amarela e azul. Seres elementais corriam e brincavam. Flores das mais diversas dançavam conforme o vento. Liz só reconheceu a flor-de-lis. As outras ela nunca tinha visto antes.

– A flor-de-lis é a única flor que consegue vibrar em altas dimensões. Por isso é a única que você reconhece – Ashtar explicou sorrindo após notar que Liz ficou corada.

– Nunca vou me acostumar com isso – disse ela. – Vocês sempre leem a nossa mente?

– Não há como não fazê-lo. Um dia os seres humanos serão como nós. Não haverá o que esconder – Ashtar continuou sorrindo.

– Tenho que tomar cuidado com o que pensar?

– De maneira alguma. Até porque, quando dominarem essa técnica, não precisarão se envergonhar de nada.

– Só a dominaremos quando formos seres altamente evoluídos, certo?

– É uma ótima resposta – ele concordou.

Thiago segurou mais forte a mão de Liz quando chegaram na porta do castelo. Ela notou a pressão e lhe perguntou:

– Está nervoso?

– Não é isso. É que sinto que já estive nessa situação antes. Um *déjà vu*.

– E esteve mesmo, Thiago. Há muitos milênios atrás, em um outro planeta.

– Por que estou vivendo tudo de novo, então?

– A vida é cíclica. Um dia sempre acabamos voltando em algo que já passamos. Mas quando essa volta ocorre, estamos sempre mais maduros e evoluídos para lidarmos com a situação.

– Eu me saí bem da outra vez?

– Brilhantemente. Por isso lhe digo para confiar no seu potencial.

– Obrigado por suas palavras, Ashtar – agradeceu Thiago.

– Eu e o Vignon vamos entrando. Liz, você ficará no auditório. Thiago, você fica com Liz até ser chamado ao púlpito. As portas se abrirão dentro em breve.

Ashtar e Vignon se afastaram rapidamente. Eles também pareciam flutuar como as pessoas lá embaixo. Liz perscrutou o lugar em busca de Cauê. Mas ele a viu primeiro.

– Liz! Liz! – veio ele gritando em sua direção.

– Não acredito! – ela soltou.

Os dois correram e se abraçaram. Cauê a tirou do chão enquanto rodava. Enquanto ficava tonta, ela pedia para ele parar.

– Que saudade – disse ela segurando o seu rosto entre as mãos.

– Não acredito que é você – ele disse abraçando-a novamente.

Liz percebeu Júlia logo atrás de Cauê. Ela o soltou e correu para abraçar a amiga.

– Júlia! Que bom te ver!

– Que bom te ver, amiga!

– Você está mais linda do que nunca – comentou Júlia.

– Deve ser o amor – Liz sorriu. – E você também não fica atrás.

– O amor faz muito bem para a cútis – Júlia tocou o próprio rosto.

Enquanto as meninas se cumprimentavam e colocavam os assuntos em dia, Cauê se aproximou de Thiago e os dois trataram logo de se apresentar.

– É um grande prazer te conhecer – disse Thiago.

– O prazer é todo meu – Cauê concordou.

Os dois logo falavam sobre as naves-cidade e como poderiam ajudar um ao outro enquanto comandantes.

E então, as portas do castelo de Shambala se abriram. Cauê pegou Júlia pela mão enquanto Thiago fazia o mesmo com Liz. Eles seguiram outras tantas pessoas a caminho do auditório principal.

– É estranho te ver com outra pessoa – de repente Cauê falou no pé do ouvido de Liz.

– Também achei estranho quando te vi com a Júlia – Liz respondeu.

– Mas estou feliz por vocês.

– Eu também estou.

– Mas que é estranho... ah, isso é – Cauê então sorriu.

O hall de entrada mais parecia um planetário. Galáxias e constelações dividiam espaço com pinturas de seres mitológicos. Hieróglifos marcavam a fundo nas portas e batentes do hall.

O auditório principal se abriu logo adiante. Ele tinha formato circular e cadeiras estavam dispostas degrau a degrau, como em um teatro. Liz sentou-se com Thiago ao seu lado. Cauê se postou ao lado de Liz com Júlia ao lado.

No centro do auditório, vários seres extraterrestres e seres viventes em Shambala conversavam sem dizer palavra. Eles avisaram então que a votação teria início em cinco minutos, e para o conforto de todos, seria uma votação falada.

Liz achou isso ótimo porque não queria perder nada devido a uma falta de atenção, por exemplo.

Ela segurou mais firme a mão de Thiago. Ele retribuiu com um meio-sorriso nos lábios. Ela o olhou mais fundo e ele sustentou o olhar.

– Eu te amo – disse ele telepaticamente.

– Eu te amo, muito – disse ela sem esforço.

Cauê ouviu a troca de palavras de Liz e Thiago. Ele sinceramente ficava feliz por esse amor, apesar de se sentir um pouco incomodado. *Natural*, ele pensou. Tudo muito natural.

Logo Ashtar assumiu o controle da reunião. O interessante é que não precisava de microfone ou outra coisa qualquer.

– Bem-vindos, meus irmãos. Hoje é um dia histórico para o planeta Sham. Este dia será lembrado para sempre por todos aqueles que seguirem os seus passos. Daremos início agora à votação para o cargo de Alto Comandante. Vocês que concorrem ao mais alto cargo do Conselho Terrestre, por favor, venham ao púlpito se apresentar ao restante dos nossos convidados.

Liz puxou Thiago para si e o beijou. Ela desejou boa sorte, apesar de saber qual seria o resultado da eleição. Ele já havia contado a ela.

Liz desejou boa sorte a Cauê assim que ele se desvencilhou de Júlia rumo ao centro do púlpito.

As duas amigas agora sentavam juntas, uma segurando a mão da outra. Cerca de 30 pessoas se dirigiram ao púlpito conforme havia pedido Ashtar. Dentre elas, homens, mulheres e uma criança de cerca de 10 anos.

– O Cauê me contou que aquela menina tem 10 anos. Ela foi eleita a comandante de uma das naves-cidade na África. Um verdadeiro prodígio.

– Que incrível! – disse Liz admirada.

– Nesses tempos vemos cada coisa, não é?

– Não é maravilhoso?

– É algo divino – concordou Júlia.

Logo todos estavam se apresentando para o público que assistia em total silêncio. Cauê se apresentou como comandante da nave-cidade em Alto Paraíso. Listou os seus dons reconhecidos e os que ainda estavam adormecidos. Na vez de Thiago, ele se apresentou como comandante da nave-cidade no interior de São Paulo. Disse que não listaria os seus dons porque ainda não os conhecia inteiramente. Murmúrios na plateia foram ouvidos e Liz começou a ficar nervosa com isso.

– Não fique nervosa, minha vida. Eu não estou nem um pouco – disse Thiago via telepatia.

Então, um grande ser adentrou o recinto. Liz levou um grande susto com o tamanho do homem. Ele deveria ter mais de três metros de altura. Vestia uma túnica lilás na altura dos joelhos. Seus pés estavam descalços e ele se parecia com um grande santo ou guru.

Ele se aproximou de todos os candidatos ao cargo e sentou-se no meio do púlpito. Ainda assim era possível enxergá-lo a distância.

Vignon surgiu junto com outro extraterrestre pedindo que os candidatos se sentassem em torno do tal guru. Eles assim o fizeram.

O guru se detinha cerca de dois minutos em cada rosto. Ele olhava profundamente nos olhos dos candidatos e segurava seu dedo polegar. O chip lhe enviava informações essenciais para a escolha do futuro Alto Comandante.

– Acho que é agora – disse Júlia.

O guru se levantou e começou a descrever cada um dos candidatos. Na vez de Cauê ele disse:

– Um ser brilhante. Sua mente vaga livre pelo mundo dos vivos. Você terá domínio de todos os poderes que a mente pode lhe proporcionar. Você seria um excelente Alto Comandante, mas optei por outra pessoa.

E então, o guru se virou para Thiago, o último dos candidatos. O guru o fitou por alguns minutos e então começou:

– Um verdadeiro filho da luz, que caminha rumo à luz. Será a ponte para que o amor supremo reine por mais de dois anos. Um ser que já conquistou tudo e ainda assim, retorna ao início. Retorna para aprimorar-se e se doar por inteiro a uma civilização que estava se autodestruindo. Após essa experiência de vida, você será finalmente luz. Seja bem-vindo ao Alto Comando do Conselho Terrestre – disse o guru passando-lhe um cajado.

A plateia rompeu em vivas enquanto Liz chorava aos montes. Júlia a abraçou também emocionada com as palavras do guru. Thiago segurava o cajado quando Cauê segurou seu braço e o levantou para que todos pudessem ver a energia de amor que aquele cajado liberava.

– Parabéns, meu amigo. Se você é tudo isso o que ele disse, você merece essa honra – Cauê então abraçou Thiago.

Thiago retribuiu o abraço claramente emocionado. Ele sabia do resultado da eleição, mas não esperava tamanha comoção.

– Obrigado. Vou precisar muito da sua ajuda – Thiago disse.

– Estarei sempre às ordens – ofereceu Cauê.

Thiago recebia os cumprimentos dos seres extraterrestres e dos seres viventes em Shambala. Ele ouviu votos de paz e amor além de agradecimentos por ele existir. Thiago procurava Liz por cima dos ombros das pessoas. Ele então a viu tentando passar pelo tumulto em que o auditório havia se transformado.

Ele se espremeu no meio das pessoas ainda sendo cumprimentado quando finalmente conseguiu chegar ao seu destino: a boca de Liz.

Eles se beijaram demoradamente apesar dos empurrões que por vezes recebiam. Ele sentiu seus lábios umedecerem com as lágrimas dela.

– Por que está chorando? – ele perguntou.

– Estou emocionada.

– O que acha de sairmos daqui?

– Uma excelente ideia – Liz concordou enxugando o rosto.

Os dois saíram do auditório com Cauê e Júlia bem atrás. Os quatro se reencontraram no grande terraço do lado de fora do castelo.

– Isso tudo é tão surreal – soltou Liz. – Quem diria que as coisas tomariam esse rumo?

– A vida é incrível. Pena que perdemos tanto tempo com bobagens. Televisão, computador, videogames... se eu calcular quanto tempo perdi só com isso... – Cauê suspirou.

– Tem razão. Mas teremos a nossa chance. Vamos nos redimir vivendo ao máximo essa nova realidade – disse Thiago.

– Você vem nos visitar? – Júlia convidou.

– Com certeza, amiga – Liz afirmou.

– Uma nova reunião do conselho será marcada para daqui duas semanas. Você gostaria de nos receber em Alto Paraíso?

– Seria uma honra – concordou Cauê.

Ashtar e Vignon vinham na direção deles. A eleição estava encerrada. Essa seria a hora deles finalmente partirem para seus mundos.

– Foi uma ótima eleição – disse Vignon. – Você já disse a ele o que está pensando? – disse Vignon apontando de Thiago para Cauê.

– A mim? E o que seria que ainda não ouvi? – disse Cauê estranhando por não ouvir os pensamentos de Thiago.

– Estou pensando que gostaria de tê-lo como meu conselheiro – disse então Thiago. – E não ouviu esse pensamento porque eu ainda não havia me liberado para o universo.

– Por essa e por outras foi eleito Alto Comandante – brincou Cauê.

– Você aceita essa nova incumbência?

– É uma honra para mim. Aceito de muito bom grado – disse Cauê dando um abraço em Thiago.

Liz e Júlia se olharam em meio a sorrisos. Era muito bom vê-los se dando tão bem. Eles se despediram e cada um foi para sua nave.

Ashtar e Vignon já faziam planos para a partida. Liz assumiu o comando enquanto Thiago assumia a posição de Vignon como co-piloto.

– Deixe sua intuição te guiar! Você já fez isso milhões de vezes – soltou Vignon – E os milhões de vezes são literais, ouviu?

– Claro que ouvi... você não sai da minha mente! – brincou Thiago.

Logo a Max Ship sobrevoava a nave-cidade no interior de São Paulo. Pelas palmas e vivas, todos já sabiam o resultado da eleição.

– Partiremos pela manhã – disse Ashtar.

– Não sem antes comemorarmos a Nova Era. Vocês são nossos convidados para a maior festa que essa nave-cidade já viu – convidou Thiago.

– Não sabe como adoro festas... – Ashtar falou sem nada dizer.

– É claro que sei, pai.

Ashtar, sem se mostrar surpreso ou coisa que o valha, disse então:

– Achei que tinha deixado isso bem escondido em minha mente.

– Eu andei remexendo em algumas gavetas... sentia que estava escondendo algo importante de mim.

– Você passará mais um ou dois séculos por aqui. Então, voltará para nosso planeta. E eu estarei te esperando, meu filho, de braços abertos.

– Obrigado. Por tudo.

– Vá... você tem uma festa para organizar – lembrou Ashtar sorrindo.

Thiago deu a mão para Liz que segurava um sorriso. Ele notou isso e perguntou o que estava acontecendo:

– Acho que Shambala abriu nossos horizontes. Eu ouvi a conversa de vocês como se falassem com a boca.

– Mentira... sério?

– Hum, hum.

– E o que achou disso?

– Impressionante.

– E da festa?

– Uma ideia de arromba! – ela comemorou.

Melissa e Matheus aguardavam ansiosos pela chegada dos amigos. Felipe, enquanto isso, conversava animadamente com uma moça chamada Cristal. Beatriz já havia comunicado a todos sobre a eleição de Thiago. Uma multidão se reunia nas duas principais praças da cidade: a praça alta e a praça central.

Thiago chegou com Liz abraçada a ele. As pessoas vibraram quando ele levantou o cajado. Thiago não se sentia bem fazendo isso, mas as pessoas queriam ver o objeto que havia pertencido ao então falecido Noé.

Thiago prometeu que deixaria o objeto em exposição e que todos poderiam tocá-lo. Liz chamou Melissa quando a viu ao longe. A amiga veio em sua direção pulando sobre os ombros das pessoas.

– Vamos dar uma festa de despedida... tá a fim de me ajudar?

– Com certeza! Pra quando?

– Pra agora – soltou Liz.

– Brincou? Bom, pelo menos hoje é dia da comida... senão ia ser bem chato – lembrou Mel.

– Preciso que peça para minha mãe avisar a todos. Quando a lua estiver alta lá no céu vamos tomar as ruas da cidade.

– Teremos música?

– Lógico. Vou pedir para as crianças cuidarem disso.

– E essa festa de despedida é para quem mesmo? – De repente Mel não tinha se dado conta de que alguém iria embora.

– É para os nossos irmãos extra. Aliás, adorei esse apelido que deu para eles.

– Adoro apelidos... você sabe... adoro falar bobagens... – Mel pensava rápido. – O que vai ser de nós quando eles se forem?

– O Thiago está aqui. Vamos ficar bem.

– Hum... tudo bem, então. Se você diz. Você viu o Cauê e a Júlia?

– Vi... eles estão ótimos. O amor deles é muito lindo.

– Assim como o seu e o do Thiago?

– Exatamente igual.

– Então deve ser muito lindo mesmo.

– Quer revê-los?

– Claro que sim! Quando, onde?

– Daqui a duas semanas. Iremos para uma reunião do Conselho Terrestre e Alto Paraíso irá sediar.

– Eu vou adorar! – gritou Mel em meio ao burburinho da multidão.

A lua já estava alta no céu. Liz, quando não estava pilotando, tinha uma outra troca de roupa. Mas ela nunca a havia usado antes.

Quando Thiago a viu, quase caiu de costas. Ela gingava em um vestido prata e azul de voal. Conforme andava, o vestido tomava vida e gingava junto com o seu corpo. Seus olhos azuis cintilavam e sua pele de seda brilhava à luz do luar. Thiago se aproximou enquanto ela vinha em sua direção.

– Você está linda.

– Obrigada.

– Depois dessa festa, vamos finalmente passar um tempo juntos... a sós.

– Eu não via a hora disso acontecer.

– Não sei se vou aguentar até o final dessa festa – disse ele beijando-a.

Ashtar e os outros extraterrestres conversavam enquanto se despediam de todos os sobreviventes da Nova Era. As crianças tocavam músicas em instrumentos feitos de bambu por seres das florestas. Seres esses que agora viviam em portais à espera da regeneração do planeta. A melodia era como um carinho. A pessoa que ouvia sentia-se tocada. Confortada. Em paz.

Muitos quiseram saber de Thiago como havia sido em Shambala. O que viria a seguir com a partida dos extraterrestres. Thiago atendeu a todos e respondeu a todas as perguntas. Liz o deixou e juntou-se a Beatriz e Melissa no terraço da praça alta.

– Eu vi você e o Matheus no maior amasso – disse Liz sorrindo.

– Foi ele quem forçou a barra.

– E você gostou!

– Ah, que coisa... eu não queria dar o braço a torcer, mas estou completamente apaixonada por ele.

Bia e Liz trocaram olhares de contentamento. Apesar de Melissa sempre dizer que nunca iria se apaixonar, elas sabiam que um dia isso aconteceria e Melissa finalmente encontraria sua cara-metade.

Matheus se aproximou das três e pediu em alto e bom som:

– Posso sequestrar a minha mulher?

– Sua mulher, uma ova, hein! – Melissa bradou.

– Minha linda mulher – ele afirmou.

– Se sou linda... então tudo bem – disse ela dando tchauzinho para Liz e Bia.

As duas se sentaram em um banco de pedra quando Bia começou a dizer:

– Está tudo tão bem... você e a Mel felizes. Eu estou feliz. O que vem agora, filha?

– Mais felicidade.

– Será que cabe tanto nesse velho coração?

– Cabe muito mais do que isso, mãe.

As duas se abraçaram e ficaram ali, só observando a multidão em cima de Thiago e dos extraterrestres que se despediam.

– Ele tem porte de rei – Bia comentou.

– Sempre achei isso.

– Ele será grande.

– Ele já é. Só que ainda não sabe – comentou Liz.

– Você será muito feliz, filha. Posso sentir isso.

– Também sinto. Parece que vou explodir.

Assim que a festa chegou ao fim, Liz se despediu dos extraterrestres e principalmente de Vignon e Ashtar.

– Adeus, Vignon. Diga olá a todos em nosso planeta.

– Vou dizer. Fique em paz – despediu-se Vignon.

– Ame muito o meu filho – pediu Ashtar. – E que ele a ame demais – ele finalizou.

– Assim eu espero.

– Então, assim será.

Thiago se aproximou de Liz por trás enquanto todos iam embora. Ele segurou sua cintura e sussurrou em seu ouvido:

– Finalmente a sós.

– Nem posso acreditar – disse ela deitando a cabeça em seu peito.

– Você ainda não viu a nova decoração do meu quarto.

– Estou louca para ver.

Liz se virou para ele e o beijou. Os dois estavam praticamente sozinhos no terraço da praça alta. A lua parecia brilhar mais forte. As estrelas pareciam piscar mais rápido. O mundo parecia girar ferozmente. Tudo o mais havia sumido. Só existiam os dois nesse exato momento.

– Você vem comigo? – ele chamou.

– Não precisa pedir de novo – ela disse.

Eles se abraçaram e foram agarrados em busca de mais felicidade, se isso era possível. Liz sentia o corpo formigar quando estava em contato com a pele dele. Ela desejou tanto esse momento que se sentiu flutuando no ar.

O quarto de Thiago era todo azul-escuro. Nas paredes, estrelas piscavam enquanto dois sóis giravam em torno do quarto. No lugar da poltrona, uma espécie de puff demonstrava um buraco negro. A cama mais parecia uma meia-lua. O chão e o teto também eram cheios de estrelas.

– Você vive no mundo da lua – ela brincou.

– Eu vivo no mundo da Liz – ele soltou.

– O que está dizendo?

Thiago apontou para um grande planeta azulado.

– Este aqui é o seu planeta natal. Estou decorando onde fica para poder te buscar quando desencarnarmos.

– Verdade?

– A mais pura verdade.

Liz jogou-se contra o seu corpo. Eles se beijaram como nunca. Os dois caíram por cima da meia-lua. Liz lutava contra a vontade de rasgar os seus corpos. Ela precisava se conformar com o que tinha.

– Calma – ele pediu. – Um dia nossas almas serão unas de novo. Não se apresse.

Thiago então a beijou calmamente. Ela começou a ficar ofegante quando todo o seu corpo se arrepiava. Thiago não parava de beijá-la. Durante toda a noite eles se amaram. A experiência transcendia o espírito. O prazer podia ser calculado vezes mil.

O cansaço tomou conta dos seus corpos físicos. Liz deitou-se sobre seu peito e adormeceu. Thiago a abraçou e adormeceu também.

Liz estava sentada em um tapete de flores. Quando viu Thiago se aproximar, ela se levantou rapidamente.

Os dois se beijaram quando então ela perguntou:

– Onde estamos?

– Na transição.

– O que é a transição?

– A antessala para o mundo dos espíritos. Ou então, para a reencarnação.

– O que estamos fazendo aqui?

– Não sei bem.

Foi então que eles viram um menino de cerca de 5 anos se aproximar. Ele tinha cabelos da cor do carvalho e olhos bem azuis. Seu sorriso fazia o coração de Liz bater mais rápido. Thiago sentiu que o conhecia de algum lugar.

– Este dia finalmente chegou – disse o menino.

– Que dia? – Thiago perguntou.

– O dia de voltar à Terra. Eu disse que voltaria.

– Vai voltar conosco? – Liz perguntou.

– Vou sim. Tiveram uma linda noite de amor. Serei o presente dos céus para vocês.

– Estou grávida? – disse Liz colocando a mão na barriga.

– Está. E eu sou seu filho.

Liz sorriu para o menino e ajoelhou-se para ficar do seu tamanho. Thiago fez o mesmo acariciando os cabelos sedosos do lindo menino.

– Vai ser uma honra ser sua mãe – disse Liz.

– Sei que vai se sair bem... já fez isso antes.

– Já fui sua mãe?

– Sim. Há muito tempo atrás.

– E você, foi o meu pai.

– Eu? Verdade? Eu e a Liz já estivemos juntos na Terra?

– Oh sim. Uma vez apenas. Mas foi intenso.

– É estranho ver um garoto da sua idade falando com um adulto – disse Thiago.

– É que ainda não me viu falando em parábolas. Eu as adoro. Bem, já está na nossa hora... vamos? – o menino chamou.

– Vamos – Thiago concordou.

O menino deu as mãos para Liz e Thiago. Assim que o fez, os três caminharam para a luz do planeta Terra. Liz ouviu vozes e risos de crianças atrás deles. Ela olhou e se assustou ao ver quantas crianças os seguiam.

– Eles vêm conosco? – ela perguntou.

– Eles vão me seguir para onde eu for.

– Outras mulheres vão ficar grávidas como eu? Esta noite?

– Sim. Muitas outras.

– O mundo será então repovoado – disse Thiago.

– O planeta Terra merece seres de luz como esses – o menino olhou para trás.

–Você é um ser de luz? – Liz perguntou.

– Sim...

– E o que é um ser de luz?

– Um ser que chegou até a oitava dimensão.

– Existem outras além da oitava?

– Oh sim... mas ainda não consegui chegar lá.

– De onde você é?

– De Strandivus.

– É do meu planeta?

– Sou.

– Mas é um ser da oitava dimensão? Como então?

–Você não é um ser da quinta dimensão? Então como veio parar na terceira dimensão?

– Hum... acho que entendi alguma coisa.

– Não tente entender... acredite-me, é melhor assim.

– Se você é de Strandivus, eu te conheço?

– Com certeza. Sou um ser de luz... sou seu pai, minha princesa.

– Meu pai?

– Sim... seu pai. Aliás, um orgulhoso pai.

– A cada minuto descubro algo realmente incrível.

– Não gostou de saber?

– Adorei saber.

– Quando você desencarnar e voltar ao nosso planeta, eu não estarei lá. Fiz um juramento aos seres humanos e o cumprirei nesse exato momento.

– Até quando ficará na Terra?

– Por dois mil anos.

– E voltará ao nosso planeta?

– Exato.

– Quanto tempo nós vivemos, por curiosidade?

– Pela eternidade.

– Digo, lá em Strandivus?

– O tempo que quisermos.

– Isso é muito tempo – comentou Thiago.

– É o bastante – disse o menino.

– A propósito, você precisa de um nome. Como quer ser chamado? – Liz perguntou. – Descobri que os nomes das pessoas são intuídos, o espírito que vem sugestiona o nome, não é mesmo?

– É isso mesmo. A minha sugestão é a seguinte: me dê o mesmo nome da minha encarnação passada na Terra.

– E qual era esse nome?

– Jesus.

INFORMAÇÕES SOBRE NOSSAS PUBLICAÇÕES
E ÚLTIMOS LANÇAMENTOS

Cadastre-se no site:

www.novoseculo.com.br

e receba mensalmente nosso boletim eletrônico.

novo século®